Et pourtant, le bonheur est là

L'auteur

Enrico Galiano est enseignant (il fait partie des 100 meilleurs d'Italie, élu par les élèves, c'est dire s'il est doué !). En plus d'être un auteur à succès en Italie, il est aussi connu pour sa websérie « Histoires de profs » aux millions de vues. Dès qu'il le peut, il aime parcourir le monde, seulement équipé de son sac à dos, d'un stylo et d'une bonne dose de curiosité.

Enrico Galiano

Et pourtant, le bonheur est là

Traduit de l'italien
par Anaïs Bouteille-Bokobza

POCKET JEUNESSE
PKJ·

Titre original :
Eppure Cadiamo Felici

Loi n° 49956 du 16 juillet 1949 sur les publications destinées à la jeunesse : juin 2021

ISBN : 978-2-266-30861-8

Dépôt légal : juin 2021

À Bobby, ma *neach-gaoil*

Amo enim et efflictim te, quicumque es.
Parce que je t'aime, désespérément, qui que tu sois.

Apulée, *Métamorphoses*,
v. 6, *Amour et Psyché*

T'es-tu déjà sentie comme un sac en plastique transporté par le vent ?

Katy Perry, « Firework »

PREMIÈRE PARTIE

Begadang (indonésien) :
rester éveillés toute la nuit à parler.

1

LUCA JE T'AIMERAI TOUJOURS

SPATARO VIEUX PORC

L'AMOUR C'EST COMME LE PARFUM :
FACILE À METTRE
DIFFICILE À ENLEVER
IMPOSSIBLE À OUBLIER

HIER J'AI BAISER AVEC CASALI 3e C C'ÉTAIT GÉNIAL

ON VEUT TOUT SAVOIR : DIMENSIONS ?

TU POURRAIS AU MOINS ACCORDER LES PARTICIPES PASSÉS, ESPÈCE DE DÉBILE !

Gioia Spada a beau connaître ces inscriptions par cœur, elle ne peut s'empêcher de les relire en mangeant son muffin aux myrtilles, assise en tailleur sur la cuvette des toilettes.

De l'autre côté de la porte, elle entend six ou sept filles qui rient, se maquillent et échangent des conseils sur ce salaud qui ne rappelle jamais.

D'ailleurs, elle parierait sa collection de vinyles des Pink Floyd que l'auteur de cette phrase est Casali. Quel abruti ! C'est bien son genre, d'entrer en cachette dans les toilettes des filles pour tagger, histoire de faire croire à tout le lycée qu'il est un vrai mâle. Un coup marketing, en quelque sorte. Plutôt malin, mais tellement pitoyable.

Et puis, cette faute, ce « baiser » avec ER : ça ressemble bien à un idiot comme lui.

La première sonnerie retentit ; les filles s'éclipsent en riant et Gioia n'a mangé que la moitié de son muffin. Elle effleure la petite cicatrice derrière son oreille droite en comptant les secondes avant de sortir sans que personne la voie.

Elle prend son petit déjeuner au lycée, parce que chez elle... mieux vaut n'y être que pour dormir. L'idéal serait de ne pas y être du tout : même un mort se sentirait mal à l'aise, avec cette famille. Alors depuis quelques mois, elle arrive au lycée plus tôt, elle s'enferme dans les toilettes et elle mange là.

Gioia Spada : dix-sept ans, cheveux roux, taches de rousseur. Ses deux grands yeux bleus semblent toujours brillants même quand ils ne le sont pas. Chemise en flanelle à gros carreaux, jean usé et déchiré, mais pas de ceux qui coûtent hyper cher, non, tout simplement, il est très vieux et c'est le seul qu'elle possède. Elle est plutôt mince, si l'on ignore la mode actuelle, selon laquelle elle aurait deux ou trois kilos de trop.

De toute façon elle s'en fout : elle ne s'est jamais maquillée et elle passe autant de temps à s'habiller et se coiffer qu'un garçon, voire moins.

Pour eux, elle est à des années-lumière de l'attraction physique : dans le classement des plus belles filles de la classe, que ces sadiques ont fait circuler, elle est avant-dernière. Juste parce que la dernière, la pauvre, souffre de troubles alimentaires et pèse plus de cent kilos.

N'importe qui d'autre aurait été traumatisé de se découvrir au bas de la liste, mais pas elle. Gioia a ressenti une haine profonde pour les auteurs du classement et elle a jeté à la poubelle la feuille avec tous les noms. Affaire classée.

Gioia Spada est bizarre.

Si elle y mettait du sien, elle serait presque potable, mais ne vous attendez pas au cliché de la loseuse du lycée qui enlève ses lunettes et se transforme en reine du bal. Ce n'est pas son genre, et de toute façon elle ne porte pas de lunettes.

La deuxième sonnerie retentit.

Gioia jette son demi-muffin dans les toilettes, tire la chasse et ouvre la porte. Sur le miroir au-dessus du lavabo, quelqu'un a écrit au rouge à lèvres :

Miss Rabat-joie, tu manges trop de pruneaux, pour passer ta vie aux chiottes ?

2

Gioia Spada, surnommée Miss Rabat-joie, entre en classe avec « The Great Gig in the Sky » des Pink Floyd à fond dans les oreilles. Cela lui évite d'entendre les conversations. Mais surtout, une fois assise à sa place, près de la fenêtre, elle peut jouer à l'un de ses jeux préférés, qu'elle appelle Symposium : elle invente les phrases que prononcent les autres, à partir du mouvement de leurs lèvres. Ainsi, en regardant Giulia et Silvia, à sa gauche, qui dissertent sur la tenue de leurs fards à paupières, Gioia les imagine dire : « J'adore cette scène d'*American Beauty* ! »

En attendant l'arrivée du prof, elle sort un stylo à bille bleu de sa sacoche et trace des lettres sur son bras gauche. Lentement, avec soin, elle repasse dessus jusqu'à ce qu'elles soient bien visibles. Elles composent les mots : *Wenn ein Glückliches fällt*. De temps à autre elle s'arrête, éloigne son bras et admire le résultat en esquissant un sourire. Non seulement la chanson est merveilleuse, mais en plus elle est providentielle : elle la protège des gloussements de ses camarades qui épient son rituel matinal de s'écrire toujours la même phrase sur le bras gauche. Personne n'a la moindre idée de ce qu'elle signifie. Dès son arrivée au lycée, il y a trois mois, Gioia a été qualifiée de Celle-qui-ne-va-pas-bien-dans-sa-tête ou Celle-qui-a-plein-de-problèmes, et c'est aussi à cause de ces quatre mots qu'elle écrit chaque matin sur son bras.

— C'est quoi ? De l'anglais, un truc comme ça ? lui a demandé le troisième jour Giulia Batta, la première du classement des plus belles filles de la classe.

— Un truc comme ça, lui a répondu Gioia sans la regarder.

Elle aurait voulu lui dire que c'est de l'allemand et que ces mots difficilement traduisibles signifient plus ou moins : « Quand le bonheur est quelque chose qui tombe », peut-être aussi lui expliquer pourquoi elle le marque chaque matin sur son bras. Mais la façon dont Giulia le lui a demandé, les regards des autres... Bref. On ne peut dire certaines choses qu'aux personnes qui les comprendront. Voilà pourquoi on parle si peu de ce qui compte vraiment pour nous.

Ce jour-là, pendant la pause, alors qu'elle mangeait un biscuit, adossée à un mur de la cour, son prof de philo, M. Bove, est revenu sur ses pas, a regardé son bras et a commenté : « Ah, ce bon vieux Rilke ! » Puis il s'est éloigné en sifflotant.

Gioia en est restée bouche bée. M. Bove, le seul à avoir reconnu la poésie dont était tiré ce vers, est le seul dans ce lycée qui lui adresse la parole. Et aussi le seul à qui Gioia a vraiment envie de parler.

— Bonjour, tout le monde, lance le prof de sciences en entrant, sans obtenir de réponse.

Autrefois, Gioia saluait les profs. Puis elle s'est rendu compte qu'ils s'en fichaient. Quand ils disent « bonjour », c'est comme s'ils pointaient. Peu leur importe qu'on réponde. Gioia aimerait que quand le prof entre dans la classe tout le monde se lève et dise d'une seule voix : « Bonjour, monsieur le professeur. » Comme autrefois.

— Aujourd'hui, c'est leçon ou interrogation ? demande l'enseignant.

Cette fois, la réponse arrive à l'unisson :

— Leçon !

— Vous êtes sûrs ? On n'est pas lundi, aujourd'hui ?

— Si, monsieur, on est lundi, mais au dernier cours vous avez dit qu'il y aurait leçon ! lance Casali du dernier rang, avec son aplomb habituel.

Le prof n'est pas dupe. Il sort un petit agenda de sa poche, le consulte rapidement et répond :

— Je suis navré de vous contredire, Casali, mais je crains que vous ne m'attribuiez des mots qui ne m'appartiennent pas.

Ah, ces profs qui emploient un langage alambiqué pour rabaisser les élèves… Gioia pense qu'ils méritent d'aller directement en enfer.

— Je dirai donc, cher Casali, qu'étant donné votre tentative maladroite de me berner, vous serez l'un des deux chanceux qui vont s'asseoir à côté de moi pour discuter lymphocytes et leucocytes.

Casali regarde autour de lui en cherchant le soutien de ses camarades, en vain. Ils sont silencieux, les yeux rivés au sol, certains fouillent dans leur sac à dos.

— Alors, monsieur Casali ? Je vous attends.

— J'arrive, monsieur, annonce Casali tandis que sa main glisse sous sa table pour envoyer un texto.

Tous les élèves ont compris ce qui se passe et tous, hormis Gioia, se mettent à feuilleter rapidement leur livre en essayant de mémoriser le plus d'informations le plus rapidement possible : ce texto indique que bientôt quelqu'un devra remplacer Casali sur la chaise de l'interrogé, pendant que lui s'en sortira sain et sauf.

Il se lève et va s'asseoir à côté du prof, le plus sereinement du monde.

— Comment s'explique cette allégresse sur votre visage, monsieur Casali ?

— C'est parce que j'ai révisé et que j'ai hâte de vous le prouver, monsieur !

— Bien, monsieur Casali, alors vous ne m'en voudrez pas de commencer *illico* par une question difficile.

— Plus elle sera compliquée, mieux ça sera, monsieur !

— Excellente attitude. Pourriez-vous m'expliquer l'étymologie du mot « leucocyte » ?

Casali sourit. Dans sa tête, le compte à rebours a démarré.

Trois.

Deux.

Un…

On frappe à la porte. Mario, un surveillant, entre dans la classe.

— Bonjour, excusez-moi de vous déranger mais c'est urgent. Il y a une communication importante pour… Casali Gianluca, déclare-t-il après avoir déplié un papier. Il doit descendre immédiatement !

On entend des ricanements au fond de la classe.

— C'est grave ? demande l'enseignant.

— Je ne sais pas. Je sais juste que l'appel vient de l'hôpital, répond le surveillant.

Casali prend l'air le plus inquiet possible, se lève et dit au prof :

— Vous pourrez m'interroger après ?

— On verra ça plus tard. Allez-y, Casali, dépêchez-vous !

Casali bondit sur ses pieds. Dans la classe, on entendrait une mouche voler. Personne n'a le courage de se lever pour dire ce qui se passe vraiment. Par peur. Parce que Casali est un petit caïd qui organise des fêtes d'enfer : selon qu'on y est invité ou non, on est « quelqu'un » ou « personne ».

Hormis Gioia, aucun être vivant au monde, lymphocytes et leucocytes inclus, ne veut finir dans la case « personne ».

C'est déjà la troisième fois cette année que Casali a recours à ce truc. Avec trois enseignants différents, mais la troisième fois, tout de même.

Il paie Mario, qui tient royalement son rôle : il entre en classe essoufflé et met en scène une tragédie familiale imminente. En réalité, trois secondes plus tard ces deux-là jouent aux cartes ou regardent des vidéos sur une tablette dans la pièce des surveillants. Les salauds.

Gioia est la seule qui pourrait dire quelque chose, parce que :

a) elle n'est jamais invitée à ces fêtes ;

b) si elle était invitée, il faudrait la bourrer de sédatifs pour qu'elle y aille.

Mais… si elle parlait, ça voudrait dire qu'elle est une moucharde, une balance, un cafard, l'être le plus vil et le plus répugnant de l'univers. Un acte de ce genre la rétrograderait sur-le-champ au rang le plus bas de l'infamie.

Que ce soit clair tout de suite : pour la plupart de ses camarades Miss Rabat-joie est *déjà* cet être horrible, méprisable et mesquin. Quant aux autres, ils ne savent même pas qu'elle existe.

Elle ne fait pas grand-chose pour se débarrasser de cette étiquette. Au contraire, même si elle sait qu'elle s'attirera la haine du monde extérieur, en plus des blagues ou des rires étouffés, parfois elle n'arrive pas à se retenir. Elle sait qu'il lui faudra affronter des représailles. Pourtant, elle parle quand même. Elle ne sait même pas pourquoi. Exactement comme maintenant.

— Monsieur ! intervient-elle juste avant que Casali passe la porte.

Dix-huit têtes se tournent vers elle. Trente-six yeux la foudroient. Casali serre les dents et lui lance un regard menaçant. Le jeu touche à sa fin.

— D'accord, mademoiselle Spada, dit le prof.

— D'accord quoi ? demande-t-elle, perdue.

— D'accord : levez-vous, je vous interroge.

— Monsieur, j'avais quelque chose à dire !

— Nous avons déjà perdu assez de temps comme ça. Vous me le direz à la récréation, d'accord ? Et vous, filez, qu'est-ce que vous attendez ? lance-t-il à Casali, qui profite de la distraction du prof pour adresser à Gioia un geste obscène.

Dix-huit bouches s'ouvrent pour laisser échapper des éclats de rire moqueurs. Quant aux majeurs levés sur son passage alors qu'elle se dirige vers l'estrade, elle en repère au moins trois.

Gioia soupire, serre les lèvres, effleure de son index la petite cicatrice derrière son oreille droite et murmure son juron préféré :

— Planète de merde.

3

On ne peut pas dire qu'elle n'a jamais essayé. Au contraire. Depuis toujours, elle essaie.

Elle a essayé d'être comme eux. Ça n'a pas fonctionné.

Elle a essayé d'être elle-même. Ça n'a pas fonctionné.

Ça a toujours été comme ça et dans ce nouveau lycée, c'est pire.

Quand elle faisait semblant d'être comme eux, elle butait en permanence : elle essayait de prononcer les mêmes phrases, de faire les mêmes gestes, mais tout sonnait faux. Et puis, toutes les trois secondes elle butait au sens propre, et trébuchait, ce qui faisait rire les autres.

Alors un beau jour elle s'est dit : si on veut de moi telle que je suis, tant mieux, sinon amen.

Ça a plutôt été « amen ».

En un instant, elle a reçu l'étiquette de snob qui se la joue, de fille à éviter. Bien sûr, personne ne s'est demandé qui est vraiment Miss Rabat-joie, la fille qui ne parle jamais, sauf pour cracher son venin.

De l'extérieur, on dirait qu'elle en veut à la terre entière, voire qu'elle a des soucis avec ses muscles du sourire. Avant Miss Rabat-joie, ses sobriquets étaient Optimisme et Herpès.

Et pourtant…

Gioia Spada est capable, quand on lui offre un cadeau, de lire le petit mot et d'oublier d'ouvrir le paquet. Quand il pleut, elle prend un parapluie et le laisse fermé. Quand elle trouve un livre qui lui plaît, elle ne le dévore pas, elle le lit lentement de peur de le finir trop vite. Elle ne sourit pas souvent, mais quand elle le fait, c'est comme si la lumière s'allumait. Elle ne sait pas qui est Kim Kardashian. Pendant ses rédactions, elle ajoute les points et virgules à la fin, après avoir écrit le reste. Quand elle croise un chien, elle le salue toujours. Quand elle enfile une chemise, elle boutonne toujours lundi avec mardi. Dans sa chambre, elle a un mur couvert de photos de chanteurs, écrivains, peintres et poètes, presque tous morts. Quand elle mange une pizza, elle commence par la croûte.

C'est vrai, Gioia Spada ne parle presque jamais aux gens, surtout ceux de son âge. Pas parce qu'elle déteste tout le monde ou qu'elle se croit supérieure, mais parce qu'elle voit et sent bien que les autres, tous les autres, sont meilleurs que ce qu'ils montrent. Qu'ils affichent une version modifiée d'eux-mêmes, un brouillon, comme s'ils envoyaient des sosies à leur place au lycée, au travail et dans la rue, pendant qu'eux, les vrais, restaient enfermés dans leur chambre, de peur d'être vus. Si elle en rencontrait un, juste un, qui n'envoie pas son sosie à sa place, Gioia n'hésiterait pas une seconde à s'y accrocher comme un morceau de Scotch. Même si tous ceux qui croient la connaître disent qu'elle déteste les gens, que sa place est sur une île déserte, elle, elle sait que c'est faux : elle aime les gens à la folie, elle passe son temps à les observer, à les étudier.

Elle ne déteste pas les gens, elle déteste les mensonges. Le problème, c'est que la plupart du temps les deux coïncident.

Personne ne le sait, mais à l'école primaire quand on lui demandait : « Qu'est-ce que tu veux faire quand tu seras grande ? », Gioia Spada répondait toujours la même chose : « Le bonheur de quelqu'un. »

4

— Nettoyer la pisse qui a débordé, la boue, le vomi et la merde dans les toilettes d'une boîte de nuit après la fermeture ?

— Ah oui, bien sûr !

— Compter une à une toutes les pièces de un, deux et cinq centimes, avec quelqu'un à côté de toi qui t'embrouille ?

— Ça aussi, oui.

— Coucher avec un type de ta classe.

— Ça, ce serait dur, mais je préférerais tout de même.

Gioia traîne des pieds en discutant avec Tonia. Comme tous les jours, son amie lui débite la liste : la liste de ce que Gioia serait prête à faire plutôt que de rentrer dans le petit duplex de l'immense barre où elle vit. Les trouvailles de Tonia sont horribles, mais rarement assez pour que Gioia ne soit pas prête à s'y plier. Tout plutôt que d'ouvrir la porte de chez elle et respirer l'air de son appartement.

En dix-sept ans, elle a vu un certain nombre de logements moches et décrépits. Cerise sur le gâteau, le sien se trouve dans une banlieue de HLM grises couvertes d'obscénités, peuplées de vieux râleurs et de visages à qui on n'a pas envie de dire bonjour en souriant. Pourtant, après des années d'attente, elles ont enfin atteint le haut de la liste, si bien qu'un jour sa mère en robe de chambre a ouvert une lettre et, les larmes aux yeux, lui a annoncé : « On a un appartement ! » Elles y sont depuis trois mois.

— Avoir des hémorroïdes tellement douloureuses que tu ne peux pas t'asseoir pendant une semaine.

— Volontiers !

Tonia est sa meilleure amie. Elle est plus grossière qu'un instructeur de la Marine nationale, et pourtant toujours prête à donner de bons conseils à Gioia dans les moments difficiles. Grande, coupe au carré, elle est la seule à pouvoir faire rire Gioia en toutes circonstances. Une amie parfaite : sincère, directe, elle n'y va pas par quatre chemins et ignore l'art de dorer la pilule, à l'inverse de toutes les autres filles que Gioia connaît. D'ailleurs, Gioia s'est toujours demandé pourquoi les autres filles apprécient une amie pour sa capacité à trouver les mots justes sans blesser. Elle préfère de loin sa Tonia, qui ne lui dit pas : « Peut-être que tu pourrais, éventuellement… » mais : « Hé, ma belle, tu fais n'importe quoi, là, tu le sais, n'est-ce pas ? »

Tonia est l'amie idéale pour un millier de raisons, et surtout une : elle n'existe pas.

En effet, Tonia Vincenzi, dix-sept ans, père piémontais et mère originaire de Salerne, rencontrée le lendemain de son arrivée dans cette ville, est son amie imaginaire. Très utile en de nombreuses circonstances :

elle joue au volley (et donc il y a toujours un entraînement ou un match à aller voir, quand Gioia a besoin de sortir de chez elle), elle fréquente un autre lycée (des fois que sa mère aurait l'idée de la contacter pour lui demander comment se passe la scolarité de Gioia), et ses parents lui ont interdit le téléphone portable jusqu'à ses dix-huit ans, parce qu'ils ont des principes « à l'ancienne » (et parce que de cette façon sa mère ne risque pas de l'appeler quand elle est « avec elle »). Car Gioia non plus n'a pas de téléphone. Elle est sans doute la seule fille de dix-sept ans du monde occidental à ne pas en avoir. Ce n'est pas une question de principes : elle n'en a tout simplement pas les moyens. Les seules rentrées d'argent sont la retraite de la grand-mère et la pension de réversion du grand-père, qui doivent nourrir trois personnes, plus un chat.

— Regarder depuis le début tous les épisodes de toutes les saisons d'*Amour, gloire et beauté.*

— Non, ça non, ne me demande pas ça, Tonia !

Gioia parle à Tonia à voix haute. Surtout quand tout va mal et qu'elle a besoin que quelqu'un la fasse rire.

Le fait est que Gioia aime ouvrir une parenthèse dans le monde et s'y réfugier. Depuis toujours, les enseignants remarquent qu'elle passe beaucoup de temps les yeux dans le vide, incapable de se concentrer sur les cours. En effet, Gioia était en CP quand elle a découvert que son univers intérieur était bien plus captivant que le monde extérieur.

— Pourquoi, tu n'aimes pas *Amour, gloire et beauté* ? lui demande Tonia quand elles arrivent à destination.

— Tu es folle, ou quoi ?

À part regarder cette série, elle ferait n'importe quoi pour ne pas rentrer chez elle et trouver sa mère vautrée sur le canapé devant la télé, à moitié ivre ; l'évier plein de vaisselle attirant les mouches ; sa mamie Gemma dans la chambre du fond, sa perfusion qui pend, son cathéter à changer ; Gacco, le chat fantôme, en train d'abîmer tranquillement les bibelots. Et puis cette insupportable odeur de renfermé, les taches de moisissure sur le mur entre la cuisine et le salon, et le robinet de la salle de bains qui goutte depuis leur arrivée.

La seule inconnue, c'est de savoir si sa mère sera accompagnée d'un ami, comme cela arrive de temps en temps. Ils ont souvent entre vingt et vingt-cinq ans, elle les rencontre en boîte de nuit, juste avant la fermeture, et ils ont hâte de raconter à tout le monde que leur dernière conquête est une MILF. Certains ont la cinquantaine passée et sont au chômage, ont une barbe de trois jours et des valises sous les yeux. Le dernier avait cinquante et un ans, une mèche sur son crâne chauve et il prononçait les *r* bizarrement, si bien que quand Gioia est rentrée et qu'elle lui a poliment dit bonjour, il a répondu : « Je n'étais pas au courrrant que tu avais une fille. » Le plus gênant, c'est que sa mère ne dit jamais à ses petits amis que Gioia est sa fille. Quand (et si) elle la présente, elle dit toujours « ma colocataire », « ma sœur » ou « une cousine que j'héberge pour quelques jours ».

Gioia ne sait pas pourquoi sa mère agit ainsi. Elle craint peut-être de faire fuir le prétendant de service en lui apprenant qu'elle a une progéniture. Bien sûr, elle ne se rend pas compte que : a) faire fuir ce genre de personne devrait être son *objectif*, pas sa crainte, et b) puisque ces hommes ont couché avec elle le premier soir, voire dès la première heure, ils n'ont aucun projet sérieux avec elle.

Ainsi, après être passée devant l'immense tag « W LA BOMBASSE » tracé à la bombe sur le mur de son immeuble, elle monte au deuxième, pose la main sur la poignée de la porte de son appartement et marque une pause.

— Planète de merde, dit elle de nouveau.

Elle vient d'entendre sa mère hurler sur quelqu'un, et elle a reconnu la voix qui répondait.

— Aujourd'hui, Tonia, je préférerais *Amour, gloire et beauté.*

5

— Tu ne devrais même pas t'approcher de nous, tu te souviens ?

— Avec tout l'argent que tu m'as coûté pendant des années avant de me larguer, c'est comme si c'était moi qui payais le loyer, donc j'ai le droit d'être ici !

— Le seul argent que tu as dépensé, c'est pour ces horribles alliances d'occasion !

— Tu as raison, c'est ma faute, rien que ma faute ! Je n'aurais jamais dû tomber amoureux d'une connasse comme toi !

— Arrête de crier, tu vas réveiller ma mère !

— Je ne crie pas !

— Si, tu cries !

— Je ne crie pas !

— SI, TU CRIES !

— NON, JE NE CRIE PAS !

La plupart des conversations entre ses parents suivent le même enchaînement. Même s'ils parlent bas au début, ils finissent toujours par hurler.

— Salut, dit Gioia.

Personne ne répond. Elle entre, retire ses chaussures. Ni sa mère ni son père ne semblent s'apercevoir de sa présence. Ce qui est plutôt une bonne chose.

— On peut savoir ce que tu fais ici ? Comment tu as trouvé l'adresse ?

— Je te l'ai dit, j'ai besoin de mon CV, mon PC est cassé et je me rappelle que j'en ai laissé une copie dans cet ordinateur.

— Mais ça fait trois ans qu'on est séparés !

— Et alors ?

— Il n'est pas à jour.

— Pas grave, de toute façon je n'ai pas beaucoup bossé, ces trois dernières ann…

— Je suis sûre qu'il manque des trucs sur ce CV, par exemple « A fréquenté des prostituées, bien qu'étant marié et ayant une fille de quatorze ans » ou « A frappé plusieurs fois sa femme en état d'ébriété ».

Sonnette d'alarme. Il est temps de se manifester.

« La sonnette d'alarme » : à tirer quand sa mère dit quelque chose qui pourrait faire dégénérer la situation. Quand elle provoque, touche un point sensible ou se moque de lui en blessant son orgueil d'homme, si tant est qu'on puisse le qualifier d'homme. Toutes ces pratiques, autrefois, signifiaient baffes, policiers à la maison et voisins à la fenêtre, qui secouaient la tête pour montrer leur désapprobation.

Elle s'est toujours demandé pourquoi sa mère, qui le connaît et sait parfaitement quand il en vient aux mains, ne se taisait pas. Certes, il aurait probablement frappé quand même. Mais pourquoi lancer une pique, une phrase cinglante ou une méchanceté à tout prix ? Un véritable mystère.

Quoi qu'il en soit, l'histoire du CV est un exemple classique de sonnette d'alarme. Si Gioia ne se montre pas en insistant avec un « Bonjour ! » à voix haute, sa mère finira par terre, défigurée, et son père partira en claquant la porte. Sans CV. Ce qui serait encore plus grave, parce que cela signifierait une nouvelle visite.

En fait, pour ne pas le revoir chez elle, Gioia serait prête à enchaîner tous les épisodes d'*Amour, gloire et beauté* pendant un mois, sans coupures publicitaires.

— Bonjour ! lance-t-elle donc depuis la porte.

— Ma chérie ! s'exclame sa mère en courant vers elle et en la serrant dans ses bras comme si elle rentrait d'une mission en Afghanistan.

— Salut, Gioia, dit son père d'une voix basse en allumant une cigarette.

Gioia sent sur ses cheveux les larmes de sa mère.

— Au fait, il y a autre chose…, ajoute le père encore plus bas.

— Si tu as besoin d'argent, tu peux oublier ! Ce mois-ci, nous aussi on est à zéro.

— Non… j'ai un problème…

La mère de Gioia sèche ses larmes et le regarde. Gacco le chat fantôme passe entre ses jambes en ronronnant, comme s'ils vivaient tous un sympathique moment de tendresse.

— Qu'est-ce que tu veux ?

— J'aurais besoin de dormir ici quelques jours.

6

— C'était quoi, déjà, ce mot ?

Gioia Spada est enfermée dans la petite chambre avec sa grand-mère, Gemma. Un crayon entre les lèvres, elle fouille dans sa mémoire, les yeux dans le vide. Un carnet noir est posé sur le lit. Des mots y sont écrits pêle-mêle, accompagnés chacun d'une définition de deux lignes.

— Allez, ça commençait par un P !

Elle essaie de se rappeler un mot grec que le prof de sciences a prononcé aujourd'hui, pendant le sermon qui a suivi sa lamentable interrogation. En l'occurrence, il était en train de lui dire qu'à son âge les jeunes devraient décider ce qu'ils vont faire de leur vie, et qu'elle, en n'étudiant pas, se privait de la possibilité de choisir. Ce qui est en soi une contradiction, parce qu'on peut aussi choisir de ne pas étudier.

— *Pro... pro... proairesis* ! s'écrie-t-elle avant de le noter dans son carnet, suivi de sa définition.

« Capacité de choisir et de décider selon la raison. »

Elle le répète du bout des lèvres à voix basse, en se disant qu'elle connaît au moins deux personnes qui, à quarante ans passés, n'ont pas encore de *proairesis*. Puis elle referme le carnet, et regarde sa grand-mère.

Gioia est assise à côté d'elle, dans la pénombre, « Another Brick in the Wall » des Pink Floyd à plein volume dans les oreilles.

Gioia n'écoute que de la musique que n'importe quel ado qualifierait de vieille, voire de préhistorique. Le mérite – ou la faute, selon le point de vue – revient à son papi Alfredo, le mari de Gemma, mort quand Gioia avait neuf ans. Elle a passé les premières années de sa vie chez ses grands-parents, parce que ses parents, trop occupés à chercher un travail, ou plus souvent à le perdre, ne pouvaient pas la garder. Cela a été son salut. Elle écoutait ces disques avec son grand-père pendant des après-midi entiers. Il lui expliquait le sens des paroles et lui racontait comment étaient nées les chansons. Les groupes anglais et américains, les auteurs-compositeurs italiens, mais aussi le rock des années quatre-vingt-dix. De la musique que ses camarades de classe n'ont jamais entendue. Ancien ouvrier dans la métallurgie, papi Alfredo avait une culture musicale impressionnante. Il avait même été animateur pour une radio locale, dans sa jeunesse. Il a laissé à Gioia tous ses vinyles des Pink Floyd. S'il lui avait légué six villas avec piscine, elle aurait probablement été moins heureuse.

La musique des Pink Floyd a cette capacité unique de vous faire planer. Elle est souvent triste mais d'une manière belle et douce. Et, au milieu de cette tristesse, on se réveille et on s'aperçoit qu'on n'est plus triste, que nos pieds ne touchent plus terre, que le monde est en bas et que nous, on est loin et donc saufs.

C'est ce que répondrait Gioia, si on voulait savoir pourquoi elle écoute si souvent les Pink Floyd. Mais personne ne le lui demande. Pourtant, le plus difficile, ce n'est pas de trouver quelqu'un avec qui parler, c'est de tomber sur la personne qui pose les bonnes questions, celles auxquelles on a les réponses depuis des années, sans même le savoir. En attendant, cela fait trois heures que ses parents se disputent dans le salon, à cause d'événements qui remontent à avant qu'« Another Brick in the Wall » ait été écrite. Et si Gioia se réfugie dans la chambre de sa grand-mère qui a quatre-vingts ans passés, c'est parce que la regarder la détend plus que tout au monde.

Elle pourrait contempler les rides des vieux pendant des heures.

Elles illustrent des routes, des voyages, des erreurs. Plus il y a de rides, plus il y a de la vie sur un visage. Gioia Spada passe du temps dans cette pièce à suivre le parcours de ces sillons dans la peau, en imaginant combien de larmes de douleur et de bonheur il a fallu pour les creuser. Ce sont des montagnes qui se détachent à l'horizon et racontent le paysage, des points cardinaux, des indications, des panneaux. Quand elle les regarde, même quelques secondes, elle sait où aller, quoi faire, qui elle est et où est sa place.

À la différence des autres jeunes filles, Gioia Spada envie les rides de sa grand-mère. Elle voudrait les mêmes. Elle aimerait avoir autant de vie sur le visage. Elle caresserait ces sillons et saurait que la vie l'a griffée et a laissé sa trace. Ce signe, même douloureux, signifierait qu'elle a vécu, qu'elle n'est pas restée enfermée chez elle.

La cicatrice près de son oreille est peut-être ce qu'elle a de plus précieux. Elle la touche pour se rappeler ce qu'elle *ne veut pas* être, où elle *ne veut pas* aller.

Derrière la porte, son père accuse probablement sa mère d'avoir gâché sa vie, et elle lui ordonne de partir. Il ne peut pas dormir ici, un jugement de séparation l'interdit.

Sa grand-mère, les yeux entrouverts, respire tout doucement. Elle essaie de parler, alors Gioia retire ses écouteurs. Il est rare qu'elle dise quelque chose de sensé, mais cela arrive.

— Ggghhh… ggghhh.

Non, pas aujourd'hui.

Malheureusement, Gioia entend aussi les voix des deux personnes qui l'ont mise au monde. Certes s'ils ne s'étaient pas rencontrés elle ne serait pas née, mais à part ça il aurait mieux valu, pour eux-mêmes et pour l'univers, que cela n'arrive jamais.

— Ce sont vraiment deux idiots, hein ? déclare Gioia à sa grand-mère. Je me demande ce que vous avez encore à vous dire, pourquoi vous vous criez dessus. Vous savez que vous ne vous supportez pas ! Restez chacun de votre côté et tout ira bien, non ?

Gemma essaie de dire quelque chose, mais rien ne sort.

— Je sais, je sais. Je dois être forte. Faire comme si de rien n'était. M'en moquer. Je sais.

À nouveau, Gemma essaie de parler. En vain.

— Je leur donnerais bien des coups de poêle à frire, à ces deux-là. Quel kif !

Soudain, la porte de la petite chambre s'ouvre et son père apparaît, les yeux rouges et le souffle court.

— Sors d'ici.

Elle pourrait lui répondre qu'il doit partir, ou qu'elle n'a pas l'intention de se lever, mais avec les années, Gioia Spada a appris que quand son père a cette tête-là, mieux vaut le contenter. Lui dire oui, même si on pense non. Ou au moins se taire, se répéter en silence la chronologie des albums des Pink Floyd et attendre que ça passe. Elle a toujours raconté que sa cicatrice était due à une chute dans le jardin quand elle avait sept ans, mais c'est faux.

— Maintenant, tu viens ici et tu réponds à une question !

Gioia le regarde mais ne bouge pas.

— Une seule question, simple. Viens !

Gioia se lève, lance un dernier regard à sa grand-mère et photographie mentalement le faisceau de rides autour de son œil gauche. Elle sait qu'elle va avoir besoin de tout le calme du monde dans les prochaines minutes.

7

Sa mère est assise à la table de la cuisine, les yeux rouges, devant un cendrier plein.

Son père prend place en face d'elle.

— Mets-toi ici, en bout de table, indique-t-il à sa fille d'une voix faussement tranquille.

Gioia s'installe.

— Tu as seize ans, maintenant.

— Dix-sept, papa.

— Encore mieux. Tu es grande, je suis sûre que tu t'es fait ta propre idée sur cette histoire.

Aïe. Gioia a compris.

— Laisse-la, Giorgio. Elle n'a rien à voir là-dedans !

— Laisse-moi juste poser une question à ma fille. Juste une question, ensuite elle peut retourner avec sa grand-mère.

Gioia n'a qu'une envie : se lever et partir. Partir vraiment. De chez elle. Dans une autre ville, si possible. Voire sur une autre planète.

— Tu as dix-sept ans, donc je veux que tu comprennes qu'en te posant cette question je te fais entièrement confiance. Ton opinion compte pour moi.

Deux mots s'enchaînent en *loop* dans la tête de Gioia : *merde* et *non*.

Merde, non, merde, non, merde, non, merde, non.

— Maintenant, je veux que tu réfléchisses. Prends le temps dont tu as besoin pour nous dire qui, à ton avis, est coupable de tout. Ta mère ou moi ?

Merde, non, merde, non, merde, non, merde, non.

— Je sais que tu vas répondre que c'est un peu les deux, mais je veux que tu nous dises qui, d'après toi, est *le plus* coupable. Parce que tu as forcément un avis, après toutes ces années.

À la seconde où son père finit sa phrase, Gacco le chat fantôme atterrit au centre de la table, comme s'il tombait du ciel. Voilà d'où vient son surnom : depuis qu'elles l'ont trouvé dans l'appartement, à leur arrivée, il apparaît à l'improviste, comme s'il se matérialisait. On le retrouve dans les tiroirs, on lui marche dessus, il saute sur les gens en pleine conversation. Un chat fantôme.

Le père de Gioia l'envoie valser du revers de la main. Le chat manque de s'écraser contre le réfrigérateur.

— Allez, dis-le ! Qui est le plus coupable, moi ou ta mère ?

— Qu'est-ce que tu veux qu'elle te réponde, Giorgio ? Pourquoi tu l'impliques là-dedans ?

— Parce que tôt ou tard il faut que quelqu'un tranche, et pas un connard de juge ou d'avocat ! Il est temps que tu comprennes que tout ce bordel, c'est ta faute !

— Ma faute ! hurle la mère en mettant ses mains sur sa poitrine.

Mais Gioia ne les entend plus.

Immobile, elle fixe un point dans le vide. Ses dents claquent. Il existe un mot dans son carnet pour ça : en persan, *zhaghzhagh* signifie « quand les dents claquent de froid ou de colère ».

À cet instant, le seul mouvement de Gioia est un *zhaghzhagh* de colère.

— Bien sûr que c'est ta faute ! Il est temps que tu l'admettes ! crie son père, tout rouge.

Gioia a l'impression d'être sous l'eau : leurs voix sont atténuées, privées de sens. Ce n'est pas ici qu'elle doit être, ce n'est pas sa place, elle ne veut pas répondre à cette question. Elle pense que Gacco s'est peut-être fait mal, que sa grand-mère est seule dans la chambre, que la journée a commencé par un cinq sur dix en sciences, mais qu'en comparaison ç'a été un moment formidable. Elle constate aussi que son père et sa mère sont deux abrutis, qu'elle n'a pas éteint son lecteur MP3, que ses écouteurs sont dans sa poche, que selon ses calculs c'est donc « Mother » qui passe, la dernière chanson de l'album *The Wall*, qu'en tendant l'oreille elle pourrait le vérifier, qu'elle n'a pas dîné mais qu'elle n'a pas faim, que dehors le ciel est étoilé et qu'elle a envie d'aller le regarder…

Aller voir le ciel étoilé.

Ne pas rester ici. Ne pas répondre à cette question. Dehors, un point c'est tout.

Alors, Gioia se lève. Ses parents ne s'en rendent même pas compte. Lentement, elle fait un pas en arrière, elle quitte la pièce, elle pose la main sur la porte d'entrée, l'ouvre, leur jette un coup d'œil furtif. Ils sont en train de comprendre ce qui se passe, alors elle sort, court, s'enfuit le plus vite possible dans la nuit, sous les étoiles.

8

Gioia court.

Plus vite que jamais. Les poumons dilatés, le cœur à trois mille à l'heure, sans savoir où elle va, ni pour combien de temps. Elle veut juste mettre le plus de distance possible entre elle et son appartement.

Quand son dos est humide de transpiration et que ses genoux tremblent de fatigue, quand elle a des crampes dans les jambes, elle s'arrête et se rend compte qu'elle ne connaît pas ce quartier de la ville. Elle n'a aucun souvenir de cette rue, de ces immeubles, de ce bar. Très fatiguée, elle s'assied sur une chaise en plastique de la terrasse couverte. L'établissement a l'air fermé, à l'abandon. L'enseigne extérieure devait afficher « BarAonda », mais, comme les quatre dernières lettres sont cassées, il ne reste que « BarA », ce qui signifie « cercueil » en italien. Lugubre ! Un peu plus loin, une église miniature semble posée sur une petite colline. Gioia entend qu'un téléviseur est allumé, quelque part dans la rue. Elle a froid. Un petit vent glacial s'est levé, or elle ne porte qu'un pantalon de survêtement et un tee-shirt.

Pourtant, elle ne bouge pas de sa chaise. Il n'y a personne dans les environs, elle pourrait dormir ici. Soudain ses paupières sont lourdes, très lourdes. Elle n'arrive pas à garder les yeux ouverts, malgré le froid et l'étrangeté de la situation : elle est assise à la terrasse d'un bar fermé, seule, et ses parents n'ont aucune idée de l'endroit où elle se trouve.

Les bras gelés et la morve au nez, Gioia s'endort. Si profondément qu'elle rêve. Un cauchemar dans lequel elle doit effacer un million de *MISS RABAT-JOIE* tracés au rouge à lèvres sur les murs, les tables et le sol du lycée pendant que ses parents lui répètent : « Qui est coupable ? Hein ? Qui ? »

Tout à coup un bruit la réveille.

Comme si quelqu'un envoyait une balle en plastique contre un mur, en plus sourd et plus puissant. Toum ! Gioia regarde autour d'elle, ne voit personne.

Toum !

Soudain elle se sent un peu stupide d'avoir atterri dans cet endroit inconnu à cette heure tardive.

Toum !

De deux choses l'une : soit elle prend ses jambes à son cou, soit elle va regarder ce qui se passe. Gioia Spada sait parfaitement que dans les films d'horreur il y a toujours une idiote qui va voir et qui se fait étrangler, démembrer ou pendre. Pourtant, par curiosité, elle choisit quand même d'y aller. Lentement, elle avance vers la source du bruit.

Toum !

Elle était assise à l'une des extrémités de la terrasse en L. Le bruit provient de l'autre bout, aussi elle ne voit pas ce qui se passe. C'est peut-être un chat, le vent qui fait claquer une porte… ou un voleur-violeur. Gioia rase le mur, s'arrête et penche la tête. Au fond, elle aperçoit… *quelqu'un*.

On dirait un garçon. La capuche de son sweat-shirt est relevée et il joue aux fléchettes. Seul.

9

Il lance une fléchette, va la chercher, en lance une autre, va la chercher. Il est fort : il atteint toujours le centre de la cible ou la zone 60.

Sauf qu'il joue seul, pratiquement dans le noir, au BarA abandonné. Gioia l'observe pendant quelques minutes, interdite, puis la réalité la rattrape : il est temps de rentrer chez elle. Mais en se retournant, elle heurte une chaise sur laquelle était posé un cendrier, qui tombe et se brise en mille morceaux, provoquant un fracas assourdissant.

— Qui est là ? demande le joueur de fléchettes.

En se cognant contre la chaise, Gioia s'est fait mal au genou : même si elle le voulait, elle ne pourrait pas s'enfuir.

— Ri-rien… je…

La douleur est si forte qu'elle n'arrive pas à s'exprimer clairement. Le garçon vient vers elle. Parfait, il ne manquait plus que ça.

— Laisse tomber, j'allais partir ! lâche-t-elle.

— Tu t'es fait mal ?

— Non, non, tout va bien, j'ai juste perdu une rotule. Si tu en vois une dans les parages, c'est la mienne.

— Assieds-toi, lui dit-il en redressant la chaise.

Il pose sur la table un bocal en verre rempli de cailloux qu'il tenait dans sa main, puis il prend la jambe de Gioia et l'allonge avec précaution sur une autre chaise.

— Doucement ! crie-t-elle.

— Calme-toi, c'est juste un choc, tu sais ? Tu n'as pas perdu l'usage de tes jambes !

— Tu es qui, toi, l'orthopédiste à capuche ? demande Gioia en le repoussant.

— Non, Chose. Je sais seulement que quand on se cogne contre une chaise, au bout d'un moment la douleur passe.

Gioia oublie une seconde qu'elle a mal pour lui lancer un regard noir.

— Je me trompe, ou tu viens de m'appeler Chose ?

Ça constitue une raison suffisante pour se lever et partir sans le saluer, malgré sa gentillesse. Mais Gioia souffre trop.

— Qui ? Moi ?

— Non, un des deux cents clients du bar !

Il regarde autour de lui comme s'il cherchait le coupable.

— D'accord, Chose. Si tu le vois, dis-le-moi, je lui réglerai son compte ! Ce n'est pas ainsi qu'on s'adresse à une jeune fille, ajoute-t-il en souriant.

Il doit avoir son âge, plus ou moins. Elle ne voit que la partie basse de son visage et son œil droit, qui a l'air marron. Sa barbe de trois jours est clairsemée. Il reprend son bocal de cailloux et s'assied en face d'elle.

— On peut savoir ce que tu fais à cette heure dans un bar abandonné, vêtue d'un simple tee-shirt, Chose ? Tu chasses les pervers ?

— Pour commencer, tu vas arrêter de m'appeler Chose. Je suis ici parce que… Pardon, mais tu t'es vu, toi qui joues tout seul aux fléchettes au même endroit, à la même heure ? Avec un bocal plein de cailloux, en plus !

— J'ai peut-être une bonne raison d'être ici.

— Moi aussi !

— Habillée comme ça ?

— Pourquoi ?

— Excuse-moi, Chose, mais tu as plutôt l'air d'avoir une bonne raison de *ne pas être quelque part*.

— Et toi, de quelqu'un qui ferait mieux de se mêler de ses oignons.

— OK. Oublie ce que j'ai dit. Repartons du bon pied.

— … Qu'est-ce que tu veux dire ? demande Gioia en penchant légèrement la tête sur le côté.

— Ben, on fait connaissance, non ? En tout cas, tu n'as pas l'air partie du bon *genou*.

Gioia le regarde de travers. Le garçon s'approche avec précaution et tente de toucher l'endroit où elle s'est cognée. Elle lui bloque la main en le fixant d'un air qui, dans le langage international non verbal, signifie : « Comment te permets-tu ? »

— Ça va déjà mieux, merci.

— Bien !

Il observe son bras, fronce les sourcils.

— Qu'est-ce que tu regardes ?

— Qu'est-ce que tu as écrit ?

— Des mots, répond Gioia en se massant la jambe.

— Ça alors ! Je pensais que c'étaient des lettres tracées au hasard !

— C'est ce que croient beaucoup de gens.

— Qu'est-ce que ça signifie ? C'est de l'allemand, non ?

Les lettres sont un peu effacées à cause de la transpiration. Il essaie de les déchiffrer, mais Gioia les couvre avec sa main.

— Écoute, ça va vraiment mieux. Je vais y aller.

Il croise les bras, pose un pied sur la table et déclare, satisfait :

— Tu vois ?

— Encore un, soupire Gioia en se touchant le genou.

— Un quoi ?

— Un qui aime dire « Tu vois ? » quand il a raison.

— J'ai longuement hésité avec « Va te faire foutre ».

— Excuse-moi, je n'ai pas compris : tu viens de me dire d'aller me faire foutre ?

— Qui ? Moi ?

— Oui, toi : Tu m'as bien dit d'aller me faire foutre ?

— Il y a une probabilité pour que ça se soit passé, oui.

— Et tu dis un truc pareil à une fille que tu viens de rencontrer ? Tu me prends pour ta sœur ?

— Je n'ai pas de sœur. Si j'en avais une, je ne crois pas que je lui dirais d'aller se faire foutre. Ça ne se fait pas !

Soudain, un événement se produit, auquel peu de gens ont pu assister, parce que quand cela arrive il n'y a jamais personne pour le voir.

Gioia rit.

Un rire qui dure deux toutes petites secondes, mais tout de même.

— Hé, hé, la fille qui doit aller se faire foutre a presque ri. Ça veut dire qu'elle n'est plus fâchée ?

Gioia essaie de se lever, il lui tend le bras, elle le repousse.

— Je peux me débrouiller toute seule.

— Pardon, j'avais oublié : Miss Sans-concession n'accepte pas l'aide d'un inconnu !

— Tu pourrais peut-être me dire ton prénom, comme ça, tu ne serais plus si inconnu.

— Et toi, le tien, comme ça, j'arrêterais de t'appeler Chose.

— Je m'appelle Gioia. Et toi ?

— Lo.

Elle le regarde quelques instants droit dans les yeux.

— Lo.

— Lo.

— Lo !

— Oui, Lo. On va passer la nuit à le répéter ?

— Tu t'appelles vraiment Lo ? C'est ton prénom ?

— C'est un diminutif. Mes amis m'ont toujours appelé comme ça.

— Ah, donc tu t'appelles… Lo… renzo ?

— Peut-être.

— Moi, je t'ai dit mon prénom.

— Mais tu ne m'as pas raconté pourquoi tu fuyais. Je te propose un marché : si tu veux, je t'explique pourquoi je joue aux fléchettes la nuit, mais je ne te donnerai mon prénom que si tu me racontes pour quelle raison tu es ici.

— D'accord. Pourquoi tu es ici ?

— C'est simple. Tu vois ce jeu de fléchettes ? C'est le seul en extérieur, de toute la ville.

— Et donc ?

— Donc, c'est le seul que je peux utiliser la nuit, quand il n'y a personne.

Gioia lui lance un regard interrogateur.

— Quand quelqu'un me regarde, je suis nul. J'arrive à peine à atteindre le cercle... Souvent, je tire dans le mur. Alors que quand je suis seul, je vise en plein dans le mille. Ne me demande pas pourquoi, je ne le sais pas.

Gioia a parfaitement compris ce qu'il veut dire.

— Et toi, qu'est-ce que tu fais ici ? insiste Lo.

— Bah...

— Tu t'es perdue, hein ?

— Je sais juste que je me suis mise à courir et que, comme je n'en pouvais plus, je me suis arrêtée.

— Des problèmes chez toi ?

— Oui... Comment tu le sais ?

— Pas besoin d'être Sherlock Holmes, Chose, pour voir que tu es pratiquement en pyjama. À moins que tu sortes toujours comme ça. Par ce temps, en plus...

— Je t'ai donné mon prénom, non ? Arrête de m'appeler Chose.

— Tu sais quoi ? Je préfère Chose. Ça t'embête ?

— Oui, ça m'embête.

— Allez, il y a pire que se faire appeler Chose.

— Avoir un article défini comme surnom, par exemple.

— Lo peut être aussi un pronom.

— Tu as l'intention de me révéler ton prénom, maintenant ?

Soudain, dans la rue, au loin, une voix appelle : « Gioia ! Gioia ! »

— Je crois qu'on te cherche.

— Merde, mon père ! Comment est-il arrivé jusqu'ici ?

Gioia s'accroupit sous une table. Lo reste assis et observe l'homme qui passe.

— Tu ne veux pas qu'il te voie ?

« GIOIA ! GIOIA ! »

— Je ne veux pas rentrer à la maison avec lui. Tout mais pas ça. Parle plus bas, il va t'entendre !

— Viens avec moi !

Il lui prend la main puis ils avancent ensemble, tête baissée, vers l'extrémité de la terrasse du bar, du côté du jeu de fléchettes. Il y a un espace d'environ cinquante centimètres entre la cible et le mur, ils s'y glissent. Avec l'obscurité, ils sont presque invisibles.

— Pas mal, comme premier rendez-vous, non ? demande Lo.

— Comme premier quoi ?

« GIOIA ! GIOIA ! »

— Nous sommes dans un bar, un garçon et une fille : tu appelles ça comment ?

— Euh… un gnon au genou et un salaud de père dans les parages ?

— Ah, les filles d'aujourd'hui. Elles ont perdu le sens du romantisme !

Le père de Gioia s'éloigne, sa voix faiblit. Ils sortent de leur cachette.

— Bon, maintenant que ton père a disparu… on fait une partie de fléchettes ?

— Il vaut mieux que je rentre.

— Tu n'as pas peur ?

— Non. Après avoir rencontré un type avec un sweat à capuche qui joue seul aux fléchettes et traîne avec lui un bocal de cailloux, je crois que plus rien ne pourra me faire peur. Indique-moi juste le chemin du quartier des HLM.

— C'est là que tu habites ?

— Non, mais en pleine nuit, après un bar fermé, ça me plairait de visiter un quartier malfamé.

Il sourit et lui explique le chemin. Gioia claque des dents, cette fois pas de colère mais de froid.

— Il ne fait pas chaud, hein ? commente-t-il.

— J'aime bien le bruit des dents qui claquent. C'est très musical.

— Tu es toujours aussi sarcastique, ou c'est moi qui t'inspire ces blagues ?

— Disons une combinaison des deux.

— Est-ce que tu accepterais que je te prête mon sweat ?

— Et je te le rends comment ?

— C'est simple : tu reviens ici demain à la même heure, je serai en train de jouer.

— Tu aimes vraiment les fléchettes, toi.

— Alors, tu le veux, oui ou non ?

— D'accord, merci. Mais c'est parce que je suis gelée. Je te le rapporte demain.

— Parfait.

— C'est très gentil à toi, Lo-diminutif-de-je-ne-sais-pas-quoi.

— Ce n'est pas de la gentillesse. J'avais besoin d'une excuse pour te revoir. Comme ça, tu m'expliqueras peut-être ce qui est écrit sur ton bras.

Gioia enfile le sweat-shirt. Elle regarde Lo dans les yeux. Sans sa capuche, elle voit son visage en entier. Ses cheveux très courts, châtain clair, sont éclairés par les lampadaires. Sa bouche est grande et semble capable d'un rire contagieux et bruyant. Ses yeux marron sont légèrement enfoncés, en amande, avec de longs cils. Juste au-dessus du sourcil, elle aperçoit une cicatrice de deux centimètres.

Il a un surnom idiot, mais il n'est pas mal du tout, pense Gioia.

Elle remarque surtout que lui aussi la regarde, d'une drôle de façon. Elle ne sait pas décrire comment, parce qu'elle ne se souvient pas que quelqu'un l'ait déjà observée ainsi.

Cela dure quelques secondes. Oui, quelques secondes, mais qui semblent durer beaucoup plus longtemps.

— Alors à demain. Je trouverai une excuse pour sortir et je te rapporterai ton sweat, dit-elle pour dissiper la gêne de se sentir dévisagée.

— J'espère bien. Ce n'est pas un cadeau, répond-il comme s'il se réveillait.

— Salut, Lo.

— Salut, Chose.

10

— Bonjour, jeunes gens, lance M. Bove en entrant.

Gioia lui répond, parce qu'elle sait qu'il y est sensible. Elle est la seule.

Il a soixante ans mais en paraît quatre-vingts. Barbe et cheveux blancs, visage creusé, il porte de vieux costumes anthracite usés aux coudes. Il enseigne la philosophie.

Il s'assied et regarde tous les élèves dans les yeux, tour à tour, quelques secondes chaque fois. Ils ont l'habitude : c'est sa façon de faire l'appel. Comme ça, d'après lui, il voit vraiment qui est présent ou non. Quand il juge qu'ils ont l'air ailleurs, il marque absents des élèves qui sont assis en classe. Il ne les réprimande pas : simplement, il les note absents.

Après l'appel, il ouvre son sac et en sort un sachet de pâtisseries qu'il pose bien en vue sur son bureau. Ce sont de véritables bombes caloriques : d'énormes beignets à la crème, des rouleaux de pâte feuilletée fourrés gigantesques, des chaussons plus grands que la paume de la main.

— Maintenant, je vais faire un tirage au sort et vous allez venir un par un choisir votre pâtisserie et l'emporter à votre place. À mon signal, vous la mangerez.

— Moi, je n'ai pas faim ! dit Giulia Batta, dont l'apport calorique journalier est semblable à celui d'un colibri au régime.

— D'accord, je n'insiste pas. Celui qui sera désigné après vous pourra en prendre deux.

Il procède au tirage. Bien sûr, Casali, l'être vivant le plus chanceux de l'hémisphère Nord, est appelé le premier.

Chacun vient chercher sa pâtisserie. Presque tous s'exclament en arrivant : « Oh nooon, il n'y a plus ce que je voulais ! »

— Ne vous avisez pas de manger avant mon signal, sinon je vous colle un 4 !

Quand le sachet est vide, Bove les regarde un instant, sourit et déclare :

— C'est bon, vous pouvez manger !

Les commentaires fusent.

— Il est sympa !

— À tous les coups, elles ne sont pas fraîches.

— Elles doivent dater de la communion de son petit-fils, il y a deux ans !

— La mienne a un goût de légumes !

Bove les observe. L'opération est longue, parce que les pâtisseries sont vraiment gigantesques. Même Boccia, capable d'avaler une pizza entière en un temps record, n'a pas encore fini.

Soudain, alors que tout le monde a la bouche pleine, le prof tape sur la table et déclare :

— Stop ! Tout le monde s'arrête ! Posez immédiatement vos gâteaux !

— Mais..., proteste Boccia, un halo marron autour de la bouche.

— Celui qui continue à manger aura un 2 !

Bove ne plaisante pas. Il est capable de tout. Il se moque que les parents aillent voir le proviseur : il est proche de la retraite et plus personne ne lui casse les pieds. Il n'a peur de rien : si le ministre de l'Éducation en personne venait lui faire des reproches, il lui sortirait une citation de Platon ou de Kant, il lui sourirait et il lui dirait poliment d'aller se faire voir. Alors la classe s'arrête. Plus personne ne mâche.

Chacun pose son reste de pâtisserie sur sa table.

— Monsieur, on peut savoir...

— Taisez-vous, Casali. Et nettoyez-vous la bouche, on dirait des toilettes de gare.

Ricanements.

Bove se lève et commence :

— Nous avons la vie que nous avons. Il y a des centaines de théories sur le destin, le karma et la justice divine. Aristote, Hegel et même Schopenhauer, dans le fond, étaient convaincus qu'il existait un schéma préétabli d'enchaînement de causes et d'effets. Mon idée est que tout, toujours, n'est qu'une question de cul.

Visages dubitatifs. Quelques rires, parce que le prof a dit « cul ». Personne n'a compris de quoi parle le vieux ni où il veut en venir.

— La pâtisserie de vos rêves se trouvait dans ce sachet. Seuls ceux qui ont été tirés en premier ont eu la chance de choisir. Les autres ont dû se contenter de ce qu'il restait. Même si quelqu'un renonce toujours et laisse les autres manger son gâteau.

Tout le monde regarde Giulia Batta, qui prend un air indifférent.

— Et quand vous les avez rapportées à vos places, chacun a mangé à sa façon, à son rythme, mais vous avez presque tous fait la même chose, vous avez remarqué ?

Les jeunes gens se regardent. Non, ils n'ont pas remarqué.

— Vous avez tous commencé par la partie que vous considérez *la moins bonne.* Tous les gâteaux contenaient de la crème ou du chocolat – le meilleur – que vous avez gardé pour la fin. N'est-ce pas ?

— Moi, je mange comme ça vient ! intervient Boccia.

Rires.

— Or vous ignoriez que j'allais vous dire de vous arrêter. Aucun de vous ne pouvait le savoir.

— Oui, et d'ailleurs si j'avais su, j'aurais commencé par la crème, rétorque Casali.

— Je sais, Casali, je sais. C'est pour ça que je vous ai stoppés. Pour vous faire comprendre comment cela fonctionne.

— Comment fonctionne quoi ?

— Tout, Casali, tout. Tout ce que vous devez savoir se trouve dans cette moitié de pâtisserie.

Les élèves affichent un air incrédule.

— Parce qu'il n'y a pas un temps pour jouer et un temps pour décider. Ce n'est pas « Ah oui, un jour je ferai ça et ça, quand j'aurai une maison, quand j'aurai un travail ». Il n'y a pas de « Pour le moment je m'amuse, j'y penserai plus tard ». Le moment est toujours et seulement *maintenant*. Si vous pensiez garder le meilleur pour la fin, vous êtes des crétins. Si vous prenez pour excuse votre jeunesse, demain, dans dix ans et dans vingt ans, rien n'aura changé : vous direz que vous n'êtes pas prêts. Si vous attendez d'être sûrs, vous ne mangerez *jamais* la crème. Notre seule certitude est que aucun de nous, personne, ne mangera jamais sa pâtisserie en entier. Il restera toujours quelque chose à faire. Rien ne sera jamais complet.

La classe se tait, divisée en deux clans : ceux qui regardent le prof et ceux qui regardent leur pâtisserie.

— Ne pensez pas que quand je dis « crème » ça veut dire sortir, vous amuser, vous droguer… La crème, c'est le courage d'être vous-mêmes, l'envie de montrer qui vous êtes, de garder les yeux ouverts, de faire entendre votre voix. C'est ça, la véritable crème. Il n'y a pas de moment où l'on peut l'éviter, pas de période d'essai, de « ce n'est pas encore le moment » : on n'a qu'une pâtisserie, et peu de temps pour la manger.

Silence. Chacun fixe son gâteau.

— Maintenant, on peut les finir, monsieur ? demande Boccia.

La classe rit, le professeur aussi. Mais il reprend vite son air sérieux et dit :

— N'y pensez même pas, sinon je vous mets un 2.

11

Adossée au mur, plongée dans son manuel d'italien, Gioia attend. Chaque jour, à la récréation, le professeur Bove s'arrête devant elle et lui pose la même question : « Que voulez-vous me demander, aujourd'hui ? » Un des problèmes de Gioia est sa timidité. Elle pourrait poser ses questions en classe, mais, quand elle essaie de lever la main, c'est comme si elle se retrouvait à contresens dans une rue bondée. Dans sa tête, les pensées l'interpellent : *Qu'est-ce que tu crois ? Non, ce que tu vas dire n'est pas intelligent ! Tu penses vraiment que le prof va répondre à une question aussi bête ?* Alors elle se tait.

M. Bove a essayé de la rassurer :

— Posez toutes les questions que vous voulez, même si elles vous semblent stupides. Au contraire, plus elles sont stupides, mieux ça vaut ! La philosophie est née parce que quelqu'un s'est posé des questions que les autres jugeaient stupides.

— Mais les miennes sont vraiment très stupides.

— Mademoiselle, les personnes qui ne posent pas de questions stupides ne sont pas intelligentes.

Ainsi chaque jour, pendant la récréation, Gioia Spada reste seule, adossée au mur du couloir quand il pleut ou à celui du jardin quand le soleil brille, comme aujourd'hui. Elle attend le prof, qui s'arrête devant elle, lui sourit et lui pose la question rituelle :

— Que voulez-vous me demander, aujourd'hui ?

— Je ne sais pas, monsieur... C'était bizarre, cette histoire de crème et de gâteau.

— Je vous écoute, mademoiselle Spada. Qu'est-ce qui n'est pas clair pour vous ?

— C'est très clair, c'est juste qu'il y a quelque chose que je ne comprends pas. Comment peut-on savoir que celui qu'on a à la main est bien le nôtre ? Vous avez dit que la vie de chacun est ce qu'elle est, que c'est une question de cul, et cætera. Et si c'est quelqu'un d'autre qui a mon gâteau ? Si je n'aime pas celui que j'ai dans la main, ou que j'y suis allergique ? Vous, comment vous avez fait ? Vous en avez mangé un au hasard, ou vous êtes allé vous en choisir un à la boutique ?

Gioia pourrait parler pendant une demi-heure, mais elle a soudain peur d'en dire trop. Alors elle s'interrompt, le souffle court. M. Bove frappe sa canne par terre et la regarde dans les yeux.

— Quand tu te demandes si la pâtisserie que tu tiens dans ta main est bien la tienne, ou que peut-être un autre... bla bla bla, eh bien, cela signifie que ce n'est pas la bonne.

Il sourit et s'en va en sifflotant.

12

À la quatrième heure de cours, alors que la classe sombre doucement dans un profond coma en faisant semblant d'écouter l'excellente paraphrase du chant VI du *Purgatoire* de Dante lu par le professeur Bernardo, on frappe à la porte.

C'est Mario, le concierge.

— Spada, chez le proviseur ! lance-t-il sans dire bonjour.

Gioia ne réagit pas. Sa voisine lui secoue le bras.

— Hé, ça te concerne !

Gioia n'a pas la moindre idée du motif de cette convocation. Surprise de ne pas être aussi invisible qu'elle le croyait, elle se lève et sort de la classe.

Sur le trajet, elle demande à Mario s'il sait quelque chose.

— Moi ? Je ne sais jamais rien, moi.

En réalité, il sait toujours tout.

Gioia frappe à la porte, le proviseur l'invite à entrer.

— Asseyez-vous, mademoiselle Spada.

M. Spataro est un ancien professeur de mathématiques. Sa ligne de conduite consiste à se mêler de ses affaires, du moins tant que rien ne le force à intervenir. Pour cette raison, les convocations dans son bureau sont rares. Et donc, quand cela arrive, le motif est grave. Or, à part prendre son petit déjeuner enfermée dans les toilettes et écouter « A Momentary Lapse of Reason » en classe, Gioia ne se rappelle pas avoir fait quoi que ce soit de « grave ».

— Il s'est passé quelque chose ? demande-t-elle, debout sur le seuil.

— Oui, en effet. Mais installez-vous, je vous en prie.

Gioia obéit. Le proviseur a les mains jointes devant sa bouche. Gioia déteste ça. Ça veut dire que les adultes sont convaincus d'avoir raison et qu'ils n'écouteront pas un mot de ce qu'on leur répondra. Sa réaction instinctive serait de faire le même geste et de sourire à son interlocuteur en le regardant droit dans les yeux, mais ce serait pris pour un manque de respect.

— Et ça a un rapport avec moi ?

— Si je vous ai convoquée…

— Je n'ai pas la moindre idée de quoi il s'agit.

— Est-ce à vous ? l'interrompt le proviseur en sortant un appareil photo numérique de son tiroir.

Son appareil photo. Qui le lui a pris ? Qui a osé ? Il se trouvait dans son sac à dos, comment ont-ils fait ?

— Oui, je pense que oui. Excusez-moi, mais comment est-il arrivé là ?

— Je l'ai trouvé sur mon bureau avec un petit mot m'indiquant de regarder les photos.

— Et bien sûr, vous ne les avez pas…

— Et bien sûr que *oui, je les ai…* !

— Mais vous ne pouvez pas ! C'est une… une atteinte à la vie privée !

— C'est justement pour cette raison que je vous ai convoquée.

— C'est-à-dire ?!

— C'est-à-dire qu'au vu des photos qu'il y a là-dedans, je crois que vous me devez des explications. Quelqu'un pourrait porter plainte, vous savez ?

Le proviseur allume l'appareil et les fait défiler. Sa vue est très mauvaise : il porte des lunettes à verres épais et éloigne l'écran de ses yeux.

— Regardez ça, dit-il en en montrant une à Gioia.

Inutile, elle connaît ces photos par cœur.

— Mademoiselle Spada, vous ne pouvez pas photographier les gens sans leur consentement, surtout vos camarades. Et là, il y a des centaines de clichés d'eux !

— Mais… Ils sont…

— Oui, je sais, j'ai vu. Ils sont de dos. Tous, sans exception. Mais ça ne change rien, parce qu'une personne m'a fait parvenir votre appareil avec un petit mot disant qu'elle est prête à porter plainte, parce qu'elle s'est reconnue, alors qu'elle n'avait pas donné son consentement !

Abasourdie, Gioia ne sait pas quoi répondre. En attendant, le proviseur continue de fouiller dans son appareil.

— Excusez-moi, mais aujourd'hui tout le monde prend des photos tout le temps, on finit tous par accident sur la photo de quelqu'un d'autre, et quelqu'un veut porter plainte parce que je l'ai photographié… *de dos* ?

— De toute évidence, vous ne lui êtes pas sympathique, mademoiselle. Toutefois, la personne est dans son droit : j'ai vérifié la loi au moins une dizaine de fois.

Gioia fixe le proviseur, incrédule.

— Mais je garde ces photos pour moi ! Je ne les ai jamais montrées à qui que ce soit !

— Peu importe, mademoiselle Spada. Simplement, vous ne pouvez pas, vous le comprenez ?! C'est contraire à la loi.

— Je peux savoir, au moins, qui a été assez lâche pour prendre mon appareil sans me le demander ?

— Non, vous ne pouvez pas le savoir, pour la simple et bonne raison que je ne le sais pas moi-même. Je l'ai trouvé sur mon bureau.

— Je parie que c'est Casali, murmure Gioia. Il ne lui a pas fallu une journée pour se venger !

— Pardon ?

— Rien, rien.

Oui, c'est sûrement lui. Il y a un mot, pour définir les types dans son genre : *shmegegge*. En yiddish, ça veut dire à la fois débile et lèche-bottes. Ce mot figure dans le carnet de Gioia, elle le visualise pendant que le proviseur lui parle : Casali est le meilleur exemple de *shmegegge* sur terre.

— Maintenant, je vais vous rendre votre appareil. Je n'efface pas les photos, parce que je comprends qu'elles ont une certaine valeur pour vous… En revanche, vous devez me promettre de ne jamais les montrer à personne.

— Je vous l'ai déjà dit. C'est juste pour moi.

— Et surtout, que vous cesserez de prendre en photo vos camarades ici, dans l'enceinte du lycée.

— D'accord, je vous donne ma parole.

— Si vous ne tenez pas votre promesse, je n'hésiterai pas une seconde à laisser vos camarades porter plainte, je vous préviens !

— D'accord, monsieur.

— Demandez-leur plutôt la permission, si vous voulez vraiment les photographier de dos. Dans ce cas, vous pourriez les montrer, et même participer à notre concours ! lui dit-il, le visage enfin débarrassé de son air de reproche.

— Quel concours ?

— Comment ça, quel concours ? Ah oui, vous êtes nouvelle. Notre concours « Encadre-toi ». Une semaine par an, nos élèves sont libres de tapisser les couloirs de photos et de dessins encadrés. Vous pourriez y participer, avec ces photos. Dans le fond, elles sont… artistiques, non ?

Gioia réfléchit et répond :

— Non, merci, je préfère les garder pour moi.

Puis elle se lève pour sortir.

— Un instant, la retient le proviseur.

— Qu'y a-t-il ?

— Je voulais juste vous demander… pourquoi ?

— Pourquoi quoi ?

— Pourquoi vous photographiez les gens *de dos* ?

— Comme ça.

— Comme ça ?

— Oui, comme ça.

13

En seconde, les profs (qui enseignent le plus souvent la religion) font parfois des tests psychologiques pour aider les élèves à comprendre leur vraie nature. Un jour, Gioia avait dû répondre à la question : « Pour toi, qu'est-ce que le bonheur ? »

Les garçons avaient déclaré : « Jouer dans l'équipe de Milan », « Gagner beaucoup d'argent », « Avoir une Lamborghini Diablo ».

Les filles : « Trouver l'amour », « Perdre cinq kilos », « Devenir actrice et jouer avec Bradley Cooper ».

Aujourd'hui, en arrivant chez elle, Gioia trouve un petit mot sur la table : *On est partis chercher un travail pour ton père. On rentre pour dîner.*

Elle repense à sa réponse à la fameuse question : « Rentrer du lycée et trouver l'appartement vide ».

À l'époque, son grand-père était mort, l'état de sa grand-mère se dégradait et ses parents étaient encore ensemble : une des pires périodes de sa vie.

Là, elle est seule avec Gemma et Gacco le chat fantôme.

Le rêve. Un miracle. La preuve que Dieu existe.

Gioia prend son lecteur MP3, va voir sa grand-mère, s'assure que tout va bien, l'embrasse sur le front et place l'écran devant ses yeux puis ouvre le dossier « Musique pour Gemma ». Ce sont de vieux airs de Pavarotti, Domingo, Carreras. Elle les lui fait écouter dès qu'elle peut, parce que quand Gemma entend cette musique, son visage change de couleur, et une petite lueur brille au fond de ses pupilles. Sa mamie regarde l'écran, sourit et, comme si elle avait compris ce qui va se passer, elle dit :

— Gggghhh.

Gioia retourne au salon, branche le lecteur à la chaîne, l'allume et pousse le volume au maximum, si fort que les voisins pourraient appeler la police.

Gioia ne passe pas cette vieille musique qui parle d'amours incroyables pour danser, crier ou tout casser. Non. Elle la met pour *faire le ménage.* N'importe qui d'autre aurait profité de la situation pour rester au calme, en culotte sur le canapé, devant la télé, en mangeant du Nutella et des chips. Mais quand Gioia a lu le petit mot, elle a tout de suite décidé de faire la vaisselle, passer l'aspirateur, nettoyer les vitres et sortir le plumeau.

La plupart des meubles sont recouverts d'une épaisse couche de poussière. Il y a tellement d'assiettes dans l'évier que, pour se laver les mains, il faut les empiler sur le côté. Le sol est jonché de miettes qui crissent sous les pieds.

Elle se demande pourquoi elle n'a pas nettoyé plus tôt. La vérité est que quand sa mère est là, surtout avec un de ses « petits amis », *elle n'a pas envie.* Ni de faire le ménage, ni de se pencher à la fenêtre pour voir le temps qu'il fait, ni de se préparer un café au lait avec des biscuits, ni de faire ses devoirs. Elle n'a envie de rien. Elle ne peut qu'écouter de la musique, lire ou regarder un film. Pourtant, dans l'appartement vide, comme par magie l'envie revient. Elle court d'une pièce à l'autre, balai à la main, elle saute avec la serpillière, danse avec Gacco le chat fantôme. Allongée dans sa petite chambre, sa grand-mère sent contre les murs les vibrations puissantes de la voix de Pavarotti qui chante : « *All'alba vincero' !* À l'aube je vaincrai ! » Pendant ce temps, Gioia, en nage, envoie des coups de poing dans le vide et rit.

Cela n'arrive pas souvent mais, quand Gioia rit, tout s'éclaire.

14

Je suis au McDo avec Tonia, annonce le petit mot que la mère de Gioia trouve en rentrant.

Elle n'est pas du genre à s'inquiéter. Elle ne pose jamais de questions à sa fille quand elle sort le soir, généralement à cause de son taux d'alcool ou de la présence d'un prétendant. Elle se contente d'un petit mot. Et puis, cette Tonia lui inspire confiance. Elle a l'air d'avoir la tête sur les épaules. Même si elle ne l'a jamais rencontrée, elle sent que cette amitié fait du bien à sa fille. Aussi, quand Gioia est avec Tonia, elle ne s'inquiète pas.

Elle le devrait peut-être, surtout que ce soir-là Gioia a pris un sweat-shirt dans sa chambre, a embrassé sa grand-mère et lui a dit :

« Je sais que tu ne vas pas me croire, mais j'ai rendez-vous avec un garçon. »

Sa grand-mère l'a regardée et lui a répondu :

« Gggggghhh. »

15

Le sweat-shirt bien plié à la main, Gioia marche vers le bar de la veille, avec une sensation nouvelle qu'elle ne sait pas décrire. « Peur » n'est pas le mot juste, mais il y a un peu de ça. « Espoir » non plus, mais il y a aussi un peu de ça. « Anxiété », « joie », « trépidation », s'en rapprochent aussi.

En anglais, il existe un mot pour définir cette vague d'émotions qu'on n'arrive pas à qualifier. On dit : *nonplussed.* Il figure quelque part dans son carnet, pense-t-elle en se dirigeant vers le BarA. Gioia est *nonplussed.*

Avant de sortir, elle s'est même coiffée.

— Tu ne l'avais pas fait depuis ta première communion, lui fait remarquer en chemin son amie imaginaire.

— Peut-être même avant, Tonia.

— On dirait une de ces filles débiles qui poussent des petits cris quand elles parlent des garçons.

— Du calme, tu es vexante ! Et puis, je vais juste rendre un sweat-shirt à un type dont je ne connais même pas le prénom.

— C'est ta faute. Tu avais peur d'être malpolie en le lui demandant ?

— En effet. À un moment, je me suis dit que c'était inopportun, comme question ! répond Gioia en allongeant le pas.

— En tout cas, ce sweat est joli. Dommage que tu doives le lui rendre, il te va bien !

— Merci, Tonia. Tu es une vraie amie.

En arrivant, Gioia entend le bruit des fléchettes qui se plantent dans la cible. Son estomac se serre. Comme si on lui donnait un coup de poing, mais de l'intérieur. Un coup qui fait mal, mais pas vraiment.

Il est là. Il porte un autre sweat à capuche, très semblable à celui qu'elle a dans les mains.

Se frayant un chemin entre les tables, elle avance vers lui sur la pointe des pieds. Quand il est à quelques pas, il lui demande sans se retourner :

— Ça va ?

— Comment tu as fait pour m'entendre ?

— Tu n'es pas aussi silencieuse que tu le penses, Chose.

— Je t'ai dit de ne pas m'appeler Chose ! plaisante Gioia en lui lançant son sweat.

Sur une des tables, il y a un bocal plein de cailloux. Gioia observe Lo et s'aperçoit que le sweat qu'il porte n'est pas semblable à l'autre : il est identique.

— En tout cas, bravo pour ton originalité dans le choix de tes sweat-shirts ! Tu en as douze pareils ?

— Tu sais qui était Albert Einstein ? lui demande-t-il sans s'arrêter de jouer.

Gioia le regarde avec une expression qui veut dire : « Tu te moques de moi ? »

— Eh bien, tu sais ce qu'il faisait ?

— Non, que faisait-il ?

— Il s'était rendu compte que chaque matin il perdait environ cinq minutes à choisir ses habits, dit-il en tirant une autre fléchette à quarante points. Donc un jour il a calculé qu'en un an il perdait environ trente heures, c'est-à-dire plus d'un jour entier.

— Ah.

— Ce qui, sur cinquante ans, représente soixante-deux jours. Bref, il allait perdre deux mois de sa vie à réfléchir à quoi mettre pour aller travailler.

Une autre fléchette : quarante-huit points.

— Alors un jour il est entré dans un magasin de vêtements, il a choisi une veste, une chemise, un pantalon et des chaussures, le plus confortables possible. Il en a commandé sept de chaque. Identiques. À partir de ce jour, il s'est habillé toujours de la même façon.

— Je comprends. Tu es en train de me dire que tu as cinq autres sweat-shirts comme celui-ci ?

Il tire une autre fléchette. Soixante points.

— Quatre. J'en ai un différent, pour les occasions spéciales, dit-il avant de venir s'asseoir à côté d'elle.

— Et l'autre, il ressemble à quoi ?

— C'est le même que celui-ci, mais en noir.

Gioia se penche pour l'observer.

— Mais celui-ci aussi est noir !

— Ah oui ?

Gioia essaie de se retenir mais elle éclate de rire et remet le sweat qu'il lui avait prêté. Il fait froid.

— Maudit daltonisme ! s'exclame Lo.

Soudain, Gioia arrête de rire et lui prend les fléchettes. Elle se met en position et les lance l'une après l'autre. Elle aimerait bien atteindre la cible au moins une fois.

— Tu sais que je n'ai jamais vu personne jouer aussi mal ?

— Toi aussi au début, tu étais nul, non ?

— Pas aussi nul, Chose.

— Laisse-moi le temps de comprendre comment ça marche, et on verra !

Elle serre une fléchette dans sa main, plisse les yeux pour bien viser, tire.

En plein milieu de la cible. Cinquante points.

— Oh put…

Au début, Gioia ne se rend même pas compte qu'elle a réussi, mais quand elle s'approche et voit sa fléchette dans la zone rouge, elle se retourne et court autour de Lo en faisant la danse de la victoire.

Aucun de ses camarades ni de ses profs ne le croirait, si on leur disait que Gioia est capable de parader pour se moquer de quelqu'un. Pourtant, c'est ce qui est en train de se passer.

Lo la foudroie du regard, mais très vite ses lèvres se mettent à trembler et il finit par rire.

— La chance du débutant ! plaisante-t-il.

— Oui, c'est ça…

En disant cela, Gioia a une pensée furtive et s'arrête un instant, les yeux dans le vide : pas à cause de la pensée en soi, mais parce que c'est la première fois que ce genre de réflexion la traverse.

Merde, quel sourire !

Elle en a vu, de beaux sourires. Mais c'est la première fois qu'elle en voit un d'aussi près. Ce qu'elle voudrait, c'est qu'il sourie encore.

— Alors si ce n'était pas du bol, refais-le. Vise à nouveau le centre, allez !

Gioia va récupérer sa fléchette, se remet en position, tire.

Elle n'atteint même pas la cible. La fléchette finit dans le mur et la pointe se casse.

Lo éclate de rire. Gioia aussi, mais *à l'intérieur.* En apparence elle a un air sérieux, elle le regarde de travers.

— Enfin je te reconnais ! dit-il.

Puis il va ramasser la fléchette cassée et, en passant à côté d'elle, lui effleure la main, comme s'il la lui caressait très doucement. Ses doigts contre les siens, elle sent le même coup de poing dans l'estomac qu'avant, mais en plus fort et en plus long. Son cœur s'accélère, l'air qui passe dans ses narines émet un léger sifflement. Il s'approche d'elle au ralenti, le haut du visage à peine éclairé par un rayon de lumière. Elle n'arrive pas à le regarder dans les yeux, elle vise plus bas, au niveau des pommettes. C'est comme si tout devenait plus sombre. Alors d'instinct Gioia se décale légèrement et en bougeant elle touche le bocal de cailloux, qui tombe par terre dans un vacarme qui résonne dans la terrasse vide du bar.

— Oh, pardon ! Il est cassé ? demande-t-elle en s'écartant.

— Non, non, tout va bien, il est très solide. Je l'ai choisi exprès pour ça, répond Lo en le ramassant, avant de l'observer à contrejour et de le poser sur la table.

Suivent quelques secondes d'embarras. Aucun des deux ne parle. Peu à peu le malaise enfle entre eux, à tel point que même s'éclaircir la gorge devient difficile.

— Lorenzo, finit-il par dévoiler en s'asseyant.

— Hein ?

— Je ne t'avais pas encore dit mon prénom. Je m'appelle Lorenzo Vita. On est quittes, non ?

Gioia tremble toujours à l'idée d'avoir cassé le bocal, mais aussi pour une autre raison qu'elle ignore. Sans préavis, sans même l'avoir décidé avant, elle regarde vers le bas, déplace quelques chaises et déclare :

— OK, alors merci. Il est tard, je dois rentrer. Salut.

Elle s'éloigne dans la rue. Lo l'observe, abasourdi. Elle n'a pas le courage de se retourner.

16

— Mais qu'est-ce qui t'est passé par la tête ?

— Il est tard, Tonia.

— Tard, tu parles ! Tu aurais pu rester une petite demi-heure ! Pourquoi tu t'es enfuie ?

— Je ne sais pas, Tonia !

— Tu ne sais pas pourquoi tu es partie sans lui dire au revoir, alors qu'il venait de te dire son prénom ?

— Non, je ne le sais pas ! Tout était trop… qu'est-ce que j'en sais ? Après qu'on s'est frôlé les mains, j'ai eu envie de partir.

— Tu ne vas pas bien.

— Non, je ne vais pas bien !

— C'était pourtant un bon moment, il me semble ! Il t'a même fait rire !

— Je sais, pas besoin de me le rappeler.

Gioia est quelqu'un de rationnel. Ce qui vient de lui arriver est une première : agir sans savoir pourquoi. C'est juste qu'à un moment, sa main si proche, son visage et ce rayon de lumière sur ses yeux… tout est devenu noir et elle a eu la trouille de sa vie. Une peur paradoxale, parce que dans le fond elle a aimé ce qui lui est arrivé – leurs mains qui se sont à peine effleurées – mais en même temps ça l'a beaucoup effrayée.

— Maintenant, tu vas retourner là-bas et rattraper ce geste insensé en lui demandant si vous pouvez vous revoir !

— Quoi ?

— Tu as très bien entendu. Et prie pour qu'il y soit encore.

Gioia s'arrête. Son amie imaginaire est plantée devant elle, le regard sévère.

— Il va me prendre pour une folle, si j'y retourne !

— Il va te prendre pour une folle si tu *n*'y retournes *pas*.

Alors Gioia se retourne et court dans la direction opposée, suivie de Tonia. Deux minutes plus tard, elle est devant la terrasse du BarA. Il est assis au même endroit que tout à l'heure. Il n'a pas bougé.

— Écoute…

— Chose ! Tu as oublié quelque chose ?

— Oui, euh, en fait… non.

— On me dit souvent que je n'ai pas toute ma tête, mais toi aussi tu en tiens une couche, j'ai l'impression.

Gioia se sent terriblement bête, mais Tonia lui fait un clin d'œil pour l'encourager. Rassurée, elle demande :

— Tu seras ici demain soir ?

— Si tu me dis que tu viens, oui.

17

Gioia Spada n'a jamais embrassé un garçon.

Elle a beaucoup entendu parler d'amour. Dans les livres et les films, elle a eu affaire à l'amour presque chaque jour : pourtant, elle ne sait pas ce que c'est. Quelle forme ça a. Quelle odeur. Quelle voix.

Les filles de son âge ont vécu leur premier baiser en sixième. À présent, elles n'en sont plus là. À sa place, d'autres s'inquiéteraient, se demanderaient si elles ont un problème, mais pas Gioia. Pour elle, cette chose qu'on appelle l'amour est un peu comme Dieu : tout le monde prétend y croire mais personne ne l'a jamais vu.

En tout cas, sûrement pas elle.

Il lui est arrivé de s'en approcher. Avec des garçons qui cherchaient à avoir une histoire avec la fille bizarre, ou alors avec des super timides qui la prenaient pour une fille facile. Mais aussitôt qu'elle prononçait deux phrases, un mot désuet ou une blague, ça les faisait décamper.

Pour l'instant, on ne peut pas dire que cela lui ait manqué.

Il lui est arrivé d'y penser, mais de loin, quand un garçon lui semblait un peu différent des autres. Mais chaque fois qu'elle s'est approchée, la magie est retombée.

18

Le lieu est idéal.

Après de longues recherches, elle a fini par trouver un banc légèrement à l'écart, sous deux gros pins. Personne ne s'y assied jamais parce qu'il y pleut souvent des pommes de pin grosses comme des balles. Gioia sait que tôt ou tard elle en recevra une sur la tête, mais elle s'y installe tout de même pour prendre des photos.

De là, elle peut voir tout le monde tandis que presque personne ne peut la voir.

Alors elle s'installe et elle attend. Quand elle aperçoit quelqu'un de dos, suffisamment près, elle sort son appareil et l'immortalise.

Elle vient souvent ici faire des photos, lire, écouter de la musique, ou regarder les gens marcher, parler, jouer, s'embrasser, courir et rire.

Aujourd'hui, quelque chose ne tourne pas rond. Ce n'est pas l'envie qui lui manque, ce sont les réflexes qui ne fonctionnent pas. Quand quelqu'un passe, elle oublie de sortir son appareil, bien qu'elle ait repéré des sujets intéressants : deux femmes avec des sacs de courses, un enfant, un vieux monsieur.

Elle se trouve là physiquement, mais son esprit est encore à la terrasse du BarA. Comme si chaque seconde un nouveau détail émergeait, l'odeur d'humidité des murs, la fléchette cassée, le rire de Lo. Comme si un camion déchargeait devant elle des tonnes d'instants, de photos d'hier soir en Polaroid, surtout de ces deux secondes où leurs mains se sont frôlées.

— Ça fonctionne toujours comme ça, Tonia ?

— Je ne crois pas. Je ne pense pas qu'il existe d'autres psychopathes qui repensent toute une journée à deux doigts qui se sont touchés pendant un quart de seconde.

— Tu as raison.

Une fille passe en téléphonant. Elle se tourne et donne à voir une position parfaite pour être photographiée, mais Gioia reste immobile.

— Je peux te dire quelque chose ?

— Si je te disais non, tu te tairais, Tonia ?

— Non, je le dirais quand même.

— Voilà.

— Écoute, je suis heureuse pour toi de ce formidable moment idyllique, félicitations. Je suis presque tentée de donner un trophée à M. Fléchette, mais cette histoire ne sent pas bon.

— Pourquoi ?

— Tu ne trouves pas bizarre qu'il ne t'ait pas proposé de vous voir ailleurs ?

— Ben, hier soir c'est moi qui…

— Je sais, j'y étais, j'ai entendu. Mais il aurait pu changer de lieu de rendez-vous, non ?

— Bof… tu crois ? Moi j'aime bien qu'on se retrouve là-bas, loin de tout.

— Ma chérie, il n'y a que deux types de personnes qui donnent rendez-vous la nuit dans des bars abandonnés.

— Qui ?

— Les pervers et *ceux qui ont déjà une petite amie.*

— Si c'était un pervers, il aurait déjà fait quelque chose de pervers, non ?

— Alors les possibilités se réduisent.

— Tu veux dire qu'il a une petite amie.

— Je ne sais pas… peut-être. Il vaudrait mieux que tu lui poses quelques questions, ce soir.

19

Gioia s'est souvent demandé pourquoi sa meilleure amie n'existe que dans sa tête. Que cela signifie-t-il, au-delà de sa propension à vivre dans un monde imaginaire ?

Elle avance dans les rues du centre, capuche sur la tête, les yeux rivés au sol. Des jeunes gens sont assis sur des murets ou en groupe sur des places, d'autres se promènent. D'un côté, elle les envie, une partie d'elle-même aimerait être comme eux, parler des mêmes sujets, mais pas l'autre. C'est étrange : les seules personnes avec qui elle arrive à communiquer autrement que par monosyllabes ont moins de dix ans, ou plus de soixante : les autres, elle ne les comprend pas. Quand elle discute avec eux, elle aurait besoin d'un *traducteur*.

Le traducteur est nécessaire quand on pense qu'on ne va pas être compris. Simplement parce qu'on a déjà essayé plusieurs fois de dire ce qu'on avait en tête comme ça venait, et que les autres nous ont regardés de travers ou ont répondu par un silence gênant.

Désormais, Gioia utilise un traducteur, qui analyse ce qu'elle a en tête, l'arrange et trouve les bons mots pour que les autres la comprennent. Bien sûr, la traduction déforme l'original, comme quand certains chanteurs anglais ou américains s'essaient à des versions italiennes de leurs tubes : le résultat est moyennement drôle, même triste. Voire les deux.

C'est la raison pour laquelle Gioia aime tant les mots intraduisibles, qu'elle note dans son carnet dès qu'elle a la chance d'en trouver un. Elle a toujours trouvé fascinant que certains termes n'existent pas dans toutes les langues. Presque magique. Quand elle en rencontre un – en cours, dans un livre ou sur Internet –, elle prend le temps de se l'approprier, pour pouvoir l'utiliser quand elle réfléchit ou discute avec Tonia.

Par exemple, elle adore le mot *Fernweh*, qui signifie en allemand « besoin de prendre le large ». Gioia ressent le *Fernweh* entre cent et mille fois par jour.

Et puis, elle aime beaucoup *komorebi*, un mot japonais qui désigne l'effet particulier de la lumière quand le soleil filtre entre les feuilles des arbres.

Elle se sent *patchèmoutchka*, une personne qui pose trop de questions, en russe. Oui, Gioia est vraiment une *patchèmoutchka*.

Ces mots contiennent des mondes, ce sont de petits éclats sonores de deux ou trois syllabes qui auraient besoin de pages entières pour être expliqués. Mais ils restent intraduisibles, dans le sens où on ne doit pas les traduire, parce qu'ils sont magnifiques tels quels, avec leur part de mystère et leur prononciation étrange et musicale, à la fois banale et parfaite.

Pour Gioia, le meilleur des mondes est celui où personne n'a besoin de se traduire soi-même pour être compris des autres.

Quoi qu'il en soit, les seules personnes avec qui elle n'utilise pas le traducteur sont les enfants, sa grand-mère, M. Bove et Tonia.

Et Lo.

Gioia s'en rend compte tout en rentrant chez elle. Elle est d'une drôle d'humeur, comme quand on tombe sur une belle chanson à la radio mais qu'ensuite on perd la fréquence.

Égarée dans le chaos de ses pensées, Gioia se retrouve derrière une foule qui avance en silence.

Tout le monde est vêtu de noir.

Certaines femmes portent un voile sur la tête.

Aucun doute, c'est un enterrement.

Elle aussi est en noir, puisqu'elle porte le sweat de Lo et un jean noir, alors elle se fond dans la masse. Au lieu de s'éloigner, elle se joint au cortège, comme si elle connaissait le défunt.

Gioia lève les yeux et observe les gens. Elle ne distingue pas la douleur sur leurs traits, elle ne voit que des lunettes noires et des visages immobiles, inexpressifs. Elle ne comprend pas ce qu'ils vivent.

Tout à coup une idée lui vient.

Elle s'arrête, se laisse doubler et quitte la procession.

Elle sort son appareil et observe l'écran, où elle voit toutes les personnes qui marchent de dos, et au loin le corbillard. Elle appuie sur le déclencheur.

Pour Grino le meilleur des mondes est celui où personne n'a besoin de [illegible] soi-même pour être compris des autres.

[illegible]

20

— Il a changé, je te dis qu'il a changé !

— Maman, tu sais bien qu'il ne changera jamais. Ça doit être la trentième fois que je t'entends dire ça. Au bout d'un mois, tu finis par le chasser de la maison !

— C'est une autre personne. Il a peut-être trouvé un travail.

— Maman, papa sera une autre personne dans dix-huit vies, quand il aura été ver, rat d'égout, chauve-souris, hyène, chèvre, mulet, et qu'il se sera réincarné en être humain. Et même là, je doute qu'il soit très différent de maintenant.

— Ma chérie, ne dis pas ça. Tu as vu les fleurs.

— Oui, et j'ai aussi vu qu'il n'y a pas de papier ni de ruban de fleuriste.

— Qu'est-ce que tu veux dire ?

— Rien, maman, rien.

— Maintenant tu vas cracher le morceau !

— Tu ferais bien d'aller voir au cimetière s'il ne manque pas des fleurs sur une tombe.

— Arrête, Gioia. Je lui ai juste dit qu'il pouvait passer quelques jours ici, ça ne veut pas dire qu'on va se remettre ensemble ou se marier. Et puis, il reste ton père, tu sais.

— Mon Dieu, cette phrase…

— Quelle phrase ?

— « Il reste ton père. » Ça fait une éternité que je l'entends. Il détruit tout ce qu'il touche, il rate tout ce qu'il essaie, mais il reste mon père.

— Je n'en peux plus d'être seule. Je n'en peux plus de ces gamins, ou d'attendre que l'homme idéal frappe à cette porte. Ton père a beaucoup souffert. Il n'a jamais rien reçu, à part des coups de pied aux fesses et des coups de poignard dans le dos. Il a fait beaucoup d'erreurs, c'est vrai, mais la plupart sont compréhensibles.

— D'accord.

— D'accord quoi ?

— Tu sais très bien ce que je veux dire.

— Non, je ne le sais pas.

— Tu es entrée dans *la phase.* Un record, en tout cas : cette fois ça n'a pris que deux jours.

— Quelle phase ?

— Celle où tu le justifies. Celle où toutes les conneries qu'il a faites dans sa vie ont une explication, pour toi. Dans une semaine, vous vous remettez ensemble. On parie ?

— On a tous droit à une seconde chance.

— Oui, c'est vrai, une seconde. Pas une trente-quatrième !

— Gioia, je ne te permets pas de me dire comment je dois vivre ma vie.

— Maman, tant que mamie et moi vivons ici, il ne s'agit pas seulement de ta vie, tu comprends ça ? De la nôtre aussi.

— Oui, je le comprends.

— Non, tu ne le comprends pas. Tu ne sais pas ce que ça veut dire.

— Arrête !

— Toi, arrête ! Il est indigne de confiance, arrogant et instable, tu le sais aussi bien que moi ! Il te l'a prouvé un million de fois, il t'a toujours mal traitée, il vient te demander de l'aider à chercher un travail, il vole des fleurs à moitié fanées dans un cimetière, et toi tu tombes dans le panneau et tu retournes dans ses br…

SBAM !

— Pardon.

— …

— Tu as entendu ? J'ai dit pardon ! Je ne voulais pas te gifler.

— Tu n'as pas à t'excuser, maman. Tu as bien fait.

— Ne dis pas ça. Et pourquoi tu t'habilles ?

— Si, c'est ta vie.

— Gioia, où vas-tu ?

— Vivre la mienne.

21

Sur le chemin du BarA, Tonia lui répète :

— Allez, fais comme s'il était devant toi et entraîne-toi.

Au bout d'un moment, Gioia se lance :

— « Écoute, je peux te poser une question ? »

— Trop teenager pas sûre d'elle.

— « Lo, j'ai quelque chose à te dire. »

— Trop péremptoire.

Maudite Tonia ! Pourquoi avoir choisi une amie imaginaire aussi franche ?

— « Hé, Article Défini, tu m'expliques pourquoi on se voit toujours à cette heure ? »

— Oui, pas mal !

Puis, comme d'habitude quand on anticipe les choses dans les moindres détails, rien ne se passe comme prévu.

Lo est assis à une table. Cette fois, il ne joue pas aux fléchettes, il regarde la rue dans la pénombre. En le voyant, elle accélère le pas. Il se lève, vient à sa rencontre et, comme si c'était naturel, il la serre dans ses bras.

Cela suffit à faire capoter tous les plans de Gioia.

Bien sûr, cette étreinte ne signifie rien, c'est juste une accolade, ça n'a aucune valeur comparé à un baiser ou un rapport sexuel. Sur l'échelle de l'importance, s'enlacer se situe douze marches plus bas. Bien sûr. Mais ceux qui pensent ça ont oublié la *première fois* qu'ils ont serré quelqu'un dans leurs bras. Sauf que c'est le moment précis où tout commence.

Et puis, cette première étreinte dure *très longtemps.*

Au bout d'un moment ils s'écartent l'un de l'autre, Lo lui prend la main et lui dit :

— Viens avec moi !

22

— C'est quoi, cet endroit ?

— Une petite église sur une colline.

— Oui, je vois, mais... tu y vas souvent ?

— Assez, oui.

— Tu viens pour t'amuser à faire peur aux petits couples ?

— Ça m'arrive. Quand je m'ennuie.

— Et quand tu ne t'ennuies pas ?

— J'aime venir ici, c'est tout.

— Pourquoi ?

— Je n'y ai jamais réfléchi. Peut-être... peut-être parce qu'on peut voir la ville, mais qu'elle ne peut pas nous voir.

— Qu'est-ce que tu as dit ?

— Moi ?

— Oui, toi, Lo. Qu'est-ce que tu viens de dire ?

— Que je n'y ai jamais réfléchi.

— Non, après.

— Que j'aime venir ici parce qu'on peut voir la ville, mais qu'elle ne peut pas nous voir. Pourquoi ?

— Non, rien.
— Tu parles !
— C'est une longue histoire.
— Je n'ai pas d'autre engagement, ce soir, Chose.
— OK, mais j'ai promis de n'en parler à personne, au risque qu'on porte plainte contre moi.
— Bon, alors je n'insiste pas.
— Même si…
— Même si… ?
— Tu ne t'appelles pas « Personne », pas vrai ?
— Hein ? Quoi ?
— Ton prénom n'est pas « Personne », n'est-ce pas ?
— Je pense que tu n'as pas toute ta tête, Chose.
— Ça, c'est certain, mais peux-tu me confirmer que tu ne t'appelles pas Personne ?
— Oui. Grâce au Ciel, mes parents n'ont pas été assez sadiques pour me donner un prénom aussi idi…
— Parfait, alors je vais te montrer, mais tu dois me promettre un mutisme absolu et éternel.
— Je peux te le jurer, si tu veux. Tu peux avoir confiance, personne n'entendra jamais parler de ce que tu vas me dire.
— Tu as juré, hein ?
— Oui. Alors, tu te décides ?
— Tiens.
— C'est quoi ?
— Tu n'as jamais vu d'appareil photo, Article Défini ?
— Tu es en train de me dire que tu utilises encore ce machin ? Tu es d'un autre siècle, ou quoi ?

— Regarde les photos qui sont dedans et tais-toi, s'il te plaît.

— Waouh ! C'est toi qui les as prises ?

— Non, ma grand-mère.

— Eh bien, dis à ta grand-mère qu'elle est douée. Ça me plaît.

— Vraiment ?

— Oui. Je ne comprends pas pourquoi tous ces gens sont de dos mais... ça me plaît. Il y en a combien ?

— Quelques centaines, je pense.

— Toutes de dos ?

— Oui, toutes de dos.

— Et personne ne s'est jamais retourné ? Personne ne t'a jamais crié dessus ?

— Jusqu'ici, non. Le pire qui m'est arrivé, c'est un espion qui est allé me balancer au proviseur... qui n'a pas manqué de me convoquer.

— On ne peut pas vraiment lui donner tort.

— Je les garde pour moi, ces photos.

— Et celle-ci ?

— Je l'ai prise aujourd'hui.

— Elle est magnifique.

— Tu aimes ?

— J'adore !

— Vraiment ?

— Mais oui. C'est un enterrement, c'est ça ?

— Oui.

— Regarde ici : ces trois têtes sont tournées dans des directions différentes. Le corbillard est là, mais elles regardent ailleurs. Comme si elles voulaient... je ne sais pas, éviter de voir la mort en face. Ou comme si elles pensaient que ça ne les concernait pas.

— C'est ça que tu y vois ?

— Mais oui, c'est très clair. Incroyable !

— C'est pour ça que je les prends de cette façon.

— Tu veux dire de dos ?

— Oui. Parce que, de face… je ne sais pas.

— Bien sûr que tu sais.

— Non, vraiment. Je n'arrive pas à expliquer ce qui ne va pas, de face.

— Ça te fait peur ? Tout est trop direct… trop explicite ?

— Oui, mais pas seulement. Tu vois, au départ je photographiais les gens de face, bien cadrés. Et je trouvais qu'ils avaient toujours l'air *faux*.

— Même en les prenant par surprise ?

— C'est ce que j'ai essayé de faire. J'attendais et j'essayais de photographier les gens quand ils ne s'en apercevaient pas. C'était difficile, et même quand je réussissais… eh bien, je trouvais toujours la photo fausse.

— Ah.

— Tu comprends ? Les visages des personnes mentent toujours. Même quand ils ont l'air « naturels », ils ne le sont pas vraiment. Ils se contrôlent, ils font attention à ne pas laisser échapper la moindre expression ! Mais de dos…

— De dos ?

— De dos, ils expriment toujours la vérité.

23

Vingt-trois heures passées. Gioia et Lo sont toujours assis contre le mur de la petite église, sur la colline. Quand elle rentrera chez elle, ses parents l'attacheront probablement à une chaise pour la bombarder de questions. Tant que son père était loin, elle pouvait prétexter qu'elle sortait avec Tonia, sa mère ne bronchait pas. Déjà fallait-il qu'elle s'aperçoive de son absence ! Maintenant ils vont se prendre pour des parents modèles, montrer qu'ils savent poser un cadre ferme. Des règles et des horaires. Elle connaît l'histoire : ils ont sans doute préparé leur sermon.

Peut-être qu'ils vont s'abstenir de lui crier dessus, étant donné qu'elle est partie fâchée.

Dans tous les cas, Gioia s'en moque. Elle a tout autre chose en tête.

Elle a fini par lui poser la question. Elle s'est forcée à rester lucide pendant trente secondes et elle le lui a demandé.

Pas vraiment avec les mots qu'elle avait préparés. Elle a improvisé, elle a cherché une façon de lui poser la question l'air de rien. Pendant qu'ils étaient assis l'un à côté de l'autre contre le mur de la petite église, regardant la ville, elle lui a dit :

— Dis-moi, comment ça se fait qu'on se voit toujours ici ?

— C'est toi qui me l'as proposé, Chose !

— Oui, je sais… Ce n'est pas que je n'aime pas ces endroits, mais…

— C'est à cause de mes parents. Des vrais nazis, je te jure. Ils me laissent sortir une heure quand j'ai fini mes devoirs. Alors je viens ici, au moins ça me détend.

— Je comprends.

— D'ailleurs je suis terriblement en retard, et il me semble que toi aussi. On devrait y aller.

— Tu as raison.

— Mais si un jour j'arrive à les convaincre, on pourra se voir ailleurs et à un autre moment, promis !

Gioia acquiesce, mais elle prend un air renfrogné.

— Qu'est-ce qui se passe ? Tu n'as pas l'air convaincue.

— Non, c'est que…

— C'est que ?

— Il est encore tôt.

— Va le dire à mes parents ! Ils vont m'assaillir de questions.

Gioia acquiesce à nouveau, mais elle se sent déçue.

Lo s'approche, ses yeux sont à dix centimètres des siens, il la regarde et lui dit :

— Je n'y connais pas grand-chose aux femmes, mais tu as vraiment l'air d'avoir quelque chose sur le cœur !

Gioia se tait. Une partie d'elle a envie de parler, mais en même temps elle voudrait qu'il comprenne de lui-même.

— Mon intuition me dit que tu as besoin de me poser des questions, donc on va faire comme ça.

— Comme ça comment ?

— Je lance le chronomètre. Trois minutes. Toi, pendant trois minutes tu peux me demander ce que tu veux, je répondrai.

— Ça me va !

— Mais ensuite je dois filer : je risque une mort lente et douloureuse.

— C'est parti ?

— Vas-y.

— Bien. Qu'est-ce que tu fais avec le bocal de cailloux que tu as toujours avec toi ? Tu habites où ? Tu es fort en classe ? Tu as une petite amie ? Tu aimes les Pink Floyd ? Tu pourrais me prêter à nouveau ton sweat ? Ensuite…

— Attends, attends, Chose : je ne voulais pas dire trois minutes de questions, mais que je restais encore trois minutes et que je répondrais à toutes tes questions pendant ces trois minutes !

— Ah.

— Bon, je vais quand même essayer de te répondre, même s'il ne reste que deux minutes.

— Je t'écoute.

— À part cette histoire de cailloux, parce que rien que pour ça il me faudrait dix minutes.

— D'accord. Mais dépêche-toi !

— J'habite à deux kilomètres d'ici, dans un immeuble tellement horrible que je me demande pourquoi il n'a pas encore été démoli.

— Bien.

— À l'école je me débrouille mais j'ai parfois quelques petits problèmes de discipline, si tu vois ce que je veux dire.

— Tout à fait.

— Pink Floyd oui, mais à certains moments, quand je prends un bain ou que j'ai besoin d'être un peu triste.

— Mais…

— Le sweat, je te l'offre, j'allais te le dire. Ensuite… il y avait d'autres questions ?

— Merci. Oui, il en reste une.

Lo regarde Gioia et lui sourit. Il sait parfaitement de quelle question il s'agit. Alors il se lève, lui tend la main pour l'aider à se relever et lui répond :

— Non, pas de petite amie. Et maintenant on y va, s'il te plaît !

24

Si on lui avait dit ça il y a trois jours, elle n'y aurait pas cru.

Elle ne pensait même pas être capable de se réveiller une demi-heure plus tôt que d'habitude, heureuse de commencer la journée, sans faire sonner le réveil six fois.

Elle n'aurait jamais imaginé passer dix bonnes minutes – au lieu des trente secondes habituelles – à décider quoi mettre.

Elle ne se serait pas crue capable d'envisager – bon, seulement envisager – de se passer un trait de crayon sur les yeux avant de sortir : prendre la trousse de sa mère, fouiller dedans et tracer une ligne.

Et surtout, elle n'aurait jamais rêvé de partir en cours sans la boule au ventre : en soi le lycée ne lui déplaît pas, ce sont les gens qui lui font peur.

Par exemple, quand un loser notoire lance une blague, tout le monde se moque de lui en faisant semblant de rire. Alors que si Casali – ou n'importe qui de « trop swag » – fait la même blague, c'est le fou rire général. Ce genre de comportement ne la dérange pas, mais lui fait *peur.* Parce qu'il semble obligatoire d'appartenir à un groupe, ou à un club exclusif pour avoir le droit d'être heureux. Pourquoi ne peut-on pas simplement se sentir bien *seul* ?

Ou alors, quand trois personnes bavardent et qu'une des trois s'en va, les deux autres s'empressent de dire quelque chose à son sujet. Gioia a peur que les gens attendent qu'elle s'en aille pour parler d'elle. Elle se demande pourquoi elles ne le font pas en sa présence.

Autre exemple : quand un prof interroge quelqu'un de très timide, qui n'arrive pas à s'exprimer même si on voit bien qu'il a travaillé, puis un beau parleur, qui n'a pas ouvert son manuel mais invente des réponses avec aplomb, à la fin, ils ont la même note.

Tout cela fait très peur à Gioia, parce qu'elle a l'intuition que dehors ce sera pareil : beaucoup d'élèves sont convaincus que l'école n'est qu'une petite parenthèse, qui sera suivie du bac, puis de l'université ou du travail. Ils pensent qu'ensuite le monde sera différent, débarrassé de certaines règles et de ses jeux de pouvoir. Or Gioia sait que les endroits, les visages et les vêtements changent tandis que la lâcheté et la manipulation perdurent.

Pourtant, aujourd'hui elle n'a pas peur, elle ne pense pas à ce qui l'entoure. Elle voit bien que rien n'a changé depuis hier, que Casali est toujours Casali et que Giulia Batta et les autres parlent toujours mal de quelqu'un. Le monde n'a pas changé. Elle, si.

Elle a un peu de mal à se reconnaître, même si Tonia, allongée sur son lit, la taquine :

— Hé, il y a trois jours tu étais Amy Winehouse, et là, tu es devenue Katy Perry !

Gioia ne contrôle pas bien ce changement. En arrangeant sa chemise devant le miroir, pour la première fois elle découvre que ne pas se reconnaître peut être agréable.

25

— Alors, mademoiselle Spada, que voulez-vous me demander, aujourd'hui ?

— Aujourd'hui, c'est une question difficile, monsieur. Je pense que même vous, vous n'avez pas la réponse.

— Oh, je l'espère ! Je trouve merveilleuses les questions auxquelles je n'ai pas la réponse.

Gioia n'est pas sûre d'avoir compris ce qu'il veut dire.

— Votre regard est dubitatif, mademoiselle : ce genre de questions me force à chercher. Je me sens vivant.

À ce moment-là, Boccia et Casali passent derrière le professeur et lui font un doigt d'honneur : ils ont été notés absents à l'appel, au cours de philosophie de l'heure précédente. Sans quitter Gioia des yeux, Bove balance sa canne vers l'arrière et les atteint aux genoux, tous les deux.

— Excusez-moi, je ne l'ai pas fait exprès ! feint-il en souriant, toujours tourné vers Gioia.

Boccia et Casali s'éloignent en boitant, conscients de l'avoir mérité.

— Vous disiez, mademoiselle ?

— Eh bien, voilà… aujourd'hui, vous avez parlé d'Héraclite, et vous avez cité sa phrase…

— « On ne se baigne jamais deux fois dans le même fleuve. »

— C'est ça. En pratique, Héraclite dit que tout change et se modifie, vous avez donné l'exemple de nos cellules, la plupart d'entre elles s'autodétruisent, comme si elles se suicidaient !

— L'apoptose. Elles le font pour laisser la place à d'autres cellules.

— C'est ça. Bref, durant notre vie, presque toutes nos cellules meurent et sont remplacées. En un certain nombre d'années nous sommes entièrement renouvelés, comme une voiture qui est démontée et remontée pendant une course, avec des pièces de rechange identiques aux originales. À la fin de la course, l'auto est rouillée et cabossée, mais pour le reste elle est comme au départ, même si elle a en grande partie été changée.

— C'est juste, mademoiselle, mais… quelle est la question ?

— Accrochez-vous : est-il possible de sentir qu'on a à l'intérieur de nous quelqu'un qui n'est pas nous, et en même temps savoir que cette personne qui n'est pas nous, en fait, c'est nous ?

M. Bove, les yeux plissés et la tête inclinée, regarde Gioia.

— J'essaie de le dire plus clairement ? demande Gioia.

— Non, non, mademoiselle, j'ai compris. C'est juste que vous aviez raison, c'est un problème ardu.

— Je vous l'avais dit !

— Le fait est que nous ne sommes pas un, mademoiselle. L'idée que nous n'avons qu'une identité et qu'une personnalité est une pure illusion.

— Ah. Et donc ?

— Imaginez votre âme non pas constituée d'une seule voix mais de plusieurs qui essaient chaque jour de chanter la même chanson, sans y parvenir, ou très rarement. Il y a plus de voix dans votre âme que dans un théâtre bondé, un théâtre qui fait au moins la taille du monde.

Gioia pense à un espace gigantesque, rempli de Tonia en pleine conversation, et se met à sourire.

— J'ai répondu à votre question, mademoiselle ?

— Je pense que oui.

M. Bove frappe par terre avec sa canne, fait mine de partir, mais il s'arrête, se retourne et dit :

— Au fait, mademoiselle !

— Oui, monsieur ?

— Préparez-vous : à votre âge, les voix que vous avez en vous vont chanter des chansons qui ne vont pas vous plaire. Laissez-les faire, ne les chassez pas. Ces chansons vous parleront de vous bien mieux que n'importe qui d'autre !

26

— On pourrait faire un jeu, toi et moi.

Seuls dans le noir, assis contre la petite église, Lo tient son bocal à la main et Gioia regarde à contre-jour dans la lumière de la lune une feuille qu'elle tient entre ses doigts.

— Quel jeu ?

— Le jeu de l'autre fois, mais sans cette histoire des trois minutes.

— C'est-à-dire ? demande Lo en lui volant la feuille.

— On se pose des questions. Moi, j'aime poser des questions.

— Genre quiz ?

— C'est ça.

— De toute façon, je sais ce que tu vas me demander.

— Comment tu peux le savoir ?

— Facile, dit Lo en plaçant le bocal de cailloux devant ses yeux.

— En effet, c'est un bon point de départ. On peut savoir ce que fait un garçon de… Attends, quel âge as-tu ?

— Dix-huit ans.

— Donc, ce que fait un garçon de dix-huit ans avec un bocal de cailloux qu'il protège comme un trésor sacré ?

— Ils sont peut-être vraiment sacrés, dit-il en secouant le bocal pour faire tinter le verre.

— Si c'est trop personnel, aucun problème. Au pire, je ne t'adresserai plus la parole.

— Oui, c'est très personnel, mais ça ne me dérange pas de t'en parler. À une condition.

— Laquelle ?

— Qu'ensuite tu me dises pourquoi tu as cette phrase écrite sur le bras.

— Marché conclu.

Lo se lève, fait quelques pas sur la pelouse devant l'église et scrute les graviers.

— Tu as perdu quelque chose ? lui demande Gioia.

Il garde les yeux rivés au sol encore quelques secondes, puis il ramasse un caillou, revient sur ses pas, se rassied à côté d'elle et le fait rouler entre ses doigts à la hauteur de leurs yeux.

— Tu sais, cette planète existe depuis environ cinq milliards d'années. Et il est très difficile de trouver quelque chose qui date du début.

Gioia observe le caillou, le reflet qui se crée sur sa surface grâce à la lumière de la lune.

— Les roches ont été explosées en mille morceaux, certes, mais elles sont là depuis toujours. Quand je prends un caillou dans ma main, j'adore penser que cela fait cinq milliards d'années qu'il voyage.

— Et donc… tu ramasses les plus beaux ?

— Non, Chose. Je ramasse ceux des endroits les plus importants où je suis allé, dit-il en ouvrant le bocal et en le renversant. Ils me servent à me souvenir des événements, parfois même de qui je suis et d'où je viens. Tu connais le Petit Poucet ?

— Celui du conte ?

— Oui. Eh bien, disons que ces cailloux m'aident à retrouver mon chemin. Il m'arrive même de leur parler, avoue-t-il en riant. Parfois, nous avons des conversations magnifiques.

Gioia serre dans sa main le caillou qu'il lui a donné. Elle sent son contact froid et imagine le long chemin qu'il a parcouru pour arriver là.

— Celui-ci vient du jardin de ma première maison, quand j'étais petit, explique Lo en les rangeant dans le bocal. Celui-là, je l'ai ramassé sur une plage près de Dublin, où je suis allé il y a quelques années.

— C'était beau ?

— Magnifique. Si je devais partir d'ici, c'est en Irlande que j'irais.

— Et celui-là ?

— Il vient d'un endroit à la montagne, je ne sais pas si tu le connais… Près d'ici il y a des lacs, dont un très étrange, parce qu'à la fin de chaque été il s'assèche et un vieux village submergé apparaît. C'est le lac de Redona, tu le connais ?

— Non, je ne suis pas d'ici, je n'en ai jamais entendu parler.

— Mon père m'y emmenait quand j'étais petit. Il me racontait que sous le lac il y avait une ville fantôme qui avait la même histoire que l'Atlantide : un jour, les eaux sont montées et les habitants ont été engloutis. Il me disait que c'était une ville fantastique où il n'y avait que deux règles. La première était de toujours dire bonjour à tout le monde, la deuxième de ne jamais faire souffrir personne. La première règle était simple, chacun disait bonjour, même aux inconnus. Tout le monde trouvait cela agréable. Le problème, c'était la deuxième règle : même quand on était gentil et attentionné, on ne pouvait pas toujours la respecter. Tôt ou tard, involontairement, on faisait souffrir les autres. Mon père disait que c'était Dieu qui avait submergé la ville fantôme, tu sais pourquoi ? Parce qu'à un moment les gens avaient compris qu'il était impossible de ne pas faire souffrir les autres, alors ils n'avaient plus respecté la deuxième règle. Ils se faisaient du mal sans y penser. Mon père disait que c'était pour cela que Dieu avait submergé la ville fantôme. C'est vrai, il est impossible de ne pas faire souffrir les autres. Mais il ne faut pas cesser d'essayer.

Gioia avait écouté sans rien dire, la bouche ouverte.

— Waouh.

— J'y allais toujours avec mon père.

— « Allais » ?

Soudain, quelque chose dans les yeux de Lo trahit une tristesse mêlée à de la colère. Gioia connaît très bien ce genre de regard, elle l'a vu mille fois dans le miroir. Alors, pour lui faire comprendre qu'elle a saisi, elle ajoute :

— Le mien aussi.

— Le mien aussi quoi ?

— Mon père aussi est… bref, moi non plus je ne m'entends pas avec lui.

Gioia n'a pas le temps d'en dire plus, Lo balance ses cailloux sur les pavés, puis il se lève et s'éloigne, furieux, comme si elle l'avait blessé.

Gioia s'arme de courage, ramasse les cailloux et les entasse près du bocal. Puis elle se lève et rejoint Lo.

— J'ai dit quelque chose que…

— C'est quoi, ton problème avec ton père ? Il ne t'écoute pas, il ne te comprend pas ? Il te frappe ? Qu'est-ce que vous avez, tous, à vous plaindre de vos parents ? Si on regarde bien, ce sont des parents normaux ! Alors arrêtez !

Lo est littéralement devenu une autre personne. Ses yeux sont opaques, recouverts d'un voile de colère, ses joues parsemées de taches rouges et sa voix plus rauque, plus profonde, comme s'il avait soudain vieilli. En l'observant de profil, Gioia ne le reconnaît plus. Elle a peur, et elle se sent coupable d'avoir abordé ce sujet. C'est sa faute, elle aurait dû se taire, si elle n'avait pas dit « le mien aussi » il ne se serait rien passé. Elle a terriblement envie de le serrer dans ses bras pour lui faire sentir qu'elle est là, que même s'il ne la croit pas, elle sait parfaitement ce qu'il ressent, alors elle pose timidement une main sur sa hanche. Mais il la lui retire d'un geste brusque, ce qui fait à Gioia l'effet d'un coup de poing.

Gioia sait parfaitement que, quand on est dans cet état, la seule chose qu'on veut, c'est qu'on nous laisse tranquille. En même temps elle voudrait lui montrer qu'il n'est pas seul.

Alors elle essaie à nouveau, mais Lo la rejette et dit :

— S'il te plaît.

Elle recule, va se rasseoir et observe le caillou qu'il lui a donné en attendant que cela passe. *Quelle salope !* lui lance Tonia.

Gioia se contente d'acquiescer. Tonia continue : *N'aborde plus jamais ce sujet, espèce d'idiote !*

C'est sûr.

Puis, d'un coup, comme s'il ne s'était rien passé, Lo revient s'asseoir à côté d'elle en souriant.

— Alors ? On les range, ces cailloux ?

Gioia le regarde, abasourdie. Elle devine la moue incrédule de Tonia.

Peut-être qu'il est comme ça : il a besoin de cinq minutes pour se calmer, et ensuite tout redevient normal.

— Eh ben ? Tu en fais une tête !

— Ce n'est rien.

En un instant, c'est comme s'il ne s'était rien passé. C'est très curieux mais aussi très beau, parce que pendant une seconde Gioia a cru avoir tout gâché et tout compromis. Elle pousse intérieurement un gros soupir de soulagement.

En attendant, Lo range les cailloux dans le bocal. Gioia s'apprête à y mettre celui qu'il a ramassé près de l'église, mais il lui bloque la main, la lui ouvre et prend le caillou. Il la regarde un instant dans les yeux, lui sourit et le place avec les autres dans le bocal.

Un caillou qui lui rappellera Gioia.

S'il lui avait dit « Tu me plais » ou « Je veux sortir avec toi », le cœur de Gioia n'aurait pas battu aussi fort.

— Et toi ? C'est quoi, cette phrase sur ton bras ?

27

C'est arrivé un jour, en première.

Au rayon poésie du CDI, Gioia a pris au hasard un livre écrit en allemand et quand elle a lu ce vers, elle a compris qu'il serait le sien pour toujours. Parce qu'il est intraduisible, et qu'il décrit exactement ce qu'elle ressent tous les jours.

Wenn ein Glückliches fällt

C'est le dernier vers d'une poésie de Rainer Maria Rilke, dont la fin est :

Et nous qui voyons le bonheur
Comme quelque chose qui monte, éprouverions
L'émotion dont nous sommes presque atterrés
Quand une chose heureuse tombe[1].

1. Rainer Maria Rilke, *Les Élégies de Duino*, La Différence, 1994, traduction de François-René Daillie (Dixième Élégie).

Ces mots pourraient être traduits par « Quand une chose heureuse tombe », ou « Quand le bonheur est quelque chose qui tombe ». Mais ce vers signifie plus, bien plus, justement parce qu'on ne peut pas vraiment le traduire. Pour Gioia, il parle de la beauté des choses qui tombent, et dont personne ne veut, c'est pour cela que c'est le sien. Ces quelques mots de Rilke racontent la chaleur qui libère de ce qu'on ne voit pas, de ce qu'on ne considère pas, de ce qui nous semble inutile. Or pour Gioia, la beauté du monde se trouve avant tout dans les choses inutiles.

28

— Mais pourquoi tu l'écris tous les jours ? Tu sais qu'il existe une invention appelée tatouage, Chose ?

— Tu es le premier à m'en parler, répond Gioia avec une moue ironique.

— Vraiment ?

— Non, tu es environ le millionième.

Lo encaisse le coup.

— Alors, pourquoi ?

— Les tatouages, on les fait une fois et ils restent. Au bout d'un moment, on les oublie. On les voit, mais on ne les regarde plus. Alors que les choses vraiment importantes…

Gioia s'arrête, comme si elle cherchait les mots dans l'herbe sous ses chaussures.

— Les choses importantes ?

— Les choses importantes, il faut se donner la peine de s'en souvenir tous les jours.

29

— Mademoiselle Spada, daigneriez-vous prendre des notes ou préférez-vous continuer à orner votre cahier de divagations privées de sens ?

À 9 h 37, pendant quelques secondes, la voix du prof de sciences ramène Gioia à la réalité. Sans s'en rendre compte, tandis qu'il expliquait les fonctions du système immunitaire et les pathologies immuno-dépressives, elle s'est mise à dessiner une série de « Lo » dans des versions différentes : en 3D, en 2D, pleines, vides. Elle a tracé un « Lo » assis sur une pierre, et un Lorenzo en entier.

Gioia Spada dessine le prénom d'un garçon !

Jusqu'à tout récemment, les seuls noms masculins qui figuraient dans ses cahiers étaient David Gilmour et Roger Waters. Elle en a un peu honte, d'ailleurs.

Pourtant, s'évader à ce point pendant le cours de bio n'est peut-être pas une bonne idée : certains ont remarqué que Miss Rabat-joie multipliait les « Lo », le regard dans le vide, et traçait même autour des petites formes qui ressemblaient à des cœurs. Quand Gioia se rend compte de ce qu'elle est en train de faire, la nouvelle a déjà atteint l'autre bout de la classe. Elle lève les yeux et constate que ses camarades, surtout les filles, ont une expression bizarre. Une sorte de sourire.

Gioia parierait son poster original de *The Wall* qu'elles sont toutes en train de commenter cet incroyable ragot : « Miss Rabat-joie est amoureuse ! » Elle devine déjà, dans les toilettes, les « Ça doit être un rabat-joie ! », ou « Sûrement un camé ! », voire « Alors, elle n'est pas lesbienne ! ».

Elle effacerait volontiers ces sourires sur leurs visages à l'aide d'un chiffon plein de craie.

Son juron préféré sort spontanément :

— Planète de merde !

30

Jusqu'à la récréation, les filles de sa classe se tiennent.

Elles vont peut-être s'occuper de leurs affaires, se dit Gioia. Inutile d'avoir peur.

Alors qu'elle se dirige vers son coin préféré, elle passe à côté d'un petit groupe d'élèves réunies autour de Giulia Batta, qui bavardent et ricanent. Mais Gioia croit entendre un « ccccchhhhut ».

Alors elle comprend que la situation n'est pas aussi simple.

Quand elle revient en classe, elle en a la confirmation : sur son cahier, sous le joli « Lo » en 3D orné d'étoiles et de petits ronds, quelqu'un a écrit en rouge :

Alors comme ça ton vibromasseur s'appelle Lorenzo ?

Le plus moche, ce n'est pas cette inscription mais la tête de ses camarades. Tous. Même ceux qui sont habituellement neutres. Même ceux qui l'ont toujours appelée par son prénom ou qui ne lui ont jamais adressé la parole. Tous les élèves échangent des regards complices et des signes entendus. C'est fou comme les gens se transforment quand ils se sentent unis contre une personne. L'existence d'un ennemi commun change les visages, qui deviennent uniformes, se confondent les uns avec les autres.

Gioia a vraiment du mal à comprendre cette ingérence dans sa vie privée. Comme s'il était parfaitement légitime d'en parler, d'en blaguer ou même d'écrire sur le cahier de quelqu'un : « Alors comme ça ton vibromasseur s'appelle Lorenzo ? »

Il existe un mot chinois, *shu,* qui décrit ce que ses camarades n'arrivent pas à faire, un mot que Gioia adore parce que en trois lettres il exprime une chose immense, qui signifie « mettre l'autre dans son cœur ». Gioia l'aime tellement qu'elle a même appris à dessiner le caractère chinois : 恕.

Dans le livre où elle l'a trouvé, un vieux texte de philosophie orientale que lui a prêté M. Bove il y a quelques mois, il est expliqué que pour les Chinois on ne pense jamais un « je » sans un « tu ». Pour eux le « je » ne se définit que grâce au « tu ». C'est pour cela que ce mot indique la nécessité de toujours considérer les sentiments de l'autre, de ne jamais les oublier ni les bafouer. Mais Gioia constate que les gens qui l'entourent font le contraire : ils pensent au « je » comme s'il n'y avait pas de « tu ».

Les personnes qui l'entourent, jeunes ou adultes, n'ont aucune idée de ce qu'est le *shu*.

31

— Alors, mademoiselle Spada, que voulez-vous me demander aujourd'hui ?

— Rien, monsieur.

— Hum, vous êtes sûre ? Il me semble déceler de l'incertitude dans votre regard.

— Je n'ai pas de question philosophique, monsieur.

— Toutes les questions sont philosophiques, mademoiselle. Même choisir une pizza est une question philosophique !

— Aujourd'hui, je n'ai pas de question, désolée.

— Une jeune fille de votre âge sans question, c'est un ciel sans étoiles, mademoiselle !

— Parfois le ciel est sans étoiles, monsieur.

— Le ciel peut ne pas avoir de nuages, mais il a toujours des étoiles. Vous avez probablement beaucoup de nuages aujourd'hui.

— D'accord, j'ai une question.

— Je suis à votre disposition.

— Comment je peux faire pour qu'ils arrêtent ?

— Pardon ?

— Vous savez très bien comment ils m'appellent. Vous savez aussi qu'ils me traitent comme une pestiférée. Jusqu'à présent ça me glissait dessus, j'en avais l'habitude, mais là je n'arrive plus à comprendre comment ils peuvent…

— Comment ils peuvent quoi ?

— Aimer faire ça. Et pas uniquement avec moi. Je vois bien que je ne suis pas la seule, ils se moquent aussi des grosses, des fayots et des bizarres. Aujourd'hui, la seule question que je me pose est : comment faire pour qu'ils arrêtent ?

— J'ai une mauvaise nouvelle pour vous, mademoiselle Spada, les gens dont vous parlez n'arrêteront jamais.

— Je le savais.

— Et s'ils arrêtaient avec vous, ce serait pour s'acharner sur quelqu'un d'autre, parce que pour surnager, ils ont besoin de faire couler les autres.

— C'est exactement ce que je pense et…

— Toutefois, pour ce qui vous concerne, vous avez deux possibilités : la première est de devenir comme eux, de faire comme eux, de sorte qu'ils ne vous perçoivent plus comme une étrangère. Néanmoins, vous connaissant un peu, je sais que vous ne choisirez jamais cette voie-là.

— Et l'autre ?

— Elle est plus difficile. Elle implique de s'engager, prendre des risques, s'exposer.

— De toute façon, ça ne peut pas être pire. Et donc ?

— Si vous ne pouvez pas être comme eux, essayez d'être meilleure qu'eux.

— Hein ?

— S'ils essayaient toujours de vous couler pour surnager, faites en sorte de monter tellement haut qu'ils ne pourront pas vous atteindre. Pendant le cheminement, ils redoubleront d'efforts et de lourdeur, mais quand vous serez là-haut vous verrez que tout doucement ils seront obligés de vous lâcher.

— C'est une belle théorie, mais concrètement… je dois faire quoi, monsieur ?

— Ça, vous seule pouvez le savoir. Choisissez quelqu'un avec qui vous exposer, de façon à prouver votre valeur au monde, puis jetez-vous à l'eau. Faites-les taire, forcez-les à lever la tête pour regarder la personne que vous êtes en train de devenir et qu'ils ne seront jamais.

32

— Moi, je dis que tu es un peu stupide, Chose.

— Ça, je sais. Mais pourquoi ?

— À cause des photos.

Gioia et Lo sont assis à la terrasse du BarA. Cette fois, elle ne peut pas rester longtemps, sa mère a collé un Post-it sur le réfrigérateur lui demandant de rentrer à 21 h 30. Quand elle agit ainsi : c'est soit pour montrer son autorité, soit parce qu'elle a quelque chose à lui annoncer. Gioia craint qu'il ne s'agisse de la deuxième hypothèse.

Elle a parlé à Lo de M. Bove, de leur étrange rituel des questions pendant la récréation et de ce qu'il lui a suggéré ce matin.

— Tes photos, c'est ça, le truc dont parle ton prof !

— Oui, mais il dit que je dois l'utiliser pour exceller, pour montrer que je suis meilleure qu'eux. Je fais quoi, je tapisse le lycée de mes photos, comme ça, je suis sûre que quelqu'un portera plainte ?

Lo lance une fléchette, pile dans le 60.

— Tu pourrais les proposer à une galerie, pour une exposition… un concours ?

Soudain, le visage de Gioia s'éclaire.

— C'est une bonne idée, non ? demande Lo.

— Au lycée, il y aura bientôt une sorte de concours… La semaine « Encadre-toi ».

— Super, c'est quoi ?

— Pendant une semaine les élèves peuvent accrocher dans les couloirs des dessins ou des photos encadrés, et à la fin les profs d'art décernent des prix par catégorie.

— Parfait, non ? Et on gagne quoi ?

— Aucune idée. Des livres, du matériel, je pense… mais peu importe la récompense. Si je le fais, c'est uniquement pour épater Giulia Batta et les autres.

Gioia regarde l'heure : il lui reste cinq minutes.

— Alors, tu vas participer ?

— Je ne sais pas… Pour ça, il faudrait que je fasse agrandir et encadrer une de mes photos. Je n'ai pas l'argent.

— Je peux payer, moi !

Gioia a un instant d'enthousiasme, mais très vite elle s'éteint et regarde ses pieds. Comme si ses propos l'avaient blessée. Ce n'est pas le cas, pourtant c'est ainsi qu'elle se sent.

— Chose ? Tu es d'accord ?

— Laisse tomber, ça n'a pas d'importance.

— Ce serait un prêt, hein ! Je ne veux pas te l'offrir…

— Vraiment, ça n'a pas d'importance. Maintenant excuse-moi, je dois y aller.

Gioia se lève pour partir, sans l'étreindre. Pourtant, ils ont pris l'habitude de se serrer dans les bras l'un de l'autre pour se saluer.

Lo l'observe qui s'éloigne dans la rue, les yeux rivés au sol. Gioia ne se retourne pas quand il l'appelle. Alors Lo regarde furtivement autour de lui et la rattrape.

— Je peux te raccompagner chez toi ?

33

Ils marchent jusque chez elle sans un mot.

C'est la première fois qu'il la raccompagne, or elle gâche tout.

Gioia comprend que la théorie de Bove – dans notre âme il n'y a pas une seule voix mais un chœur de voix qui chantent chacune pour elle-même – est irréfutable. Une des voix qui vivent en elle est heureuse de la présence de Lo, pourtant elle ne réussit pas à le lui montrer parce qu'une autre prend le dessus, celle qui est en colère contre lui. Gioia a des millions de défauts, dont celui d'être une orgueilleuse qui ne veut recevoir de faveurs de personne, surtout quand il s'agit d'argent. Et puis, une autre voix lui souffle qu'il est idiot de se vexer quand quelqu'un veut nous aider, et qu'elle devrait s'excuser de lui avoir mal répondu. Le problème, c'est que les voix parlent toutes ensemble et que Gioia finit par ne rien faire : elle marche, l'air soucieux, c'est tout.

— Hé ! Hé…, insiste-t-il. Tu vas t'arrêter, oui ? Qu'est-ce qui se passe ?

Gioia s'arrête, se retourne. Il lui tend une petite marguerite. On n'est qu'en février, mais les pelouses sont déjà parsemées de taches blanches et jaunes. Il l'a ramassée pour la faire sourire, pour que tout rentre dans l'ordre.

Pourtant, en voyant la fleur, Gioia s'assombrit encore plus.

— Qu'est-ce qu'il y a, Chose, elle ne te plaît pas ?

— Je déteste qu'on arrache les fleurs.

— Aïe. J'ai fait une gaffe, hein ?

— Peu importe.

Elle repart. En fait, cela lui importe, parce que les hommes cueillent les fleurs pour se faire pardonner de leur femme, pour offrir un cadeau, pour une raison qui leur appartient. Les fleurs n'avaient rien demandé et, par leur faute, elles vont mourir.

Gioia Spada déteste les gens qui cueillent les fleurs, parce qu'elle déteste qu'on fasse du mal sans s'en apercevoir.

Bref, plus Lo essaie d'arranger les choses, plus la situation empire.

— Comment je peux me faire pardonner ? demande-t-il en la rattrapant.

Ils sont arrivés en bas de chez elle. Gioia pose le pied sur la première marche, se tourne de trois quarts et, même si son envie profonde serait d'aller se lover dans ses bras, elle ouvre la porte et lui dit avant de disparaître :

— Ça va. Il faut vraiment que j'y aille. Merci de m'avoir raccompagnée.

34

— Ah, ma chérie, tu es rentrée.

Ces chichis sont suspects. Sa mère n'est jamais gentille sans raison. De fait, Gioia aperçoit son père assis à la cuisine, tout souriant, en train de manger un nem.

— Assieds-toi, dit-il en lui écartant une chaise.

— Nous avons pris à manger pour toi aussi, annonce sa mère en ouvrant une boîte en carton pleine de nourriture chinoise.

— Je n'ai pas faim, merci.

— Sûre ? C'est délicieux, tu sais, ajoute son père, la bouche pleine.

Pas besoin qu'ils lui parlent, Gioia a déjà compris.

— Ma chérie, ton père a trouvé un travail !

— Waouh, commente Gioia sans aucun enthousiasme.

— Tu n'es pas contente, ma chérie ?

— Un contrat de trois mois, ensuite on verra, précise le père en s'essuyant le menton. Merci les agences d'intérim !

Soudain, Gacco le chat fantôme apparaît sur le réfrigérateur et jette un regard famélique vers la table.

— C'est tout ce que vous avez à me dire ?

— Non, ma chérie, il y a autre chose… Comme l'usine est tout près d'ici et que pour le moment il n'a pas d'autre solution… eh bien, ton père va rester encore un peu avec nous.

Elle le savait. Elle a déjà vécu cette scène au moins cinq ou six fois, depuis que ses parents sont séparés. En fait, l'interprétation exacte de l'annonce de sa mère est : « Dans le fond on n'est pas si mal ensemble, on a décidé de réessayer ! » Gioia regarde Gacco le chat fantôme, toujours installé sur le réfrigérateur, et prie pour qu'il bondisse sur la table et envoie tout valser. Puis elle acquiesce, serre les lèvres comme pour dire « D'accord, message reçu », se lève et sort de la cuisine.

— Où tu vas ? lui demande son père.

Mais elle est déjà dans la petite chambre de sa grand-mère.

35

— Je sais, je sais, je ne suis même pas venue te dire bonjour, je te demande pardon, Gemma.

— Ghhh !… ghhh !

— C'est que j'ai vraiment passé une mauvaise journée et je n'ai pas envie de t'embêter avec mes malheurs, tu comprends ?

— Ghhh !… ghhh !

— Tu as raison, je ne devrais pas me laisser abattre, mais parfois j'en ai besoin. Je ne sais pas comment l'expliquer. Je me laisse abattre, comme ça après j'ai envie de me bouger. Tu comprends ?

— Ghhh !… ghhh !

— C'est idiot, je sais.

Gioia met les écouteurs dans les oreilles de sa grand-mère, elle programme ses airs de musique, lui caresse doucement la joue et va dans sa chambre. Elle retire ses vêtements, enfile un jogging et se glisse sous les couvertures. En regardant le plafond, elle se demande si elle ne s'est pas emballée au sujet de Lo. Maudite hyperactivité imaginative ! En yiddish, on dirait qu'elle est une *luftmensch*, une « personne qui rêve constamment les yeux ouverts ». A-t-elle vu en Lo plus qu'il n'est vraiment ? Elle ne peut s'empêcher de penser à la fleur qu'il a cueillie. Plus elle y réfléchit, plus ce geste lui paraît terriblement banal. Elle espérait que Lo soit différent des autres garçons. Alors elle se dit que celui qu'elle imagine ne correspond peut-être pas au véritable Lo, et…

— Arrête ! l'exhorte Tonia, allongée par terre à côté de son lit, les mains derrière la tête.

— Quoi ?

— Arrête de faire l'idiote.

— Pourquoi ?

— Cette putain de marguerite n'a rien à voir là-dedans. L'argent pour la photo non plus. Pas plus que cette histoire que tu es en train de t'inventer, la déception et tout le bla-bla. Tu le sais parfaitement.

— Qu'est-ce que tu veux dire ?

— C'est ce concours : tu as peur de t'exposer, peur du jugement des autres. C'est parce que tu flippes, que tu as maltraité ce garçon : tu as la trouille !

Gioia se penche et fixe Tonia sans rien dire.

— Qu'est-ce que tu regardes ? Tu sais que j'ai raison.

Gioia se tourne de l'autre côté, ferme les yeux, essaie de dormir, mais le chœur des voix dans sa tête l'en empêche. Au bout d'un moment, elle plonge tout de même dans un sommeil profond, sans rêves.

Le matin, à 7 heures pile, elle ouvre les yeux avant que son réveil sonne. Elle se lève, enfile son jean, ouvre la fenêtre de sa chambre pour laisser entrer l'air dans ses poumons. Puis elle s'appuie au garde-corps et elle sent quelque chose sous ses doigts. Elle baisse les yeux : un caillou.

Elle le ramasse, l'observe de près.

Aucun doute : c'est celui que Lo a ramassé sur la plage près de Dublin.

Gioia regarde autour d'elle en se demandant comment il est arrivé là. Sous sa fenêtre il y a un rebord, si on aime le risque on peut marcher dessus : mais comment est-il arrivé là ?

— L'arbre à l'angle de l'immeuble ! lui dit Tonia, qui entre-temps s'est placée à côté d'elle.

— Alors il a grimpé sur l'arbre, il est monté sur le rebord et il a parcouru dix mètres au-dessus du vide, uniquement pour poser un caillou devant ma fenêtre ?

— De un à dix : à quel point tu te sens merdeuse, maintenant ? lui demande Tonia.

Sous le caillou, il y a un petit mot :

J'ai replanté la marguerite, elle sera peut-être sauvée. Entre-temps je t'offre ceci, comme ça quand tu es triste tu peux toujours penser qu'il existe dans le monde un endroit aussi beau que l'Irlande, et cesser d'être triste.

P.-S. : Ce soir au BarA ?

Gioia glisse le caillou dans sa poche et relit le mot au moins dix fois. Elle se sent de plus en plus stupide.

36

— Tu vas où, par ce temps ?

— J'ai un parapluie, maman ! lance Gioia en sortant.

Au loin, les éclairs illuminent le ciel. Les premières gouttes de pluie s'abattent sur les gouttières.

Il est 21 h 10 et elle n'est pas sûre de le trouver, avec l'orage qui approche, mais elle veut aller lui demander pardon, le serrer dans ses bras et lui dire qu'elle a été stupide.

Sur le chemin, les gouttes se transforment en déluge. Gioia aime l'eau sur ses lèvres, ses cheveux, son front, à tel point qu'elle ferme son parapluie et se met à courir. Trempée, légère, elle aurait envie que la route jusqu'au BarA se prolonge.

— Tu es vraiment dégueulasse de me traîner sous la pluie ! râle Tonia.

— C'est génial ! Tu n'aimes pas ?

— Je crois que je préférerais un lavement.

Lo n'est pas au BarA. Seul un fou sortirait sous cette pluie.

— Et voilà, tu m'as fait venir jusqu'ici pour rien ! rouspète Tonia, le souffle court.

Gioia va reprendre le sien sous l'auvent. Elle secoue la tête pour essorer un peu ses cheveux, comme les chiens. Quand elle la relève, il s'est matérialisé devant elle tel Gacco le chat fantôme.

— Salut, Chose.

Sans répondre, Gioia s'avance vers lui et le serre de toutes ses forces. Lui aussi est trempé, elle entend un bruit d'éponge : c'est l'eau qui sort de leurs vêtements. Il fait froid mais elle a chaud, ils se taisent, puis s'écartent et se regardent dans les yeux. Les cheveux de Gioia gouttent et lui brouillent la vue. S'ils se parlaient, ils ne s'entendraient pas. Gioia sait qu'il existe un mot pour ça, un mot très long des indigènes de la Terre de Feu qu'elle a trouvé un jour dans une revue de mots croisés : *mamihlapinatapai*, « se regarder et avoir envie de s'embrasser sans avoir le courage de faire le premier pas ». Gioia ne sait pas si Lo pense la même chose, elle espère de tout son cœur qu'il va agir, parce qu'elle ne le fera pas, et soudain il prend son visage entre ses mains, pose ses lèvres sur celles de Gioia et l'embrasse. Les mains de la jeune fille tremblent, mais pas de froid.

Elle a l'impression de disparaître tout en se sentant encore plus vivante.

Le temps passe.

— C'est ton premier baiser, n'est-ce pas ? demande Lo.

Gioia ne s'attendait pas à cette question. Qu'est-ce qu'il y a, ce n'est pas comme ça qu'on fait ?

— Oui, répond-elle malgré tout.

Il la regarde dans les yeux, sourit et déclare :

— Moi aussi.

37

— Je peux te poser une question, poulette ?

— De toute façon, Tonia, même si je te dis non…

— Comment tu t'es sentie ?

— Hein ?

— Quand vous vous êtes embrassés, comment tu t'es sentie ?

— Voyons voir… Tu te rappelles le début du solo de guitare dans « Fix You », de Coldplay ?

— Hein ?

— Non. Bon… Tu vois, la scène du sac en plastique dans *American Beauty*, quand il parle de la beauté ?

— Poulette, tu pourrais être un peu plus terre à terre ?

— Mais non, écoute-moi ! C'était comme si j'étais moi-même ce sac en plastique. Je me suis sentie comme emportée par le vent, tu comprends ?

— Bof…

— En fait, c'était le vent qui me faisait danser, mais c'était moi qui dansais. Voilà.

— Ben…

— Tu pourrais commenter autrement que par « bof » ou « ben » ?

— Non, poulette. C'est juste que ce n'est pas le top dans la vie, de se comparer à un sac en plastique.

— Tonia ?

— Oui ?

— C'est magnifique, de se sentir un sac en plastique.

38

Beaucoup de gens noircissent des pages et des pages pour raconter la magie de leur premier baiser, avec tous les détails possibles sur l'ambiance – couchers de soleil, plages paradisiaques, flocons de neige, etc. –, mais personne n'explique jamais que le moment unique, incroyable et indescriptible a lieu plus tard, quand *on rentre chez soi*. Le trajet. Les pieds qui ne touchent pas terre, le cœur qui s'emballe.

Parce que, quand cela arrive à ceux qui en rêvent depuis une éternité, qui pleurent devant les comédies romantiques, qui attendent leur première histoire depuis longtemps, tout est beau et émouvant. Mais quand cela arrive à une fille de dix-sept ans, née en 1999, qui écoute les Pink Floyd et la musique grunge des années quatre-vingt-dix, qui n'a jamais mis de jupe, qui ne se maquille pas et qui préfère mille fois *Fight Club* à *Twilight*, eh bien, « émouvant » n'est pas le mot juste.

Ça la retourne comme une chaussette. Ça lui arrache les tripes. Ça détruit ses certitudes.

Gioia glisse sur l'asphalte comme si elle avait enfilé des patins invisibles, les yeux brillants et emplis de lui, les lèvres parcourues d'une décharge électrique, son sweat-shirt imbibé de pluie et de son odeur. Elle se sent à la fois idiote et pleinement elle-même, perdue et à sa place.

Elle saute dans les flaques, elle qui d'habitude les évite. Quand elle en voit une grosse, elle prend son élan et saute dedans à pieds joints. L'eau et la boue giclent sur ses vêtements, sur ses mains, sur son visage. Il y a un verbe islandais pour dire ça : *hoppípolla*, « sauter dans les flaques ». Elle l'a noté quand elle l'a entendu dans une comédie musicale, mais jamais elle n'aurait pensé le mettre en pratique.

La lumière du soir, le silence de la ville, le bruit des téléviseurs dans les appartements : tout se grave dans sa mémoire. Tout devient témoin de quelque chose de grand.

Elle n'a qu'une seule pensée rationnelle : elle est heureuse que ça se soit passé avec lui. Elle n'aurait pas voulu que ce soit un autre. Il est parfait. Pour le reste, ses pensées sont confuses, plongées dans un chaos magnifique.

Au salon, ses parents sont étrangement silencieux. Elle penche la tête et les découvre endormis, chacun sur un canapé. Sur la table basse, six canettes de bière vides. Gioia soupire, s'approche sans un bruit, les ramasse et les jette à la poubelle.

Puis elle va voir sa grand-mère, allume sa lampe de chevet et l'embrasse sur le front. La vieille femme ouvre les yeux et la regarde. Gioia sourit, la caresse et lui annonce :

— Je l'ai embrassé !

Gemma sourit ? Peut-être a-t-elle compris ? Puis elle dit :

— Ghhh !

39

En un sens, Bove avait raison : la seule façon de ne pas se laisser rabaisser par les autres est de se placer au-dessus d'eux.

Les jours passent. Lo et Gioia se retrouvent à l'endroit habituel. Elle se construit peu à peu une carapace, une sorte de cape invisible qui la protège des rires, des blagues et des « Miss Rabat-joie » qu'elle trouve écrits à sa place en arrivant au lycée.

Penser à Lo la transporte, lui fait le même effet que la musique dans ses oreilles ou que sa nature *luftmensch* : elle rêve les yeux ouverts, mais en plus puissant. Et surtout, Lo est un garçon en chair et en os.

Qui plus est, il embrasse drôlement bien.

D'ailleurs, il ne se contente pas de l'embrasser.

Depuis le premier soir pluvieux sur la terrasse du BarA, tout doucement les baisers se sont transformés en quelque chose de plus. Notamment parce que les jours suivants, Lo a dû limiter ses sorties à deux soirs par semaine, parfois un seul : dernièrement ses notes ont baissé et ses parents lui ont imposé des horaires encore plus stricts.

Quand il a le droit de sortir il lui téléphone, toujours à 21 heures. Gioia se jette sur l'appareil tel un joueur de rugby sur le ballon ovale, prononce « Là-bas dans dix minutes » et raccroche. Quand ils se retrouvent sous l'auvent, ils s'embrassent pour se dire bonjour, puis ils montent en courant à l'église et là, contre le mur, loin de tout, ils jouent à découvrir ce qui se passe quand les odeurs, les sentiments, la peau et les mots se rencontrent.

Bien sûr, tout n'est pas rose. Parfois Lo devient sombre, il se met en colère, généralement quand ils parlent de leurs parents, surtout de son père. Gioia essaie d'éviter le sujet, mais il revient sur le tapis comme par erreur, sous la forme d'une allusion. Dans ces moments-là, Lo se transforme, son regard et la couleur de son visage changent ; si elle le touche il la repousse. Il lui fait peur. Puis, cinq minutes plus tard, il redevient lui-même, comme si de rien n'était.

— Ce type n'est pas normal, lui suggère Tonia sur le chemin du retour.

— Il a peut-être un père pire que le mien !

— Personne dans l'hémisphère Nord n'a un père pire que le tien.

— Moi non plus, je ne le vis pas bien, quand on me questionne sur mes parents.

— Oui, mais pas au point d'être Docteur Jekyll et Mister Hyde ! Et puis, sincèrement… c'est bien beau, de vous voir uniquement le soir et à cet endroit… Moi, j'en aurais ras le bol, de passer mon temps à me cacher.

— Moi, ça me plaît ! C'est un secret entre nous !

— Oui, bien sûr. C'est comme être avec un fantôme, plutôt.

— Et si j'aime les fantômes ?

— Tu aimes surtout qu'on se moque de toi !

Pourtant, Tonia n'a pas totalement tort : cela fait maintenant deux mois qu'ils se retrouvent exclusivement au BarA ou à la petite église. Peut-être que si elle l'a toujours arrêté au moment où ils auraient pu faire l'amour, c'est parce qu'au fond elle sent que quelque chose n'est pas juste.

Un soir, elle lui pose un ultimatum.

— Soit on se retrouve un après-midi au parc, soit on arrête de se voir.

Elle prend sur elle, pour jouer les dures. Et le problème, c'est qu'il répond :

— Je suis désolé, Chose. Tu sais comment sont mes parents.

Avec cette phrase, il pose une limite infranchissable. Elle sait qu'elle ne peut pas lui demander plus, au risque de le voir s'énerver.

— D'accord, répond-elle. Alors mieux vaut qu'on ne se voie plus pendant un moment. Du moins tant que tu ne pourras pas sortir l'après-midi.

Quand ils se disent au revoir, c'est horrible, pire que le jour de la marguerite. Sur le chemin du retour, Tonia répète :

— Tu as vu ? Je te l'avais dit !

Pendant tout le trajet. Une torture.

Gioia se couche, le moral dans les chaussettes. Son enveloppe de protection a disparu, elle sait que le lendemain – qui est le dernier jour pour participer au concours –, elle ne sera plus armée contre les moqueries de ses camarades. Mais le matin, quand elle part pour le lycée, prête à redevenir la Miss Rabat-joie de toujours, elle remarque un tableau, accroché à un spot couvert de poussière et de moucherons morts. Ou plutôt un cadre, un magnifique cadre en bois foncé. À l'intérieur, il y a sa photo de l'enterrement. Il est fixé avec une corde sur un mur décrépit de l'entrée de son HLM.

Une seule personne au monde peut avoir fait cela : un garçon affublé d'un surnom stupide à une syllabe qui, par pure coïncidence, est aussi celui à qui Gioia a donné son premier baiser.

Zut, maintenant elle peut vraiment participer au concours ! Après s'être demandé pendant quelques instants si elle est en train de rêver, elle s'empare du cadre et un petit mot en tombe. Elle le lit à voix haute :

Avoir une copine ne m'a jamais intéressé, mais tu m'as pris en traître. Est-ce que tu veux être avec moi ?

P.-S. : Aujourd'hui, à 15 heures, je serai au parc. Tu peux passer, si tu veux.

40

Combien de temps peuvent durer cinq minutes ?

Normalement, cinq minutes. Parfois, des heures. Des jours. Des semaines.

Comme maintenant.

Les cheveux dénoués, un trait de crayon sur les yeux – eh oui, elle a fini par céder –, Gioia est assise sur son banc. Le rendez-vous était fixé à 15 heures. Il est 15 h 05, mais elle a l'impression d'attendre depuis cinq *jours*.

En vérité, depuis qu'elle connaît Lo, tout n'est qu'attente. Se lever le matin, se brosser les dents, s'habiller. Aller au lycée, suivre un cours. Deux mois auparavant, elle agissait mécaniquement. Maintenant elle le fait parce qu'elle l'attend, lui. Désormais, tout n'est qu'un intervalle de temps entre les moments où elle le voit.

Il est 15 h 06. Pour la première fois, Gioia a peur qu'il ne vienne pas. En quelques secondes elle enchaîne des pensées noires qui s'emmêlent, se superposent. *En fait, Tonia avait raison, il ne vient pas parce qu'il a une copine. Il ne veut pas se montrer avec moi. Il s'est moqué de moi, une petite scène romantique sur la colline et hop, il disparaît. J'ai été idiote de le croire, quand je pense que je me suis même maquillée ! Je me suis fait avoir comme la plus débile des filles de ma classe !* En même temps, elle regarde devant elle en le cherchant au milieu des gens. Beaucoup des garçons lui ressemblent, de prime abord.

Six minutes, et elle ne s'est pas sentie aussi bête depuis longtemps.

Elle lève les yeux, à nouveau.

Au loin, il apparaît dans son sweat à capuche noir.

41

— Alors, comment ça marche ? Où tu te caches ?

La pelouse du parc est verte en ce début de printemps, le soleil se faufile entre les branches pour créer une magnifique *komorebi*.

— Je ne me cache pas, idiot. Je m'installe ici et j'attends.

— Cool. Et si personne ne se met de dos ?

— Dans ce cas, pas de photo.

Gioia n'arrive pas à croire qu'il soit venu. Elle a envie de répondre aux « Je te l'avais dit » de Tonia.

— Et qu'est-ce que tu fais, tout l'après-midi ? lui demande Lo.

— Je lis. J'écoute de la musique. Des trucs comme ça.

— Waouh ! Tu ne risques pas d'avoir trop d'émotions fortes ? Ce n'est pas un peu trop excitant ?

Gioia lui lance un regard menaçant.

— Bien dit, pour un aventurier qui passe ses nuits à jouer aux fléchettes.

— Ah, mais c'est du sport, les fléchettes !

— C'est ça, et Justin Bieber est un grand chanteur !

— Je t'interdis de parler de Justin !
— Tu aimes Justin Bieber ?
— Pourquoi, pas toi ?
— Tu plaisantes, n'est-ce pas ?
— Non, pourquoi ?
— Je t'en prie, dis-moi que tu plaisantes.
— Hé, regarde de ce côté !

Lo lui prend la tête et la fait pivoter de quatre-vingt-dix degrés, vers le centre de la pelouse.

— Où ça ?
— Le barbu. Il est de dos. Vite !
— Un instant... voilà ! Oh, elle est floue, dit Gioia en regardant l'écran de son appareil.
— Non, non, elle est bien. Regarde-le : à mon avis il vient de déclarer sa flamme à une fille et elle l'a envoyé balader. Regarde, il se tient la tête et il serre son poing droit, comme s'il retenait sa colère !
— C'est vrai. Peut-être. Ou alors il a juste passé une sale journée au boulot.
— Non, à mon avis c'est une histoire de fille, déclare Lo en regardant Gioia dans les yeux.

Gioia, ne saisissant pas l'allusion, enchaîne les hypothèses :

— Peut-être qu'en fait...
— Gioia ? l'interrompt-il.

Il ne l'a quasiment jamais appelée Gioia. Alors elle comprend qu'il se passe quelque chose.

— Quoi ? demande-t-elle avec appréhension.
— Dans mon petit mot, je t'ai posé... une sorte de question, répond-il en essayant maladroitement de dissimuler son émotion.

S'en apercevant, Gioia se sent toute bizarre, comme si le voir ainsi lui faisait plaisir. Alors elle choisit une attitude qui lui vaudra les insultes de Tonia : elle entretient le suspense.

— Une question ? J'ai dû oublier. Tu m'as posé une question ? fait-elle en jouant avec son appareil photo.

— On t'a déjà dit que tu étais vache ?

— Oui, très souvent.

— Eh bien, on avait raison ! lance-t-il en se tournant de l'autre côté.

En tamoul, la langue parlée au Sri Lanka, il y a un mot pour expliquer ce qu'ils sont en train de faire : *oodal*, la « fausse contrariété des amants ». Toutefois, le niveau de résistance de Gioia à ces choses-là étant proche de zéro, elle tient quelques secondes avant de poser son menton sur l'épaule de Lo.

— Par hasard, ta question avait-elle un caractère, disons, sentimental ?

— Ça se pourrait, répond-il, toujours *oodal*.

— Eh bien, dans ce cas... je dois te communiquer que ma réponse est un mot d'une syllabe qui commence par un O.

— Donc la réponse est oui ? s'écrie Lo, rayonnant.

— Ça pourrait aussi être « ouf », « oie »...

Il lui lance un regard noir.

Alors Gioia sourit et lui dit en acquiesçant :

— Oui, Article Défini. Oui, je veux être avec toi !

42

Elle n'a pas eu le temps de se dire : *Tiens, c'est en train de se passer !*

En général, on a conscience qu'un événement est en train de se produire.

Comme quand on passe un examen : on sait pourquoi on est là, même si ensuite l'anxiété nous chamboule.

Mais cette fois, Gioia ne s'en est aperçue qu'après.

Gioia et Lo au parc, assis sur un banc.

Gioia et Lo en pleine discussion. Elle n'a jamais autant parlé à quelqu'un – y compris à elle-même, alors que ça fait longtemps que Gioia parle toute seule.

Photo d'un enfant assis par terre qui trafique la roue arrière de son tricycle.

Photo d'une femme qui écrit un message sur son téléphone.

Photo de deux chiens qui regardent droit devant eux.

Puis Lo se moque d'elle au sujet du banc :

— Tu n'as pas le cul rayé à force de rester assise là ?

Alors elle lui répond :

— Ben, t'as pas encore la gueule rayée, donc non.

Puis lorsqu'elle lui demande s'il connaît un endroit avec une plus belle vue, il lui raconte cette histoire : un jour il marchait dans la rue et il est passé devant un immeuble dont la porte était ouverte. Il est entré, a pris l'ascenseur et s'est baladé dans les étages. Gioia se moque de lui alors qu'en fait elle pense : *J'ai toujours rêvé de rencontrer quelqu'un qui fasse ce genre de choses !*, elle lui dit que si elle l'avait vu elle aurait appelé la police. Mais il poursuit son récit, lui explique qu'au bout d'un moment, à monter et descendre dans l'ascenseur, il est arrivé au dernier étage et s'est dit : *Tiens, je vais aller voir si on peut monter sur le toit !* Il a trouvé la porte menant au toit qui n'était pas verrouillée. Il a même pensé à la bloquer pour qu'elle ne se referme pas. Là-haut, Lo a regardé la ville, un monde s'est ouvert à lui. Depuis, il n'y a qu'un endroit où il se sent chez lui, c'est sur les toits. Si seulement il pouvait y vivre…

— Sur les toits.

— Oui.

— Et tu n'as jamais eu d'ennuis ?

— Jusque-là personne ne m'a vu.

Gioia le regarde dans les yeux. Elle comprend que ce qui l'a séduite, ce n'est pas leur beauté, mais la lumière qu'ils dégagent.

— Ça te dirait d'y aller avec moi ?

— Quand ?

— Maintenant, Chose. J'ai vraiment l'impression d'avoir le cul rayé.

Alors ils marchent au milieu des passants qui sortent du travail, dans les rues de la ville. Lo avance sans dire un mot, capuche relevée et tête baissée, elle le suit les yeux rivés sur son dos. Elle remarque des dos qu'en temps normal elle s'arrêterait pour photographier, mais pas cette fois. Il n'y a que lui et, quelque part, la sensation qu'il n'y a toujours eu que lui.

Ils se retrouvent devant la porte d'un immeuble de dix étages.

— C'est haut, hein ?

— Plus c'est haut, mieux c'est.

À partir de là, pas le temps de comprendre, tout va très vite. Pas le temps de se demander où elle est, ce qu'elle fait, ce qu'elle veut. Elle et lui sur le toit, elle qui court vers la rambarde en béton et se penche. En bas, les hommes, les femmes, les enfants et les chiens ont l'air tout petits. Quelques nuages, le jour qui décline. Lo s'approche et passe ses bras autour de sa taille, il lui dégage les cheveux et l'embrasse dans le cou. Elle ferme les yeux et n'entend plus rien, les bruits disparaissent. À la fois elle sent tout et elle ne perçoit rien, le ciel est là mais il n'est plus là, le temps passe. Puis ils se retrouvent allongés, lèvres, langues, mains mêlées. Elle se souvient que, petite, aux arènes de Vérone avec ses parents, à un moment elle a dû s'arrêter parce qu'elle a eu le vertige, tout s'est mis à tourner. De la même façon tout tourne, et à un moment Gioia lui dit :

— Hé.

— Hé, répond-il.

— Tout va bien, en bas ?

— Hein ?

— Il me semble qu'un certain pourcentage de nos vêtements ne sont plus à leur place, en bas.

Quand Gioia est tendue, c'est toujours pareil : elle dit des bêtises.

— En effet.

— Tu sais, j'ai entendu dire que quand ces vêtements ne sont plus à leur place, les personnes finissent par faire l'amour.

— J'ai moi aussi entendu ça.

Ils sont immobiles, la respiration tremblante. Gioia à cause de la peur, Lo à cause de l'effort qu'il fournit pour se maintenir appuyé sur ses bras.

— Et puis, j'ai aussi entendu que quand deux personnes font l'amour sans précautions, il y a une certaine probabilité pour qu'une des deux donne naissance à un enfant, environ neuf mois plus tard, ajoute-t-elle.

Lo s'allonge à côté d'elle. Ils regardent le ciel.

— Tu ne le sens pas, c'est ça ? demande-t-il.

— Ce n'est pas que je ne le sens pas. C'est que…

Gioia cherche les mots justes.

— C'est que ?

Elle se frotte le menton, comme si elle réfléchissait. Elle soupire puis prend une voix d'intellectuelle :

— C'est que, pour être franche… je suis morte de trouille, Article Défini !

Lo rit. Gioia a toujours peur mais elle rit aussi, sa main gauche touche la main droite de Lo, elles s'effleurent, s'entremêlent. Ils rient ensemble. Puis il se penche vers elle et l'embrasse, elle sent l'air froid sur ses fesses découvertes, certaine que d'un moment à l'autre la porte du toit s'ouvrira et que quelqu'un viendra les chasser ou les dénoncera pour exhibition sur toit public. En attendant, Lo l'embrasse et la caresse. Il se met au-dessus d'elle et elle sent quelque chose qui bouge, la cherche, la veut. Avant elle avait peur, à présent elle ressent de la terreur à l'état pur. Alors elle ferme les yeux et demande :

— Tu es en train de le faire ? Tu es vraiment sur le point de le faire ?

— Oui, Chose. Si tu le veux, oui.

Gioia ne répond pas de vive voix, elle essaie mais rien ne sort. Elle acquiesce rapidement, le visage crispé. Il comprend qu'elle dit « Oui » mais aussi « Oui mais, s'il te plaît, va doucement », ainsi que « Fais attention, je t'en prie », le tout contenu dans une unique expression de son visage. Elle ferme à nouveau les yeux et les plisse, comme si une rafale de vent lui arrivait en plein visage, puis elle sent quelque chose, une sorte de douleur assez forte. Malgré tout, elle ne lui demande pas de s'arrêter, elle garde les yeux fermés pour se protéger du vent, elle enfonce ses ongles dans le dos nu de Lo, elle ne s'est même pas aperçue qu'il avait retiré son sweat et son tee-shirt. Ensuite, elle ouvre les yeux pour voir où sont passés les vêtements et elle découvre que, quand elle relâche ses muscles, la douleur diminue. Elle éprouve même une sorte de bien-être. Petit à petit le plaisir se précise, c'est une sorte de chaleur qui l'envahit. Gioia regarde vers le haut, elle voit un nuage en forme de feuille dans le ciel. Lo est cette feuille. Désormais le plaisir est étrange : il fait du bien, du mal, du bien, elle n'y comprend plus rien, les quelques poils de barbe de Lo lui râpent les joues, puis de nouveau ses lèvres et sa langue, jusqu'à ce que pendant une fraction de seconde, il ne reste que le ciel.

Le temps passe, le soleil décline derrière les derniers immeubles. Au-dessus d'eux tout est orange, silencieux. La joue gauche de Gioia est posée sur le torse de Lo.

Elle n'a pas la moindre intention de parler, ni de rentrer chez elle, pendant au moins dix ans. Elle se dit qu'il faudrait un nouveau mot pour désigner le fait d'avoir la joue posée sur la personne avec qui on vient de faire l'amour. Si ce mot n'existe pas, alors elle l'inventera. Ce sera *ChoseLo*.

— Protégée, dit-elle au bout d'un long moment.

En bas, dans la rue, ils entendent les voix de deux enfants qui jouent.

— Quoi ?

— Protégée. Je me sens protégée, ici, maintenant. Et toi, comment tu te sens ?

Mais Lo ne répond pas. Elle se redresse et elle voit tout de suite que quelque chose ne tourne pas rond.

— Ça va ?

— Oui, ment-il.

— Tu es sûr ? Tu as l'air un peu…

— Écoute, il vaut mieux que tu partes maintenant, il est tard. Moi, je vais rester encore un moment ici, d'accord ?

43

— Cette affaire sent très mauvais !

— Qu'est-ce que tu racontes, Tonia ? Il a eu un moment de tristesse, c'est tout.

— Bien sûr, bien sûr. Vous avez fait l'amour, il était doux et affectueux, et soudain il s'est transformé en glaçon. Il n'est pas normal, ce type, je te l'ai toujours dit !

Gioia rentre chez elle dans le noir, les mains dans les poches, en shootant dans tous les cailloux qu'elle croise.

— Alors explique-moi pourquoi il est resté là-haut. Il ne t'a pas raccompagnée ! Je n'y crois pas.

Tonia n'est pas exactement la meilleure amie imaginaire du monde, quand on a envie de se concentrer sur les belles choses, sur le fait qu'on vient de faire l'amour pour la première fois et qu'on voudrait juste se rappeler que c'est arrivé sur un toit, au coucher du soleil, avec un garçon qui ressemble comme deux gouttes d'eau à celui dont on a toujours rêvé.

— Calme-toi, Tonia ! Il m'a dit qu'on se retrouvait au parc demain. C'est bon signe, non ?

— Je te connais. Je sais que tu veux rester dans ton rêve, mais je te préviens : prépare-toi, parce que le réveil sera dur ! ajoute Tonia.

Mais Gioia ne l'écoute plus.

44

Le lendemain du jour où Gioia Spada a fait l'amour pour la première fois, le ciel est gris, nuageux, et un vent glacial agite les branches qu'elle voit de sa fenêtre.

Gioia ne se lève pas du bon pied.

Pourtant, ce n'est pas à cause du ciel, ni du vent ni de la pluie qui s'annonce. C'est à cause du pincement. Oui, du pincement que Gioia sent approcher, du réveil brutal qu'il impliquera, du rêve qui s'arrêtera pour céder la place à la stupide réalité.

Quand le réveil sonne, Tonia ne lui laisse pas le temps d'émerger en douceur :

— Écoute, maintenant que j'y pense : tu ne trouves pas ça bizarre qu'au parc il ne t'ait pas embrassée ?

Elle aurait préféré se faire réveiller par un rayon de soleil, le chant des oiseaux ou une autre scène digne de *Blanche-Neige et les Sept Nains*. Mais il est temps pour elle d'affronter la vérité.

Tant que Tonia ne lui avait pas insinué le doute, Gioia n'avait pas prêté attention à ce détail. Elle appréciait plutôt que Lo ne cherche pas à tout prix à glisser sa langue dans sa bouche. Qu'il préfère passer deux heures à parler et prendre des photos. Gioia y avait vu une raison de lui faire confiance, de s'ouvrir à lui. Mais maintenant que le sommeil a fait taire ce méli-mélo de joie, d'envie, de désir, de faim et de douceur qui lui coulait dans les veines, Tonia lui pose une série de questions dérangeantes qui la réveillent brutalement :

— Et s'il ne t'avait pas embrassée parce qu'il avait peur que quelqu'un le voie ? Et s'il t'avait emmenée sur le toit uniquement pour te baiser en toute tranquillité ? Et s'il avait tout inventé pour t'emmener loin des regards indiscrets ? Et s'il avait parcouru tout le trajet jusqu'à l'immeuble avec sa capuche sur la tête pour ne pas être vu avec toi ?

— Du calme, Tonia, je viens de me réveiller !

Une fois, à l'école élémentaire, la maîtresse avait donné à chacun une image représentant des personnes, des animaux et des objets. Les élèves l'avaient observée une minute, puis la maîtresse avait demandé si par hasard quelqu'un y avait vu des chats. Non, il n'y avait pas de chats. La maîtresse avait alors affirmé qu'il y en avait dix, mais qu'ils étaient bien cachés et que le jeu consistait à les trouver. Cet exercice servait à affiner la capacité d'observation.

Dix ans plus tard, Gioia a l'impression de ne pas avoir vu un seul chat. Maintenant, plus elle se concentre, plus elle en voit.

Premier chat : comment se fait-il que Lo ne lui ait jamais donné son numéro de téléphone ?

Deuxième chat : y a-t-il vraiment des jeunes de dix-huit ans qui n'ont pas de téléphone portable, hormis Gioia et son amie imaginaire ?

Troisième chat : pourquoi lui est-il si difficile de parler de ses parents ? Pourquoi ne lui a-t-il pas dit où il vit, quel lycée il fréquente, ni qui sont ses amis ? D'accord, elle ne le lui a jamais demandé, mais c'est tout de même un « chat ».

Les chats sont nombreux.

Elle voudrait que Lo soit là pour lui demander d'éclaircir un million de points troubles.

— Mais quelle barbe ! dit-elle à Tonia en s'habillant. Ça ne devrait pas se passer comme ça !

— Ça, c'est sûr.

Parce que bon, d'accord, Gioia n'a quasiment jamais pensé à l'amour, mais si elle y avait réfléchi, elle ne l'aurait pas envisagé comme quelque chose à expliquer : elle ne sait pas grand-chose de l'amour, pourtant elle a la certitude que ça n'a rien à voir avec les explications.

— Il devrait suffire de se regarder pour se comprendre, un point c'est tout ! Et même… de se comprendre sans se regarder !

Oui, aimer devrait signifier savoir déjà ce qui se passe, même de loin, comprendre qui est l'autre, ce qu'il veut, en quoi il croit, parce que l'amour devrait être comme un tableau, une chanson ou un livre : s'il y a besoin de les expliquer, c'est qu'ils ne sont pas assez forts, pas assez clairs, pas assez vrais en eux-mêmes.

45

Gioia entre dans la classe et s'assied à sa place habituelle, capuche sur la tête, décidée à ne pas échanger un seul mot avec un être humain pendant toute la matinée. Personne n'a intérêt à l'approcher : aujourd'hui, ça finirait mal.

Mais les choses ne se passent jamais comme on le voudrait. Par pur hasard, Gioia capte une conversation deux rangs derrière elle.

— Tu crois vraiment qu'une fille comme ça peut avoir un copain ?

— Si elle en a un, c'est forcément un toxico ou un vieux !

— Mais non, c'est impossible.

C'est la voix de Giulia Batta. Le premier élan de Gioia est de se lever et de balancer ses affaires par terre. Le deuxième, de leur hurler de se mêler de leurs oignons, parce que ses affaires sentimentales ne les regardent pas. Ils feraient mieux de s'intéresser aux enfants sri-lankais, aux trafiquants d'organes soudanais, aux mines antipersonnel d'ex-Yougoslavie. Bref, bien des choses plus importantes que son hypothétique petit ami.

Mais comme d'habitude, elle se tait. Si elle a souvent envie de réagir, elle ne trouve pas les mots. Là, il suffirait de dire « Qu'est-ce que vous en savez ? », or rien ne sort. Gioia leur lance un regard noir et réprime le flot d'insultes qu'elle aurait envie de proférer, quelques instants de rage condensée en un regard de haine féroce.

Le pire, c'est qu'à coup sûr, tout à l'heure, quand elle sera rentrée chez elle, quand il sera trop tard, elle saura exactement ce qu'elle aurait dû dire pour les faire taire. Il y a un mot yiddish pour exprimer ça : *trepverter*, « la réponse juste qui arrive trop tard ». Gioia détient toujours la réponse juste, sauf quand elle est trop nerveuse : ce sera donc une *trepverter*.

Pendant quelques secondes, les trois filles assises à leur place semblent abasourdies. Puis Gioia remet ses écouteurs dans ses oreilles, incapable de dire un mot. Alors elles se regardent et reprennent leurs commérages.

46

— Ils ne le nettoient jamais, ce miroir ?

— La question est plutôt de savoir s'ils nettoient les toilettes !

— Quelqu'un a révisé l'histoire ?

— J'ai ouvert le livre, mais uniquement pour faire croire à mes parents que je travaillais.

— J'espère que je ne serai pas interrogée : je ne sais rien !

— Quelqu'un a vu Miss Rabat-joie, aujourd'hui ?

— Qui ?

— Elle n'est pas normale, cette fille.

— En tout cas elle a de gros problèmes.

— C'est sûr, avec une famille comme ça !

— Son père est alcoolique.

— Sa mère aussi.

— Même son chat.

— J'ai entendu dire que ses parents sont séparés.

— Il paraît qu'ils se sont remis ensemble.

— En tout cas, elle est tellement désespérée qu'elle s'est inventé un petit copain !

— Pourtant, vous avez vu sa photo encadrée, elle est vraiment belle.

— Les artistes sont des fous, c'est connu.

— Un jour ou l'autre, on va la retrouver avec une oreille coupée. Je vous le dis !

— La pauvre.

— Il n'y a rien de prévu, pour les cas dans son genre ?

— Un psychologue, quelque chose !

— Quel lycée de merde ! Après ça, ils s'étonnent que les élèves se transforment en putains de délinquants !

— Et puis, c'est absurde : je l'ai vue, hier, sur un banc, au parc.

— Seule ?

— Seule. Il devait être 15 heures, elle regardait dans le vide ! Je ne sais pas ce qui s'est passé ensuite, en tout cas à 15 heures il n'y avait personne avec elle.

— C'est vraiment une Miss Rabat-joie.

— Passe-moi le crayon bordeaux.

— Oui, oui, moi aussi, le bordeaux me va tellement bien.

— Ça te fait ressembler à une pute !

— Justement !

— Quoi qu'il en soit, il faut faire quelque chose pour Miss Rabat-joie, les filles.

— Quoi donc ? Faire appel à un exorciste ?

— Mais non, idiote, lui trouver… un petit copain, par exemple.

— Qui aurait le courage de sortir avec une fille comme ça ?

— Elle n'est pas si moche, tu sais…
— Si elle se lavait !
— Vous êtes vraiment des salopes.
— Elle est tarée, non ? Bon, on y va.
— Attends, deux secondes !
— En tout cas, si le prof m'interroge en histoire, je ne sais rien !

47

— Alors, mademoiselle Spada, que voulez-vous me demander, aujourd'hui ?

À cause de la pluie, la pause a lieu dans le couloir. Debout contre le mur, Gioa n'a pas faim. De toute façon, elle a oublié son casse-croûte à la maison.

— Les questions personnelles, c'est possible ?

— Dans quel sens ?

— Je ne sais pas, je ne voudrais pas être indiscrète.

— Vous savez, Oscar Wilde a dit un jour : « Les questions ne sont jamais indiscrètes, ce sont les réponses qui le sont parfois. »

Gioia sourit, son professeur aussi. Sur sa veste grise, des gouttes de pluie ont laissé de petites taches, qu'elle a envie de toucher pour sentir l'humidité sous ses doigts.

— Avez-vous déjà été amoureux ? demande-t-elle.

Le prof éclate de rire. Il rit tellement fort que les autres élèves se tournent vers eux.

— J'imagine que ça veut dire oui, reprend Gioia.

— Ça veut dire : « Si je n'étais jamais tombé amoureux, aujourd'hui je serais probablement mort, ou en prison ! »

— Voilà, alors je voulais vous demander… c'est-à-dire… en fait je ne sais même pas ce que je voulais vous demander…

— Lancez-vous, mademoiselle !

Gioia inspire longuement.

— Avez-vous déjà eu l'impression que la personne en face de vous n'était pas la personne en face de vous ?

Le prof s'arrête soudain de rire.

— Comment ça ?

— Vous avez déjà eu peur de vous être créé une image de la personne avec qui vous étiez, une image qui n'avait rien à voir avec la vraie personne ?

Le prof la regarde d'un air perplexe, puis fait un pas vers elle et lui dit à voix basse :

— Toujours, mademoiselle, toujours. Mais ne vous en faites pas : si l'image et la réalité ne coïncident pas, vous vous en rendrez compte très vite !

48

Du calme, pas de panique.

Hier aussi il avait cinq minutes de retard. Et même six.

Il n'est peut-être pas fan des montres.

Peut-être.

En attendant Gioia réfléchit, or elle préférerait ne pas en avoir le temps. Il suffit de peu pour que les doutes reviennent. À la moindre faille, ils se fraient un chemin.

Six minutes de retard.

Elle a décidé de l'interroger : elle veut comprendre le problème avec ses parents. Peu importe s'il réagit mal : cette fois, elle ira jusqu'au bout. Elle ne veut pas partager uniquement les belles choses avec lui, s'il n'y avait que le rose et les fleurs, tout serait terriblement factice. Elle déteste le rose et les fleurs.

Sept minutes.

Elle va le regarder dans les yeux et lui demander : « Tu es sûr que tu n'as pas de copine ? » Elle veut s'assurer qu'il n'est pas du genre à profiter des filles naïves, comme tous les autres.

Huit minutes de retard. Il y a un mot, dans la langue des Inuits, qui décrit ce qu'on ressent dans ces moments-là : *iktsuarpok*, « la frustration d'attendre quelqu'un en retard ». Elle se demande si les Inuits ont aussi un substantif pour « l'envie de casser la figure à un type qui, en plus d'être en retard, ne viendra pas au rendez-vous ».

Elle met de la musique pour éviter de réfléchir. Du bruit pour faire taire les pensées. Les Smashing Pumpkins, « 1979 ». Un bon choix.

Neuf minutes.

— Lo, où es-tu ?

La chanson qui se termine n'a pas suffi à la distraire.

Dix minutes de retard.

— Lo, si tu n'arrives pas dans cinq secondes, tu es mort.

Quinze minutes de retard.

Vingt.

Une demi-heure.

Une heure.

Il ne vient pas. Il n'est pas venu.

Gioia se lève lentement et s'en va. M. Bove lui a dit « très vite », mais elle ne pensait pas que cela serait aussi rapide.

49

L'appartement est plongé dans l'obscurité. Au moins une bonne nouvelle : ses parents sont sortis. Gioia peut tranquillement aller se lamenter sur son oreiller.

Mais une fois à l'intérieur, elle s'aperçoit que quelque chose ne va pas : il y a encore plus de désordre que d'habitude. Et Gacco le chat fantôme n'est pas venu à sa rencontre.

Gioia avance avec circonspection. Elle allume les lumières, se rend au salon, à la cuisine puis dans la chambre de sa grand-mère, qui a les yeux écarquillés comme si elle avait peur. Ensuite elle monte dans la chambre de ses parents, où elle découvre sa mère en position fœtale, à peine éclairée par le lampadaire de la rue. Elle n'a même pas besoin d'allumer la lumière ni de lui demander si tout va bien, elle sait d'avance que la réponse est non. C'est arrivé de nouveau, comme toujours.

Sa mère se retourne et lève la tête.

— Ah, c'est toi ? Il y a du poulet au frigo.

— Je n'ai pas faim.

— Excuse-moi pour le désordre en bas… Il y a eu… oui, bref…

— Je sais.

— Mais non, ce n'est pas ce que tu crois ! C'est moi qui…

Gioia appuie sur l'interrupteur. Sa mère ferme les yeux pour se protéger de la lumière, elle a le visage rouge et sa joue gauche porte une trace que Gioia ne connaît que trop bien.

Gioia regarde sa mère sans rien dire, sa respiration s'accélère légèrement, comme si elle était à la fois effrayée et écœurée. Si elle inventait un mot, ce serait *effrécœurée.*

— Qu'est-ce qui se passe, ma chérie ?

— Qu'est-ce qui se passe ? *Qu'est-ce qui se passe ?*

Sa mère ouvre les yeux. Elle palpe les bleus sur son visage.

— Ah, dit-elle simplement avant de baisser les yeux. Mais vraiment, ma chérie, c'est moi qui l'ai provoqué. Il a juste… Je n'aurais pas dû…

Gioia secoue imperceptiblement la tête. Elle donnerait tout pour que tout ceci ne soit qu'un décor de théâtre en carton-pâte, pour pouvoir le déchirer, marcher dessus, le défoncer d'un coup de pied, effacer la marque sur le visage de sa mère, les draps inchangés depuis deux semaines, la poussière sur la table de nuit, les cheveux hirsutes de cette femme qui donne à la fois envie de la serrer dans ses bras et de lui casser la figure, encore plus fort que son père. Le scénariste et le metteur en scène sont des bons à rien : l'histoire est mauvaise, les acteurs exécrables. Pas à cause des coups et des larmes, ni de l'alcool et du reste, mais parce que tout est *prévisible*. On sait d'avance comment chaque scène se terminera. C'est d'une tristesse infinie.

— Je te prépare quelque chose ? Tu as mangé ? lui demande sa mère.

La seule pensée de Gioia, c'est qu'elle voudrait que Lo soit là, avec elle, ou alors l'appeler pour tout lui raconter, lui dire ce qu'elle a vu, en finir une fois pour toutes avec uniquement les belles choses, lui montrer des horreurs, lui décrire les yeux de sa mère fermés à cause de la lumière et la couleur de son visage. Lui expliquer que son père est une merde et sa mère, une naïve qui y croit encore, bien que l'histoire se répète, inlassablement, depuis des années.

Il lui manque.

Son petit ami lui manque.

Elle voudrait lui révéler des endroits où elle ne l'a jamais emmené et visiter ceux dont il l'a toujours tenue à l'écart.

Pour la première fois, d'une façon qui lui fait mal au ventre, aux bras, aux jambes, Gioia sent qu'elle a besoin de la présence de Lo.

les [illegible] mais parce que
tout [illegible]
se sont [illegible] que [illegible]

50

— Bonjour, la jeunesse, lance M. Bove en entrant dans la classe. Maintenant, je veux que chacun prenne un de ces petits papiers, dit-il en passant entre les rangs pour les distribuer.

Quand il arrive à la hauteur de Gioia, il lui fait un clin d'œil.

— Une enquête statistique a révélé que les jeunes entre quinze et vingt-cinq ans connaissent en moyenne huit cents mots, poursuit-il, debout devant l'estrade.

Aucune réaction, hormis quelques bâillements. Giulia Batta se regarde dans son miroir de poche.

— Il faut savoir qu'un Italien instruit en connaît environ quarante-sept mille. Quand vous serez grands, la plupart de ces mots risquent de ne plus exister. Ils sont en voie d'extinction, comme les pandas et les rhinocéros.

— Monsieur, c'est vrai que les rhinocéros sont en voie d'extinction ? demande une voix au fond de la classe.

Bove ne prend même pas la peine de lui répondre.

— Vous avez compris ce qu'on va faire aujourd'hui ?

Non, les élèves n'ont pas compris. Bove pourrait s'énerver, soupirer, leur dire qu'ils sont la pire classe qu'il ait jamais eue, etc. Mais il n'est pas comme ça : même quand l'ignorance de ses élèves dépasse les frontières de l'exploration humaine, il ne se moque pas d'eux, il ne fait pas de blagues sarcastiques. Au contraire il sourit, comme un père qui regarde son fils trébucher.

— Aujourd'hui, on va faire un peu de protection linguistique : on va sauvegarder quelques mots. Un par élève. Chacun va prendre un mot, s'engager à l'utiliser le plus souvent possible et à en expliquer la signification quand ce sera nécessaire.

— Mais vous n'êtes pas prof d'italien ! proteste Casali.

— C'est vrai, monsieur Casali, répond Bove en souriant. Pourtant, si je vous offrais cent euros, vous les accepteriez, non ?

— Bien sûr, quelle question !

— Bien. Mais je ne suis pas une carte à gratter.

Gioia est la seule à rire.

— J'ai jeté mon papier par erreur ! s'exclame Boccia, le voisin de Casali.

Et aussi son bras droit, même si, vu le peu de considération que Casali a pour lui, on pourrait plutôt le qualifier de petit orteil gauche.

— Cher monsieur Boccia, dans votre cas, le mot adopté sera donc « trois ».

— Mais tout le monde connaît « trois », ce n'est pas en voie d'extinction ! proteste Boccia.

Tout le monde rit.

— Ça veut dire quoi, monsieur ? demande Casali.

— Par exemple, répond Bove en sortant un gros dictionnaire de l'armoire avant de le poser sur son bureau, quand deux parents adoptent un enfant, à votre avis ils vont le chercher à l'aéroport, à l'orphelinat, ou bien il est envoyé chez eux ?

— Hein ?

— Prenez un dictionnaire et cherchez la signification !

Casali soupire en se tournant vers Sara Costa, la bûcheuse de la classe :

— Ça veut dire quoi « solipsisme » ?

Pas de réponse.

En attendant, chacun lit le mot inscrit sur son papier. Certains demandent à d'autres « Tu as quoi toi ? », d'autres lisent le leur à voix haute, sans savoir de quoi il s'agit. Ainsi, pendant quelques secondes, on entend des « préconiser », « faconde », « atavique », « prodrome », « servitude », « pantagruélique », « ragaillardir », « pléthore », etc. Gioia aime que soient énoncés ces mots, qui lui sont inconnus pour la plupart, savoir qu'ils existent et qu'il reste tant de choses à apprendre. Pendant quelques instants, elle ne pense pas à Lo. Presque pas.

— Et vous, mademoiselle Spada, quel mot avez-vous ? lui demande M. Bove en lui souriant.

Gioia réalise alors qu'elle n'a pas lu son papier. Elle le déplie et découvre : *éblouir.*

— Votre mission désormais est de sauver ce mot de l'extinction. Trouvez-en le sens et utilisez-le le plus souvent possible !

La voix de Boccia s'élève du dernier rang :

— Donc moi, je dois répéter « trois » tout le temps ?

51

Éblouir : *v. tr.*, supplice ancien consistant à aveugler quelqu'un à l'aide d'une bassine métallique concave brûlante ; troubler la vue par un éclat, une luminosité insupportable ; *fig.* : frapper la vue, l'esprit d'admiration, altérer le jugement ; *syn.* : impressionner, fasciner, abuser.

Ainsi *impressionner* et *abuser* sont contenus dans un même mot : *éblouir*.

Gioia déambule dans la cour en répétant « éblouir » à voix basse, pour mieux en goûter le sens, se l'approprier. Elle se demande si elle l'a reçu au hasard et repense au sourire de Bove quand il lui a tendu le papier : la réponse est non.

Il est assis sur un banc à l'autre bout de la cour, plongé dans la lecture du *Monde comme volonté et comme représentation* de Schopenhauer. Il semble avoir oublié de passer la voir pour leur rituel quotidien, alors elle se dirige vers lui.

— Je peux m'asseoir deux minutes, monsieur ?

— Bien sûr, mademoiselle Spada.

— Aujourd'hui, je voulais vous demander…

— Oui, l'interrompt-il sans lever les yeux de son livre.

— Oui, quoi ?

— Oui, c'est possible.

Gioia le regarde en fronçant les sourcils.

— Oui, il est possible que l'éblouissement puisse mener à la tromperie. Quand il y a trop de lumière, cela altère notre perception.

Gioia est stupéfaite.

— Je vous ai donné ce mot parce que vous adorez les mots intraduisibles, poursuit-il, les yeux toujours rivés sur son livre. *Éblouir* évoque aussi une torture ancienne.

— Vraiment ?

— Oui. Il est possible que la lumière fasse mal. C'est pour cela qu'on ne peut pas regarder le soleil quand il est haut. Cela fait *mal.* Ce n'est pas un hasard si l'éblouissement a d'abord été une torture. Trop de lumière, trop de bonheur peut devenir un supplice.

Les yeux baissés, Gioia entend vaguement les voix et les bruits qui l'entourent. Elle voudrait poser une question, mais ne trouve pas les mots. Bove ferme son livre, se lève et lui lance, avant de partir en sifflotant :

— Quoi qu'il en soit, rappelez-vous que nous nous laissons tous berner, tous les jours. Mais mieux vaut être abusé par un excès de lumière que par l'obscurité.

52

D'abord, elle se dirige vers le bar des fléchettes.

De jour, l'endroit est très différent. Des anciens jouent aux cartes en terrasse.

Elle entre et se dirige timidement vers le comptoir, derrière lequel une jeune femme tatouée essaie de mettre en marche un lave-vaisselle.

— Excusez-moi…

— Les toilettes sont là-bas, mais il faut consommer, répond l'autre sans se retourner.

— En fait, j'ai besoin d'une information…

La jeune femme, qui ressemble à une rock star gothique, soupire et se retourne, agacée.

— Qu'est-ce que tu veux ?

— Je cherche… Je cherche un garçon.

— Tu n'es pas la seule, ma petite. Mais si tu espères le trouver dans un rade comme celui-ci, ça va être long ! Comme clients, je n'ai que des retraités ou des toxicos.

— Non, en fait, je…

— Et même des retraités toxicos, parfois. Avec un peu de chance.

— Non, excusez-moi, je me suis mal expliquée. Je sais qui je cherche, c'est un garçon qui vient parfois jouer aux fléchettes.

— Ah, j'ai compris. Il est de la bande des flemmasses qui passent l'après-midi à faire du bordel, même que ça empêche la petite de dormir. Comment il s'appelle ?

— Lorenzo… mais on le surnomme Lo.

— Va voir s'il est avec les losers, là-bas, dit-elle en indiquant un petit groupe qui joue aux fléchettes dehors.

Mais Lo ne se trouve pas parmi eux.

— Non, il n'y est pas. En fait, il vient surtout la nuit.

La barmaid lève les yeux au ciel. Gioia entend tous les jurons qui lui passent par la tête, bien qu'elle ne les prononce pas.

— La nuit ?

— Oui.

— Donc, si je comprends bien, tu es en train de me dire qu'il y a un connard qui vient jouer aux fléchettes dans mon bar la nuit ?

— Euh, oui.

— Et il vient souvent, ce connard au surnom débile ?

— Je ne sais pas. Je crois, oui.

— Alors rends-moi un service : dis-lui que si je le chope en train de jouer de nuit dans mon bar, *je lui plante les fléchettes une par une là où je pense* !

Elle n'a pas l'air de plaisanter. Elle a même la tête de quelqu'un qui n'a jamais ri de sa vie. Gioia tourne les talons, mais à la porte elle s'arrête et demande de nouveau :

— Donc vous n'avez pas vu de Lorenzo ou Lo dans les parages, ces derniers temps ?

La barmaid inspire profondément, comme si elle se contrôlait, avant de répondre :

— Non, ma petite, pas de putain de Lo. Et maintenant, si ça ne te dérange pas, je te demande d'aller te faire foutre.

53

Au parc. Dans les rues du centre. Sur le toit. Partout.

Dans l'annuaire, pas de Vita. Quelle poisse ! Leur abonnement est sans doute au nom de la mère. Impossible de découvrir où il habite.

Sur les réseaux sociaux, pas trace de lui. Elle a essayé de le chercher avec l'ordinateur de la maison, en utilisant le profil de sa mère – pendant qu'elle dormait – qui est sur Instagram, Facebook et tous les réseaux possibles et imaginables. Rien à faire. Pas de Lorenzo Vita.

Elle erre dans l'espoir de le croiser par hasard en ville, consciente que cela n'arrivera pas.

Elle a mal aux pieds, à force de marcher. Quand elle aperçoit un garçon avec une capuche, pendant quelques centièmes de seconde elle espère, toujours en vain. Elle a le ventre noué, elle se sent stupide. La pire crétine du monde, du système solaire et de l'univers.

Pourtant, elle sait qu'il existe. Elle l'a vu, touché, embrassé… La seule preuve matérielle de son existence est le sweat qu'il lui a offert, mais il y a aussi toutes les marques sur sa peau, cachées au chaud en elle, dans son cœur, son ventre et ses poumons. Lo est partout.

Gioia sent qu'elle devrait le détester, mais elle n'y arrive pas. Quelque chose s'intercale toujours une seconde avant la haine. Par exemple, l'envie qu'il soit là. La faim et la soif de lui. Le goût de sa langue. La couleur de ses yeux. Son sourire magnifique. « Hé, Chose ! » Sa main dans la sienne. Le ciel indigo au-dessus de sa tête. Sa capuche noire. Ses blagues. Lui.

Ce n'est pas la première fois qu'elle n'arrive pas à ressentir l'émotion qui lui semble juste. C'est pareil avec sa mère : elle sait qu'elle devrait la détester pour tout ce qu'elle a fait. Pourtant, juste avant la haine, quelque chose fait barrage.

Elle ressent comme une sorte de nostalgie : du temps avant de le connaître, de lui parler, de l'embrasser, de faire l'amour avec lui. Elle n'était pas si mal dans cet avant, finalement. Tout était loin d'être parfait, mais au moins elle n'avait pas cette boule au ventre, ni l'espoir stupide que tous les garçons à capuche noire qu'elle croise soient lui. C'est cela, qui la met en colère.

Elle est furieuse contre lui. Pas parce qu'il a disparu, ni parce qu'elle pense qu'il voulait coucher avec elle et la planter là, mais parce qu'il lui a fait croire que cette chose existe, qu'elle est possible, que ce n'est pas un bobard d'écrivain ou de scénariste, que quelque part il existe quelqu'un. Le pire, c'est que désormais plus personne ne tiendra la comparaison, Gioia le sait. Avant, tout était égal, mais maintenant Gioia sait que le voile peut être percé. C'est cela, qui lui noue le ventre : avoir vu la lumière, être éblouie. La torture, c'est l'excès de lumière. Soudain elle a la nostalgie du noir, elle serre les dents et expire par le nez, de plus en plus en colère. Elle a envie de donner des coups de poing, alors elle fait ce qui s'en rapproche le plus : elle sort son appareil et photographie, nerveusement, au hasard, avec rage, peu importe que les sujets se tiennent de dos ou de face, elle appuie sur le bouton et capture tout ce qu'elle voit. Elle marche, elle court presque, certaines personnes la regardent de travers, mais elle continue, encore des photos, des photos qui sont des coups de poing contre le vent, jusqu'à ce qu'un homme d'une cinquantaine d'années, qui porte une cravate et une petite valise, la prenne par le bras et lui dise :

— Hé, toi, pourquoi tu m'as pris en photo ?

Gioia se dégage et s'enfuit en courant, son appareil à la main. L'homme crie. Elle part, sans cesser de prendre des photos, toujours au hasard. À un moment elle se retrouve sur une place, voit un banc, s'y assied.

Gioia reprend son souffle.

Une goutte coule de son œil gauche. Ce n'est pas de la transpiration.

Elle se laisse aller contre le dossier, regarde en l'air.

— Quelle idiote !

Elle range son appareil dans son sac en bandoulière, se lève et s'en va. Direction l'immeuble où ils ont fait l'amour.

54

Gioia est assise par terre sur le toit, à l'endroit exact où, il y a deux jours, pendant un court instant, elle a vu la sortie du tunnel.

Dans une main elle tient un papier, dans l'autre un crayon qu'elle mordille en regardant les toits des immeubles, les antennes télé et les câbles électriques. La feuille vient de son carnet.

Quand elle a fini d'écrire, elle sort de son sac un petit aérosol de peinture qu'elle vient d'acheter avec les quelques sous qu'elle avait en poche. Sur le parapet, elle écrit « Pour Lo » et dessine une flèche qui pointe vers un trou dans le mur, où elle glisse le petit mot.

Salut Article Défini,

Je ne sais pas ce qui s'est passé.

Peut-être que tu as été enlevé et que tu es enfermé dans une grotte en attendant le paiement de la rançon. Qui sait ?

Quoi qu'il en soit, j'ai besoin de te parler. Si tu veux, et

si on est encore ensemble, appelle-moi ou réponds-moi sur ce papier.
Salut
Gioia

Avant d'écrire « Gioia », elle a hésité à ajouter « ta » avant. Puis elle s'est ravisée.

Elle n'aime pas ce petit jeu : faire semblant d'être moins intéressé qu'on ne l'est vraiment, pour que l'autre ne perde pas son intérêt. À cet instant précis, des milliers de jeunes gens sont perdus dans ce même raisonnement, en échangeant des textos avec leur meilleur(e) ami(e), « À ton avis je lui réponds quoi ? ».

Pour cette raison, quand elle glisse le papier dans la fissure, elle a une expression mi-déçue, mi-ennuyée.

Une expression *déçuyée.*

Non, elle ne veut pas vivre ça. Pas de petit jeu, pour elle.

De toute façon, elle sent que Lo lira le papier, mais qu'il ne lui répondra pas.

Un jour, ils se croiseront peut-être par hasard. Ils feront semblant de rien, ils regarderont ailleurs en s'efforçant de paraître indifférents.

Point final.

Gioia regarde une dernière fois le toit, comme pour lui dire au revoir, et s'en va.

55

Sept jours ont passé.

Les pires de la vie de Gioia Spada. Ce qui n'est pas peu dire.

— Bravo, Lo, tu as battu les deux professionnels qui sont endormis sur le canapé de mon salon ! dit Gioia à voix haute, dans son lit, en regardant l'écran de son réveil, qui indique 22 h 12.

Puis 22 h 13. Puis 22 h 14. Il n'a pas appelé ni donné signe de vie. Rien.

Le lendemain, après les cours, Gioia retourne sur le toit. L'ascenseur est cassé, elle monte les marches trois par trois jusqu'au dernier étage. Dans la fissure, il y a une réponse.

Je me suis trompé, pardonne-moi.

Je n'aurais pas dû aller aussi vite, te laisser te faire des illusions.

Je traverse une sale période, tu as dû t'en rendre compte. Je ne veux pas t'entraîner dans mon gouffre. Ce n'est pas un bel endroit, je t'assure.

Excuse-moi encore.

Lo

Donc, il n'a pas été enlevé : pas de grotte, pas de rançon, pas d'empêchement insurmontable comme la mort soudaine d'un de ses parents ou une quelconque catastrophe. Lo est simplement un garçon comme les autres, ou plutôt, comme dit Tonia, « un salaud comme les autres ». Pire même, parce que parmi toutes les filles qu'il pouvait embrouiller, séduire, puis quitter sans autre forme de procès, il a choisi la seule qui ne connaissait rien à ce petit jeu-là.

Avec une excuse idiote et pathétique : « Je ne veux pas t'entraîner dans mon gouffre. » Comme si Gioia n'avait pas envie d'y sauter ni de lui montrer le sien.

— Le salaud ! s'exclame Tonia.

— Vas-y, Tonia, lâche-toi. Tu ne vas quand même pas rater une occasion pareille de me dire « Je te l'avais dit » ?

Mais Tonia n'a pas envie de s'acharner. Gioia se sent déjà assez bête comme ça.

Ce qui fait le plus mal, c'est de comprendre qu'elle n'est pas différente. Pourtant, Gioia s'est toujours sentie différente. Se découvrir identique aux autres, c'est comme participer à un concours de poésie, convaincue d'avoir écrit la plus belle et la plus originale du monde, avant de se rendre compte que tous les participants ont proposé le même texte.

Cette nuit encore, Gioia se retourne dans son lit. Elle sait que ça passera, qu'un jour elle n'y pensera plus. Mais en attendant, elle a l'impression d'avoir été utilisée puis jetée.

— Et si…, dit Tonia à un moment, allongée comme d'habitude à côté de son lit.

— Qu'est-ce qui se passe ? Tu vas enfin t'en donner à cœur joie ?

— Non, c'est que… et si ce type avait vraiment des problèmes ?

— Tu crois qu'il est impliqué dans un trafic de drogue international ? Ou recherché par les espions du KGB ?

— Mais non… Cette histoire de son père, si c'était vraiment sérieux ? Peut-être qu'il a compris que c'était dangereux pour toi de le fréquenter ? Qu'il veut te protéger ?

Gioia pousse un grand soupir en se disant que, la prochaine fois, elle choisira une amie imaginaire qui la laisse dormir la nuit.

— Ça suffit ! s'écrie-t-elle soudain.

Elle saute de son lit, s'habille en noir et ouvre la porte de sa chambre. Le réveil indique 22 h 40.

56

Elle enfile une veste et descend l'escalier sur la pointe des pieds, ses chaussures à la main. Ses parents ronflent dans le salon, la télé allumée. Gioia pose la main sur la poignée, la baisse lentement et se retrouve dehors. Direction le BarA.

Il est peu probable que Lo y soit à cette heure tardive, mais on ne sait jamais. Gioia a l'intuition que c'est possible. Alors elle court.

Une centaine de mètres avant le bar, elle ralentit le pas. Elle ne veut pas qu'il l'entende, au cas où il serait en train de jouer aux fléchettes. Elle avance sur la pointe des pieds en veillant à ne faire aucun bruit.

Elle sent qu'il est là. Elle va le voir, ils vont parler et elle comprendra ce qui se passe et quels sont ses problèmes, parce qu'elle n'a pas peur du gouffre ; elle a peur de beaucoup de choses, mais pas de ça.

Si elle découvre qu'il s'est juste payé sa tête, elle lui donnera des baffes et des coups de poing.

— D'accord, je me suis laissé berner. D'accord, je me suis fait arnaquer, j'ai mal, j'ai honte de me regarder dans la glace et d'y voir une fille qui est tombée dans le panneau comme toutes les autres. Mais je veux au moins avoir la satisfaction de l'insulter, de lui casser la figure et de l'utiliser comme cible pour les fléchettes. C'est mon droit ! lance-t-elle à Tonia.

Elle approche. Elle n'est plus qu'à quelques pas de la terrasse.

Elle entend des pas.

C'est lui : il l'a entendue arriver et il essaie de filer par-derrière. Alors Gioia s'élance à sa poursuite, elle dépasse la cible, tourne à l'angle. Soudain elle se retrouve le nez écrasé contre une latte de bois du plancher. Que s'est-il passé ? Pourquoi est-elle tombée ? Sur quoi a-t-elle pu trébucher ?

— Enfin ! fait quelqu'un dans son dos. Ça fait une semaine que j'attends ce moment !

C'est une voix de femme. Familière. Elle lève la tête. Les lèvres couvertes de poussière, elle s'essuie du revers de la main puis elle se retourne : le faisceau d'une lampe torche lui arrive droit dans les yeux.

57

— Ah, c'est toi ! Mais… putain ! s'exclame une voix que Gioia identifie sur-le-champ.

— Pourquoi, vous pensiez que c'était qui ?

— Je ne sais pas. J'attends ceux qui ont détruit la cible des fléchettes. Bande de merdeux !

Gioia lève les yeux. La jeune femme aux tatouages, la propriétaire du BarA, pointe sa torche vers le jeu : bousillé.

— Ça s'est passé quand ? demande Gioia.

— Il y a une semaine. Quand je suis arrivée un matin, c'était déjà comme ça. Je me suis rappelé que tu m'avais dit que quelqu'un venait y jouer la nuit, alors depuis je dors ici. Je les attends, pour leur faire tâter ça, explique-t-elle en montrant sa batte de base-ball, couverte d'autocollants de groupes de *heavy metal*.

— Qu'est-ce qui vous dit que ce n'est pas moi ?

— Je le sais, c'est tout. Tu n'as pas une tête à faire un truc pareil. Je travaille dans des bars depuis vingt ans, j'ai un sixième sens pour ces choses-là !

répond la femme en lui tendant la main pour l'aider à se relever.

Puis elle s'assied à une table, pose sa torche et se roule tranquillement un joint.

— Tu vas m'expliquer ce que tu fais ici à cette heure ? poursuit-elle.

— Euh…

— Ah, j'ai compris. Tu cherches toujours ce type au nom débile.

Gioia n'a même pas besoin de répondre.

— Tu sais, reprend la femme en allumant son joint, n'importe qui te dirait que tu es une crétine, de chercher un type qui a disparu. Mais pas moi !

— Ça me fait plaisir, parce que je suis la première à me le dire.

Gioia se surprend elle-même d'avoir prononcé ces mots, devant une inconnue, en plus. Et si c'était cette terrasse, qui avait le pouvoir de débarrasser Gioia de toute timidité ?

— Non…

— … Gioia.

— Non, Gioia. Je ne te trouve pas du tout crétine. Tu suis ton cœur, ça se voit. Or le cœur n'est jamais bête, même si tout le monde prétend le contraire. Tu en veux ?

Elle lui tend le joint. Gioia secoue la tête et, sans savoir pourquoi, elle lui raconte tout, depuis leur première rencontre au bar jusqu'au cadre qu'il lui a offert, en passant par les petits mots récents. Elle n'omet que les détails intimes et la description précise de ce qui est arrivé sur le toit.

— Eh bien, c'est pas mal, comme première histoire ! Il ne t'aura pas fallu longtemps pour jeter ton orgueil aux chiottes, bravo.

— Je fais fausse route, hein ?

— Pas du tout ! Ça te servira à les identifier, tu verras.

— À identifier qui ?

— Ceux qui en valent la peine et les autres. Parce qu'il y a des types qui méritent qu'on mette parfois notre orgueil de côté.

— Vraiment ?

— Pas au point de sortir la nuit pour les rechercher, mais tout de même.

Elles rient, Gioia parce qu'elle se sent plus légère depuis qu'elle a raconté son histoire, la jeune femme probablement à cause du joint. Elles rient tellement fort que les lumières de quelques appartements d'en face s'allument.

— Retournez en léthargie, bande de morts-vivants ! crie la jeune femme en éteignant son joint. Et sinon, je m'appelle Giovanna et tu peux me tutoyer, dit-elle en tendant la main à Gioia.

Celle-ci la lui serre, visiblement prête à partir.

— Au fait, à propos de ton gars au surnom ridicule…

— Lo.

— C'est ça. Moi, j'ai racheté ce bar il y a six mois, mais peut-être que l'ancien propriétaire, le type qui me l'a vendu, le connaissait. Il s'appelle Mario Breda, il habite au bout de cette rue, dans la vieille maison qui semble abandonnée.

— Tu crois que je devrais aller le voir ?

— Tu découvriras peut-être que ton gars a disparu parce qu'il a vraiment des problèmes. Ou alors parce que c'est un salaud comme les autres. Mais il vaut mieux sortir du doute, non ?

58

La maison est haute et étroite, comme si elle avait été comprimée de chaque côté. Elle ressemble à celle de Norman Bates dans *Psychose*, en plus délabrée. Sur le portail, Gioia découvre un panneau où il est écrit « DIEU PARDONNE, PAS TOBY », avec une image de doberman qui montre les crocs.

Dans le petit jardin, l'herbe est haute : elle n'a pas dû être tondue depuis la mort de Kurt Cobain. En fait, la maison semble tellement à l'abandon qu'on imagine difficilement qu'elle soit habitée.

Gioia s'apprête à appuyer sur le bouton de la sonnette, quand elle entend un aboiement ridicule. Elle aperçoit un petit bâtard poilu, à peine plus grand qu'un chiot. Il court vers elle et pose ses pattes avant sur le portail, toujours en aboyant comme s'il venait d'être castré.

Gioia en déduit que le propriétaire a au moins deux chiens : celui-ci et Toby, le doberman assassin. *Comment deux bêtes aussi différentes peuvent-elles cohabiter ?* se demande-t-elle en caressant le petit chien, qui lui lèche la main.

— Salut, ça va ? Il est où, ton maître ?

— NE TOUCHEZ PAS À TOBY ! lui crie quelqu'un du pas de la porte.

Vieux, la voix rauque, il ressemble comme deux gouttes d'eau à Morgan Freeman, en blanc et en beaucoup plus petit.

Gioia regarde le petit chien qui remue la queue, puis l'image du doberman assassin, puis à nouveau le petit chien.

— Je vous ai déjà dit que je n'achèterais pas votre religion ! Dieu n'existe pas, et si c'était le cas, il aurait encore plus de problèmes que nous !

Gioia a déjà été prise pour une droguée, pour une vagabonde, mais jamais pour un témoin de Jéhovah.

— Il y a un malentendu, je ne suis pas témoin de…

— Quoi qu'il en soit, ça ne m'intéresse pas ! Je n'achète rien, ni religion ni aspirateurs. Et ne touchez pas à Toby ! hurle-t-il en s'approchant. Toby ! Ici !

Le chien baisse les oreilles et va se cacher dans une niche grande comme un nid d'hirondelles, près de l'escalier de l'entrée.

— Je veux juste vous demander un renseignement. Ensuite je m'en vais, promis ! dit Gioia.

— J'ai une méthode pour virer les représentants comme toi, tu sais ? menace l'homme en avançant sur l'herbe.

Gioia le regarde sans comprendre. Puis le vieux lui fait un signe de tête et lui demande :

— Tu as cinquante euros sur toi ?

Gioia sort de sa poche une dizaine d'euros, en pièces. Avant qu'elle ait le temps de répondre, le vieux lui saisit la main et les attrape d'un geste rapide et précis de croupier de Las Vegas.

— Maintenant, je t'écoute. Si en fait tu as quelque chose à me vendre, comme tous les autres, je garde les sous. Sinon, je te les rends. D'accord ?

— D'accord, répond Gioia, convaincue de ne jamais revoir son argent.

— Alors, je t'écoute.

— Vous étiez bien le propriétaire du bar du bout de la rue, le BarAonda ?

— Oui, je l'ai vendu il y a six mois à une folle couverte de tatouages.

— Je voulais juste vous demander si par hasard vous connaissiez un garçon qui jouait toujours aux fléchettes. Il s'appelle Lorenzo.

— Jamais entendu parler !

— Il est grand comme ça, poursuit Gioia en indiquant une hauteur avec sa main, et il porte un sweatshirt à capuche noir, toujours le même. Il s'appelle Lorenzo Vita.

— Je t'ai dit que je ne connais aucun Lorenzo ! Je m'en souviendrais. Je suis vieux, mais pas gâteux ! dit-il avant de repartir vers la maison sans la saluer.

— Hum…

— Qu'est-ce qu'il y a, encore ?

— Mes dix euros…

— Ah oui, fait-il en lui posant les pièces dans la main à contrecœur.

Gioia les empoche et s'en va. Elle parcourt une vingtaine de mètres et s'arrête pour les recompter. Il ne reste que sept euros.

59

Elle ne sait pas pourquoi elle l'a fait.

Si son père était là et qu'il apprenait ce qu'elle vient de faire, il lui dirait probablement : « On va mettre les points sur les I, Gioia, hein ? »

Depuis toujours, quand Gioia agit de façon inconsidérée, son père lui demande si elle veut qu'il mette les points sur les I. Et chaque fois, Gioia se dit qu'elle n'est pas sûre qu'il connaisse le sens de cette expression, et que de toute façon le problème n'est pas les points mais les virgules : quand on en change une de place, ça modifie le sens de la phrase. Comme par exemple quand sa prof d'italien en sixième avait écrit au tableau :

Et si on mangeait, les enfants ?

Les élèves avaient recopié la phrase dans leur cahier, puis la prof avait dit : « Et maintenant, on va retirer la virgule et vous allez tous rigoler ! »

Et si on mangeait les enfants ?

En effet, quand ils avaient compris le truc, ils avaient tous rigolé, y compris Gioia.

Donc chaque fois que son père lui demande s'il doit mettre les points sur les I, elle pense à cette phrase, à cette virgule et au fait que le point est toujours situé à la fin et ne change pas grand-chose, alors que les virgules sont au milieu et changent le sens.

De toute façon, son père est incapable de quoi que ce soit, y compris de lui mettre les points sur les I. Point final.

Aujourd'hui, si elle fait le point, elle constate qu'elle a un certain nombre de problèmes dans sa vie.

Premier problème : Lo lui a fait découvrir les couleurs. Avant, tout était en noir et blanc. Et quand on a vu un film magnifique en couleurs, impossible de se dire qu'on verra tout en noir et blanc pour le restant de ses jours.

Deuxième problème : les jeunes gens de son âge ont tous l'air parfaits, insouciants, beaux et confiants.

Troisième problème : les professeurs ne comprennent rien. Hormis M. Bove, bien sûr.

Quatrième problème : aucun garçon ne l'avait jamais fait rire de cette façon. Et le seul garçon qui y soit parvenu a disparu dans le néant en disant : « Désolé, j'ai des problèmes. » C'est injuste.

Cinquième problème : les journaux télévisés parlent de nichons.

Sixième problème : elle n'a jamais plus de dix euros en poche – dans le meilleur des cas – et, même si elle s'en moque, c'est problématique, de ne pas avoir d'argent, dans ce monde.

Septième problème : satané sourire.

Huitième problème : elle ne se sort pas Lo de la tête.

Elle va régulièrement sur le banc, sur le toit et sur la colline : mais pas lui. Où est-il ? A-t-il vraiment existé ?

Aujourd'hui, le problème, c'est qu'au moment où Giulia Batta est passée derrière elle, devant tout le monde, sur la place du centre-ville, c'était de la rage et non pas du sang, qui coulait dans ses veines. Tellement de rage que quand elle l'a entendue rire bruyamment, Gioia s'est levée, a couru vers elle et l'a saisie par les cheveux en lui disant : « Qu'est-ce que t'as à rigoler ? » Gioia ne fait pas ce genre de choses, ça ne lui ressemble pas, même si l'idée lui a déjà traversé l'esprit. Mais cette fois elle a tiré Giulia Batta par les cheveux, l'a poussée, l'a fait tomber par terre puis a tourné les talons. Sans savoir si c'était d'elle que Giulia Batta avait ri. Sans savoir pourquoi.

Le problème, c'est que Gioia sent qu'elle est en train de changer. Elle n'arrive pas à se contrôler, elle n'aime pas ce qui lui arrive.

Le problème, c'est que, dans tout ce bazar, comme d'habitude, Gioia est seule. La description la plus adaptée de ce qu'elle vit est le mot allemand *Waldeinsamkeit*, « la solitude de la forêt », parce que être seul à dix-sept ans ce n'est pas comme être seul à trente, à quarante ou à soixante-dix ans. C'est toujours moche mais différemment. Quand un adulte est seul contre tous, c'est moche mais au moins il connaît son ennemi. Tandis qu'à dix-sept ans, l'ennemi est le monde, les autres, papa, maman, Giulia Batta, Casali, la poisse, les profs et tout le reste. Mais surtout, à dix-sept ans, l'ennemi, c'est soi-même.

60

Un étrange silence règne à l'étage du dessous. Ou plutôt, un silence dangereux.

Quand tout est calme chez les Spada à 19 heures, il y a trois explications possibles : soit les parents sont sortis, soit ils cuvent sur le canapé, soit…

— Non, non, pitié, non, pitié…, se lamente Gioia.

Il y a beaucoup de choses que Gioia ne comprend pas chez les adultes : leur obsession du temps qui passe, des rides, des cheveux blancs et leurs efforts ridicules pour les cacher ; leur conviction d'être immunisés contre les critiques, hormis quand elles viennent des plus âgés ; leur angoisse de ce que les autres pensent d'eux, qui est pire que celle des débiles de sa classe.

Et surtout, leur incohérence. Les adultes sont une espèce particulière d'êtres humains qui disent par exemple : « Je déteste la montagne », et qu'on voit courir avec bonheur dans les Alpes suisses deux jours plus tard. Les adultes répètent qu'ils ne veulent pas s'arrêter de rêver ni de voyager, bla bla bla, puis ils se retrouvent employés de banque et ils accrochent un poster des Maldives dans leur bureau. Les adultes sont comme ces médecins qui ont dans leur cabinet des piles de dépliants expliquant les méfaits du tabac, puis qui se promènent la cigarette au bec.

À l'image de ses parents, qui se détestent, disent à tout le monde qu'ils se détestent, puis font l'amour en cachette, parce qu'ils ont peur que leur fille les entende ; et surtout, parce que le frisson de l'interdit augmente leur plaisir.

Les adultes sont des enfants plus âgés mais moins matures.

Elle se lève pour mettre sa sono au maximum, mais l'idée de sa mère hurlant entre les notes assourdissantes de la musique est pire que de les voir en direct. Alors Gioia hésite quelques secondes, le doigt sur le bouton Play, quand soudain elle aperçoit des lumières bleues par la fenêtre. Le gyrophare d'une voiture qui se gare juste en bas.

— Merde !

61

— Vous êtes monsieur Giorgio Spada ?

— Oui, c'est moi. J'ai fait quelque chose ?

— Non, pas vous. Nous cherchons votre fille. Elle s'appelle bien Gioia Spada ?

Les deux carabiniers mesurent pas loin de deux mètres. Leurs têtes doivent toucher le toit de leur voiture.

— C'est bien ici qu'habite Gioia Spada ?

Du haut de l'escalier, Gioia aperçoit son père en robe de chambre, pétrifié. Il en perd l'usage de la parole pendant quelques secondes. Puis il se reprend, se retourne et hurle :

— GIOIAAAAA !

— Je suis là, papa, dit-elle en descendant.

Toujours sur le seuil, les deux échalas en uniforme tendent un papier au père de Gioia. En approchant, elle remarque que son père porte une robe de chambre de sa mère. Difficile d'imaginer un moment plus gênant.

Les carabiniers parlent à voix basse à son père, dont l'expression est à mi-chemin entre la surprise et la colère. Puis ils font un pas dans l'appartement et observent Gioia, qui a les mains derrière son dos.

— C'est vrai, Gioia ? lui demande son père, les cheveux ébouriffés.

Pas besoin d'être un génie pour comprendre à quoi il fait allusion. Gioia répond d'un signe de tête.

— Pourquoi tu as fait ça ?

Gioia fixe le sol, muette. Si les deux représentants des forces de l'ordre n'étaient pas là, son père l'aurait déjà giflée. Plusieurs fois.

Comme dans les films, c'est ce moment de silence tendu que choisit Gacco le chat fantôme pour débouler. Il atterrit entre eux et observe la scène, immobile.

— Nous sommes ici parce que nous avons reçu un appel, annonce l'un des carabiniers en retirant sa casquette. Nous nous sommes rendus sur place et nous avons trouvé la jeune fille très agitée, avec plusieurs signes de contusion. Tu nous confirmes, Gioia, que c'est toi qui l'as mise dans cet état ?

Gioia acquiesce. L'homme poursuit :

— Bien. Sur le chemin nous avons passé quelques appels et nous avons appris que votre famille a déjà été signalée aux services sociaux. Et puisque l'autre jeune fille a l'intention de porter plainte…

Au mot « plainte », le père de Gioia change aussitôt de couleur, comme si on lui avait jeté un pot de peinture blanche au visage.

— Je disais… Comme elle va porter plainte, il est probable que les services sociaux vous rappellent dans les jours à venir.

Pour les carabiniers, c'est de la routine. Mais pour Gioia, tout semble irréel. Elle se sentirait aussi déboussolée si deux licornes avaient sonné à sa porte.

— Nous sommes venus pour vérification, or il me semble que nous avons tout vérifié, fait l'autre licorne.

— Donc on va y aller, reprend la première.

Le père ne répond pas. Immobile. Une statue.

— Bonsoir, disent les carabiniers à l'unisson en partant.

La mère arrive du salon, également en robe de chambre mais visiblement nue en dessous. Écœurée, pendant quelques secondes Gioia oublie cette histoire de plainte. Son père se charge de la ramener à la réalité :

— J'espère que c'est une blague ! dit-il.

Gioia ne sait pas quoi répondre. Elle devrait affirmer qu'elle l'a vraiment fait, mais les mots ne sortent pas.

— Tu as frappé cette fille en plein centre-ville, devant témoins ?

Elle a une boule dans la gorge.

— Pourquoi tu as fait ça, Gioia, hein ? On va mettre les points sur les I, hein !

— Gioia, qu'est-ce qui se passe ? intervient la mère. Qu'est-ce que tu as ? Gioia, parle à maman, regarde-moi !

— GIOIA, DIS-NOUS CE QUE TU AS FAIT ET SURTOUT POURQUOI ! hurle son père.

Elle voudrait le lui dire, lui expliquer que ce n'est pas à cause de Giulia Batta, ni même à cause des rires ou des blagues, mais en vertu du troisième principe de la dynamique : « À toute action correspond une réaction égale et contraire. » Ce n'est pas Giulia Batta, ni ses camarades ou ses parents, c'est *le monde* qui lui a fait mal. Alors Gioia a réagi en faisant mal au monde, incarné à ce moment-là par Giulia Batta. Rien de plus simple.

— Gioia, tu peux te confier à moi. Qu'est-ce qui t'arrive ? lui demande sa mère.

Gioia ne veut pas pleurer, malgré les hectolitres prêts à sortir de ses yeux. Pas devant eux : pas devant son père qui a frappé sa mère une semaine plus tôt et qui s'énerve parce qu'elle a agi à l'identique avec une camarade ; pas devant sa mère nue sous sa robe de chambre parce qu'elle vient de coucher avec l'homme qui l'a frappée il y a quelques jours.

Pas devant eux.

— GIOIA !

— GIOIA, ON VA METTRE LES POINTS SUR LES I !

62

— Sur une échelle de un à dix : à combien es-tu dans la merde ? demande Tonia.

— Voyons… un million ?

— Tu devrais pleurer, ça te ferait du bien. Maintenant que tu es seule dans ta chambre, lâche-toi !

— Je sais, mais c'est comme si toutes mes larmes avaient séché.

— Tu vas faire quoi, si elle porte plainte ? Tu montreras tes photos au juge pour lui prouver que tu n'as pas toute ta tête ?

— Certaines ne sont pas mal… Regarde celle-ci !

— Très jolie, en effet. Mais qu'est-ce que tu vas faire ?

— Attends une minute…

— Qu'est-ce qui se passe ?

— Regarde ici ! Regarde cette photo !

— Oh, misère !

63

Gioia Spada est allongée sur son lit, Gacco le chat fantôme entre ses jambes, son appareil photo numérique à la main. Elle fait défiler sur l'écran les photos de l'après-midi où elle est retournée sur le toit : des passants pris au hasard, des visages rieurs, d'autres inexpressifs. Il y a un peu de tout. La plupart sont floues, mais cela fait parfois leur beauté, à la surprise de Gioia. À la numéro trente-sept de la série, elle s'arrête.

Lo.

C'est bien lui.

La photo est parmi les moins floues. Au premier plan, deux types vêtus de sombre, portant chacun une valise, marchent en téléphonant. Au fond, on l'aperçoit, capuche sur la tête.

Il regarde vers l'objectif. Comme s'il voulait lui dire quelque chose. Lui parler, mais sans en avoir le courage. Du moins semble-t-il.

Gioia se demande comment elle a pu ne pas le voir, ce jour-là. Certes, elle était bouleversée. Sa vue était brouillée. Mais il était à cinq mètres d'elle, peut-être six. Et elle ne l'a pas vu.

Il était là.

Elle se lève. Elle a oublié les carabiniers, la plainte et les services sociaux. Elle n'a plus qu'une idée en tête.

64

— Encore toi ! Je n'ai plus les trois euros, tu sais.

— Je ne suis pas ici pour ça, monsieur Breda.

— Alors qu'est-ce que tu veux, encore ? Je t'ai dit que je ne connais pas ce type !

— Je sais, je sais. Je voudrais juste vous montrer quelque chose.

Le vieux descend les trois marches du perron et vient vers elle. Gioia sort son appareil photo de son sac, appuie sur quelques boutons et le lui tend.

— C'est lui. Ce garçon, là. Vous l'avez déjà vu ?

Le vieux approche son visage de l'écran en soulevant ses épaisses lunettes.

— Jamais vu de ma vie ! Et maintenant ouste ! répond-il en lui rendant l'appareil d'un geste brusque.

— Mais… vous êtes sûr ? Vous avez bien regardé ?

— Écoute, mademoiselle, si tu ne files pas immédiatement j'appelle les carabiniers, tu as compris ?

65

— Alors ? Qu'est-ce qu'il t'a dit ?

— Il m'a envoyée balader. Mais c'est qui, ce type ?

Gioia est assise au comptoir du BarA. Giovanna prépare pour la troisième fois un cappuccino pour une femme qui réclame plus de mousse.

— Je vais lui mettre plus de mousse que du reste, on va voir ce qu'on va voir ! dit-elle en vaporisant le lait brûlant dans un pot en céramique. Tu disais ?

— Je t'ai demandé qui est ce type, ce Breda, vu que tu le connais.

— Ah, laisse tomber. Le pauvre, il lui manque une case. On dit qu'il a perdu son fils jeune, il y a une vingtaine d'années, et que depuis il n'a plus toute sa tête. D'ailleurs, c'est sa faute, si les clients ont déserté ce bar. À part les vieilles casse-coui…

Tournée vers la machine à café, Giovanna n'a pas remarqué que la femme est revenue au comptoir pour lui dire :

— Beaucoup de mousse, surtout !

— Qu'est-ce que je disais ? murmure Giovanna à Gioia.

Elle pose le cappuccino sur le plateau et l'apporte à la table de la femme.

— Et toi, qu'est-ce que tu fais, tout élégante ? demande-t-elle à Gioia en revenant.

— J'ai rendez-vous dans un cabinet d'avocats, un truc comme ça. Je dois y être dans trente minutes.

— Ah, mais donc toi non plus, tu n'es pas vraiment une fille tranquille, hein ? Allez, montre-la-moi, cette photo.

Gioia fouille dans son sac, sort son appareil et le pose sur le comptoir. Giovanna observe attentivement l'image.

— Ce visage me dit quelque chose, grommelle-t-elle.

— Vraiment ? Tu le connais ? Tu sais où il habite ?

— Non, non... je ne sais pas... Je sais juste que ce n'est pas la première fois que je le vois... Ces yeux en amande.... Ce visage à la fois bon gars et voyou.

La vieille femme revient et pose une main sur le comptoir.

— Excusez-moi, mademoiselle... Vous pourriez me mettre plus de mousse ?

Gioia sourit. Giovanna prononce des jurons silencieux, avant de lui dire :

— Si j'arrive à me rappeler où je l'ai vu, je te passe un coup de fil. Laisse-moi ton numéro.

66

Jusque-là, elle n'avait vu son père en costume cravate que sur des photos de mariage.

Des photos ridicules, soit dit en passant. Tous les membres de la famille avaient l'air d'avoir envie d'être ailleurs. *Vivement que je puisse filer regarder le match chez moi !* disaient certains visages.

Seule sa mère souriait, rayonnante et convaincue de vivre le plus beau jour de sa vie. Le plus triste, c'est que ça l'était peut-être vraiment. En tout cas meilleur que les années à venir.

Quand Gioia était petite, elle regardait souvent cet album. Elle le soulevait avec peine, le posait sur ses jambes et le feuilletait en souriant. Cela l'amusait de voir ses parents jeunes, on aurait dit d'autres personnes. Elle imaginait des vies différentes : un prince qui épousait une vendeuse, une riche héritière et un chanteur sans le sou. Tenir cet album sur ses genoux et jouer à parler avec leurs voix était le moyen qu'avait trouvé Gioia pour se boucher les oreilles pendant les violentes disputes.

— Vous pouvez attendre ici, leur dit une secrétaire en minijupe, chemisier et lunettes à grosse monture.

Elle leur offre un sourire très formel et leur indique deux fauteuils en cuir sur sa gauche, qui coûtent probablement plus cher que tous les meubles de l'appartement de Gioia réunis. On se croirait dans un spa : parquet, murs en acajou brillant, éclairages tamisés et odeur de vanille. Bientôt, on les appellera pour les emmener dans une pièce où se trouvent déjà Giulia Batta, son avocat et l'assistante sociale, pour leur dire que la plainte suit son cours et qu'elle ira au tribunal pour mineurs, avec une accusation pour « coups et blessures ». Sa vie sera sans doute marquée à jamais par un petit moment de folie.

Voilà pourquoi son père porte un costume et une cravate : il veut faire croire à l'assistante sociale qu'il est devenu une personne fiable, soignée et rangée. Toutefois, de l'avis de Gioia, même en costume Armani, même s'il avait passé la journée chez l'esthéticienne, son père ne pourrait pas atteindre cet objectif.

— Ils vont bientôt t'appeler. Assieds-toi là, moi, je sors un petit moment, lui dit son père en mimant le geste de fumer.

« T'appeler », pas « nous appeler ».

Gioia s'assied en pensant que, bientôt, elle entrera dans une pièce où son destin va se décider. Et que, comme toujours, elle est seule.

67

— Quelle salope ! fait Tonia au moment où elles entrent dans le bureau de l'avocat.

Elle se réfère à Giulia Batta, la camarade de classe de Gioia, qui en plus d'être venue avec ses deux témoins (ses meilleures amies, qu'elle a probablement soudoyées), exhibe un bandage au bras et un autre à la tête, comme si elle avait fait la bataille de la Marne. Son père la tient par le bras. L'assistante sociale est assise un peu à l'écart. C'est la femme d'une trentaine d'années, au visage marqué et aux longs cheveux teints en roux, que Gioia a rencontrée le lendemain des faits. La femme était passée les voir, ses parents et elle.

— Il est où, l'avocat ? demande Tonia en ne voyant que ces cinq personnes dans la salle.

— Entre, assieds-toi, dit l'assistante sociale à Gioia, dont le père n'est pas revenu.

Elle s'approche à pas lents, hume l'odeur de désodorisant qui flotte dans l'air (un parfum de miel et de cannelle a remplacé celui de vanille) et prend place en face d'eux. Elle a l'impression d'être venue passer un oral du bac.

— Et ton père ? lui demande l'assistante sociale.

— Il est dehors, il arrive.

Les cinq autres l'observent comme si elle était un animal de foire.

— Bon, on va commencer par se présenter. Comme tu le sais, je suis l'assistante sociale chargée de cette affaire. De même que tu sais sans doute que le père de Giulia est également son avocat : maître Flavio Batta.

— OK, c'est foutu, commente Tonia, assise à côté de Gioia.

En effet, ne pas aller en cours pendant une semaine n'était pas la meilleure idée : elle aurait au moins pu glaner des informations essentielles, comme le fait que le père de la fille qu'elle a poussée par terre en plein centre-ville est *avocat dans un cabinet en acajou brillant avec un désodorisant différent dans chaque pièce.*

— Ce n'est pas dans la merde que tu es, poursuit Tonia, mais dans une fosse à fumier industrielle, voire une porcherie. Du désodorisant, tu parles !

En d'autres termes, Gioia se trouve face à un peloton d'exécution. En plus, son père ne daigne pas la rejoindre. Alors, sachant bien que c'est la dernière chose à faire, Gioia Spada se met à rire, d'abord tout doucement, puis plus fort.

Les cinq personnes en face d'elle se regardent, puis la dévisagent, puis se regardent de nouveau, incapables de prononcer un mot.

La scène se poursuit pendant une bonne minute. L'assistante sociale s'éclaircit la voix deux ou trois fois, maître Batta lui lance des regards noirs, mais personne ne semble avoir le courage d'intervenir. Jusqu'à ce que la porte s'ouvre et que le père de Gioia entre et s'arrête net sur le seuil en voyant sa fille hilare. C'est la plus grande honte de sa vie.

— On peut savoir ce qu'il y a de drôle, Gioia ? lui demande-t-il.

— Rien, rien, excusez-moi, répond-elle en séchant ses larmes.

— Comme je l'ai expliqué à maître Batta, qui est aussi le père de Giulia, la situation familiale de Gioia n'est pas des plus simples, reprend l'assistante sociale. Il est probable que ceci ait causé en elle un stress et une tension difficiles à contrôler, qui expliquent sa réaction pour le moins inconsidérée.

— Sans oublier que Giulia Batta est la plus grande salope qui soit, commente Tonia.

Gioia a encore envie de rire, mais elle parvient à se retenir. Les deux amies de la victime lui lancent un regard méprisant.

— Gioia est vraiment désolée de ce qui s'est passé, poursuit l'assistante sociale. N'est-ce pas, Gioia ?

Tous les regards sont rivés sur elle.

— Oui, je suis vraiment désolée, dit-elle sans trop de conviction.

— Voilà. Je demande donc au père de Giulia, qui est tout aussi désolé de ce qui s'est passé, de retirer sa plainte.

— Bien sûr, oui, la retirer ! répète le père de Gioia. Cette affaire peut se régler entre nous.

— Si nous décidons de retirer notre plainte, clarifie l'avocat en imitant théâtralement le geste du père de Gioia, ce ne sera certainement pas pour « régler cette affaire entre nous », comme vous dites. Si nous le faisons, ce sera uniquement pour ne pas aggraver la situation de votre fille !

— Bon, bon, ça va, ça va, on ne va quand même pas en faire une montagne. C'est juste une dispute entre gamines !

Giorgio Spada devrait sérieusement envisager de s'inscrire à une compétition internationale de réflexions malvenues. Il serait sûr de gagner.

— Une dispute entre jeunes filles ? Ma fille a passé la nuit aux urgences ! répond l'avocat en se levant pour taper du poing sur la table.

L'assistante sociale s'apprête à intervenir pour essayer de calmer le jeu, mais à la surprise générale c'est Gioia qui prend la parole :

— Non, papa, c'est lui qui a raison. Ce que j'ai fait est impardonnable. Je l'ai blessée gratuitement. Ils auraient toutes les raisons de porter plainte. À leur place, je le ferais.

— Waouh ! commente Tonia.

Gioia sourit imperceptiblement.

— Giulia et son père ne veulent pas porter plainte contre toi, Gioia. Ils veulent juste que tu prennes conscience de ce que tu as fait et que tu suives un parcours avec les services sociaux.

— Un parcours ?

— Des rendez-vous hebdomadaires avec notre psychologue, qui t'aidera à passer ce moment compliqué de ta vie.

— Heb… hebdomadaires ? demande Gioia.

— Parfait ! Donc tout est arrangé, non ? demande le père de Gioia avec son à-propos habituel.

— Non, tout n'est pas arrangé, répond l'avocat en le regardant dans les yeux.

— En effet, monsieur Spada, intervient l'assistante sociale, M. et Mme Batta ont demandé que les frais médicaux leur soient remboursés.

— Ah. Et combien…

— Huit cents euros, répond l'avocat, anticipant la fin de la question.

— HUIT CENTS ! PUTAIN, MAIS QU'EST-CE QUE VOUS RACONTEZ ?

— Je vous rappelle, au cas où vous l'auriez oublié, que la plainte que nous nous apprêtons à retirer concerne votre fille mais que, étant donné qu'elle est mineure, elle est sous votre responsabilité légale.

Le père de Gioia regarde sa fille comme si elle était la cause de tous ses malheurs, voire de ceux de la planète entière, puis il soupire et demande à l'avocat :

— Je peux payer… à crédit ?

68

En japonais, *kogarashi* signifie « le premier souffle de vent froid qui prévient que l'hiver arrive ». Ce n'est pas le nom d'un vent, comme le sirocco ou le mistral, c'est vraiment ce souffle précis qui annonce la fin de l'été et l'arrivée de temps plus durs. Là, c'est le printemps, mais Gioia, en sortant du cabinet avec son père qui dénoue sa cravate, a indéniablement senti sur sa joue un souffle de *kogarashi.*

Elle n'aime pas les psychologues : ce sont souvent des personnes compétentes, voire sympathiques, mais le problème est la cible.

Le concept est très simple : au bout de deux ou trois rendez-vous, il apparaît toujours que son mal-être est dû à ses parents. Bien, parfait, bravo ! Mais ensuite, une fois qu'on a dit ça ? C'est elle qui se rend aux rendez-vous, pas ses parents. Imaginons un policier face à un braqueur qui sort d'une banque avec un otage. Pour Gioia, c'est comme si ce policier, une fois qu'il a repéré le braqueur, tirait sur *l'otage*.

Elle se sent saine d'esprit. Bizarre, en proie à des émotions contradictoires, certes. Mais saine. Ce sont ses parents qui auraient besoin de voir quelqu'un. Ce sont eux qui ne tournent pas rond. Ce sont eux, les braqueurs.

Elle sent ce vent froid parce que tout semble revenu à la normale, parce qu'elle n'a pas de nouvelles du concours de photos et parce que ce matin encore, quand elle a demandé à sa grand-mère « Aujourd'hui ? », elle n'a pas eu de réponse.

Depuis quelques jours, quand Gioia va embrasser Gemma dans sa petite chambre avant de partir au lycée, elle la regarde dans les yeux et lui demande : « Aujourd'hui ? » Elle est convaincue que tôt ou tard sa grand-mère lui dira quelque chose, lui fera un signe. Ce jour-là, Lo réapparaîtra et le monde recommencera à tourner. En attendant, rien ne se passe. *Kogarashi.*

— Ma chérie ! Téléphone ! lui crie sa mère d'en bas.

Gioia descend l'escalier en colimaçon en courant et se précipite au salon. Peut-être le temps du *kogarashi* n'est-il pas encore venu. Et si Lo avait enfin décidé de l'appeler ? Si quelque chose prenait enfin la bonne direction ?

— Allô ?

— J'ai trouvé !

Ce n'est pas Lo. C'est une voix de femme, un peu rauque et masculine.

— Gio… Giovanna ?

— Viens tout de suite ! Je me rappelle où je l'ai vu !

69

— Alors ? demande Gioia en entrant dans le BarA, haletante.

La femme au cappuccino est assise à une table.

— Eh bien, on ne dit pas bonjour ?

— Tu as raison, pardon ! Salut ! lance Gioia en reprenant son souffle. Tu l'as vu ?

— En un sens, oui. Viens avec moi ! répond Giovanna en lui faisant signe de la suivre dans l'arrière-boutique.

Giovanna écarte un rideau de perles en plastique derrière le comptoir et entre dans une petite pièce sombre remplie de bouteilles, de paquets de bonbons et de cartons. Giovanna en prend un vide, le retourne et s'assied dessus.

— Je t'explique : j'ai une mémoire photographique hors du commun. J'ai arrêté l'école très tôt parce que je suis tombée enceinte à seize ans, mais rien qu'en jetant un coup d'œil aux livres j'apprenais tout par cœur. Un vrai petit génie, je te jure ! Bref, quand tu m'as montré cette photo, ça a fait tilt : je connaissais ce visage.

Gioia l'écoute en se demandant pourquoi elle l'a amenée dans l'arrière-boutique pour lui raconter ça.

— Et donc…, murmure-t-elle en s'asseyant sur le sol en face de Giovanna.

— Donc je me suis souvenue d'un carton laissé par le vieux. Un carton plein de babioles… Et au fond, qu'est-ce que j'ai trouvé ?

— Une photo ?

— Beaucoup mieux que ça !

Giovanna sourit en brandissant une sorte de rectangle en carton où figurent des inscriptions tracées au feutre et des photos. Gioia le pose sur ses genoux : il s'agit du tableau d'affichage d'un tournoi de fléchettes. Les scores des joueurs sont notés à la main et les portraits des vainqueurs sont collés à côté, ainsi que quelques photos de groupe. Il y a même le vainqueur d'une épreuve appelée « Buvette », qui est celui qui a le plus bu pendant le tournoi.

— Je ne vois rien, dit Gioia.

— Tu es bête, ou quoi ? Regarde en bas !

Gioia remarque alors une photo découpée aux ciseaux. C'est bien lui : Lo. Ses cheveux un peu plus longs, son visage un peu plus jeune, mais c'est lui.

— Oh putain !

— J'ai dit la même chose !

Une bulle part de la photo : « Je suis fier de cette dernière place, j'ai beaucoup transpiré pour l'obtenir ! »

— Donc il était le dernier ! dit Gioia en posant son doigt sur la bulle.

Il lui avait dit un jour que, quand quelqu'un le regardait jouer, il devenait nul.

— Oui, mais ce n'est pas tout. Va voir le nom du dernier, lui suggère Giovanna avec un demi-sourire.

Gioia s'exécute.

— Qu'est-ce que ça veut dire ?

— Ça veut dire que ton petit ami t'a raconté des bobards, ma chérie !

— Il y a marqué Luca De Paolo ! Qui est Luca De Paolo ? demande Gioia, la bouche ouverte.

Elle vérifie les autres noms sur le tableau : pas un seul Lorenzo.

— C'est très simple, Gioia. En réalité ton Lo ne s'appelle pas Lorenzo mais… Luca. Il t'a donné un faux nom et un faux prénom, le coquin.

— Quel rapport entre Luca et le diminutif Lo ?

Giovanna vient s'asseoir près de Gioia.

— Mademoiselle ! lance une petite vieille au comptoir. Vous pouvez ajouter un peu de mousse dans ce cappuccino ?

— J'arrive ! crie Giovanna en sortant un stylo de sa poche pour entourer les deux dernières lettres du nom de famille. À mon avis, c'est de là que vient ce surnom.

— Mademoiselle ! Mon cappuccino n'a pas de mousse !

Giovanna se lève pour retourner dans la salle, laissant le stylo à Gioia.

Celle-ci repasse sur le cercle autour des deux dernières lettres du nom de famille en se disant que ça ressemble bien à Lo, de prendre les dernières lettres de son nom pour s'inventer un surnom, plutôt que les premières. Giovanna revient et se rassied sur son carton.

— Tôt ou tard je vais la tuer, la vieille !

— Écoute, à ton avis…

— À mon avis ?

— Pourquoi un garçon me donnerait-il un faux nom ? Pour quelle raison ?

— Ma chérie, je crois que tu ignores quelques trucs essentiels au sujet des garçons.

— Tu es en train de me dire que…

— Voilà ce qu'on va faire : je vais te poser des questions directes et tu vas répondre, d'accord ?

— D'accord, si ça peut servir.

— Voyons voir : est-ce qu'il a attendu un moment, avant de te dire son faux nom ? Est-ce qu'il a tergiversé, est-ce qu'il s'est fait désirer ?

— Oui, mais pourquoi…

— Ensuite : est-ce qu'il a toujours cherché des endroits à l'écart pour ne pas se montrer avec toi ?

— Oui, mais…

— Dernière question : est-ce qu'il a disparu avant ou après avoir reçu le plus précieux de tes cadeaux ?

— Le plus précieux de mes… hein ?

— Il t'a baisée avant de se faire la malle ?

Gioia baisse la tête, comme si les pièces d'un puzzle étaient étalées sur le sol crasseux de l'arrière-boutique du BarA. Elle ne répond pas à la dernière question : ce n'est pas nécessaire.

— Ma chérie, conclut Giovanna, je doute que ton beau brun ténébreux ait joué franc jeu avec toi. Disons que, comme beaucoup d'autres, il mériterait qu'on lui coupe son engin en tranches bien fines. D'ailleurs, si tu le trouves, sache que je me porte volontaire !

La petite vieille appelle de nouveau Giovanna, qui fait semblant de n'avoir pas entendu. Gioia reste assise par terre, la mâchoire contractée par la colère et l'incrédulité.

Elle a du mal à penser qu'il a fait tout ça – les cailloux, la photo encadrée, les soirées passées ensemble – uniquement pour coucher avec elle. Alors, avant que Giovanna aille ajouter de la mousse au cappuccino de sa cliente, Gioia se lève, lui touche un bras et demande :

— Tu n'aurais pas un annuaire, par hasard ?

70

— Allô, je suis bien chez les De Paolo ?

— Oui, qui est à l'appareil ?

— Bonjour, je m'appelle Gioia Spada.

— Si c'est un appel commercial, je vous dis tout de suite que nous n'achetons rien.

— Non, non, pas du tout. J'appelle pour Luca.

— …

— Allô ? Vous êtes toujours là ?

— Je vous écoute.

— Je voulais juste savoir s'il était là.

— Qui ?

— Luca, Luca De Paolo… il est là ?

— Vous pouvez me répéter votre nom, s'il vous plaît ?

— Je m'appelle Gioia Spada. Je suis une amie de Luca. Il est là ?

— C'est une blague ?

— Non, pas du tout.

— Si c'est une blague, elle est de très mauvais goût, vous savez ?

— Mais non, je voudrais juste parler à Luca. Vous pouvez me le passer, ou lui dire que j'ai appel.

Clic !

71

D'habitude, elle court de chez elle au BarA. Cette fois c'est le contraire : Gioia fonce vers chez elle.

Elle va allumer son ordinateur préhistorique, celui qui fait plus de bruit qu'un camion en plein démarrage en côte, et le trouver. Elle cherchera sur Google, sur Yahoo, partout. Elle est même prête à retourner sur Facebook avec le profil de sa mère. Il faut qu'elle le trouve. Qu'elle comprenne pourquoi il lui a donné ce faux nom.

Pourquoi il a disparu. S'il a vraiment des problèmes, s'il a besoin d'elle. Elle doit faire taire Tonia et Giovanna et leur analyse si banale : il a déjà une petite amie et il voulait juste se distraire.

— Hé, toi ! C'est quoi, cette histoire que tu entres et tu sors comme tu veux ? lui crie son père quand elle arrive.

Sans répondre, Gioia court allumer le PC. Gacco le chat fantôme dort sur le clavier. Elle le pose doucement sur le lit puis appuie sur le bouton ON.

La porte de sa chambre s'ouvre brusquement. Son père a retiré son costume et son expression est tout sauf amicale.

— Je t'ai posé une question !

Elle a envie de lui demander pourquoi il n'a pas frappé avant d'entrer, mais la couleur de son visage l'en dissuade.

— Excuse-moi, je n'ai pas entendu…

— Je t'ai demandé : c'est quoi, cette histoire que tu entres et tu sors de cette maison comme tu veux ?

Elle pense : *Tu t'es toujours fichu de ce que je faisais, pourquoi ça t'intéresserait maintenant ?*, mais elle risque d'être privée d'Internet, ou de recevoir une baffe comme au bon vieux temps, donc elle répond :

— Je suis passée vite fait chez une copine récupérer des notes pour une recherche. D'ailleurs, là, je dois aller sur Google pour…

— Tu ne peux pas. Ils ont coupé le téléphone.

— Quoi ?

— Ce n'est pas ma faute si ta mère ne paie pas les factures ! Je m'en occuperai demain matin, mais ça va prendre un moment avant qu'ils remettent la ligne.

— D'accord, dans ce cas je vais sortir faire cette rech…, dit Gioia en envisageant de trouver un cybercafé, si ça existe encore.

— Tu ne vas nulle part. Si tu as fait ce que tu as fait, c'est aussi parce que personne ne t'a jamais posé de règles. À partir de maintenant, ça va changer !

Son père ferme la porte et redescend sans attendre de réponse.

Gioia reste seule avec son chat, Tonia et une tonne de doutes.

Son juron préféré sort de façon naturelle, spontanée, presque évidente :

— Planète de merde !

72

La maison est très belle. Une villa ultramoderne, carrée, aux murs rouges. Sur la façade du garage, il y a même une sorte de mosaïque métallique en forme d'étoile.

Après le lycée, Gioia a décidé de faire un saut à l'adresse qu'elle a trouvée hier dans l'annuaire, au bar de Giovanna.

— Il n'avait pas une tête de fils à papa, fait remarquer Gioia à Tonia en s'arrêtant pour observer la maison.

— Il n'avait pas non plus une tête à te donner un faux nom, répond Tonia. Tu dois être chez la psychologue dans une demi-heure, tu n'oublies pas ?

— Je sais, je sais.

Gioia observe le jardin bien entretenu. De l'autre côté de la haie qui longe les barrières, on aperçoit une piscine.

— Plein aux as et habillé toujours pareil !

Tonia aussi est perplexe.

Comment certains gosses de riches parviennent-ils à faire croire que leur père est ouvrier ou mécanicien ?

On dirait qu'ils tiennent vraiment à passer pour ce qu'ils ne sont pas. Ils viennent au lycée avec des chaussures abîmées, des jeans sales et toujours le même tee-shirt, alors que chez eux ils ont des équipements qui coûtent plus cher qu'un appartement, une femme de ménage et un jacuzzi. Ils sont convaincus que ça masque leur richesse. Comme si c'était honteux.

— Les pauvres ne veulent pas paraître pauvres et les riches ne veulent pas paraître riches : personne ne veut montrer qui il est vraiment. Quelle arnaque, murmure Gioia à Tonia.

Gioia espère très fort que Lo s'habille toujours pareil, un peu négligé, parce que ça lui plaît. Si c'était une posture, cela serait encore plus douloureux que le faux nom.

Elle sonne à l'interphone situé à côté du portail. Pas de réponse. Elle sonne de nouveau.

Personne.

Alors qu'elle pose pour la troisième fois le doigt sur le bouton, un rideau bouge à une fenêtre, comme si quelqu'un l'épiait. Peut-être la femme qui a répondu hier au téléphone.

Ou bien…

— Si c'est lui, c'est vraiment un…

— Un ?

— Laisse tomber. Il fait quoi, il joue à cache-cache ?

— Apparemment…, dit Tonia.

Alors Gioia sonne à nouveau, plus longuement, en commentant :

— On verra bien qui va gagner !

Pas de réponse. Le rideau ne bouge plus.

Gioia sonne encore trois, quatre, cinq fois. Zéro. *Nada. Niet.*

— C'était peut-être sa mère. Peut-être qu'ils sont tous sourds, dans cette maison, fait-elle à Tonia.

— Ou salauds, répond celle-ci.

Elles s'en vont.

73

Tous les posters aux murs évoquent des situations que Gioia a vécues pendant ses dix-sept années de vie : il y en a un sur la violence sur les mineurs, un sur les alcooliques anonymes, un autre encore sur les couples en crise et enfin un qui exhorte les femmes victimes de violences conjugales à dénoncer leur mari. L'histoire de sa vie.

Elle essaie de se concentrer sur ces affiches parce que les personnes qui attendent avec elle la mettent mal à l'aise.

Il y a un homme d'une quarantaine d'années qui parle tout seul, murmurant toujours la même phrase : « Il y a quelque chose qui ne va pas ! » La fille assise à côté de lui est d'une maigreur impressionnante. Elle feuillette tranquillement une revue. Plus loin, un jeune homme se lève, fait deux fois le tour de la salle d'attente et va se rasseoir, avant de recommencer.

Seuls un homme d'une soixantaine d'années et une femme d'une quarantaine, sans doute en couple, semblent à peu près normaux. Pourtant, en regardant bien, l'homme a dans les yeux une lueur qui ne lui plaît pas. Son regard est ambigu, comme s'il n'était pas totalement sincère : élégamment vêtu, il tient la main de la femme au visage perdu et fatigué. Elle a la tête de quelqu'un qui regarde la télé toute la nuit pour tromper l'insomnie.

— Spada ! appelle une voix.

Gioia se lève. Elle s'attendait à un bureau décoré de reproductions de tableaux célèbres, mais les murs sont recouverts de peintures et de dessins originaux, dont l'un en particulier attire son attention : de loin, on dirait un énorme cœur rouge, mais en fait ses contours sont constitués de noms de personnes et de villes, écrits en tout petit.

— Il te plaît ? demande la psychologue, assise à son bureau.

À la grande surprise de Gioia, elle a une trentaine d'années. C'est une belle femme : cheveux noirs, lunettes, petite frange, taches de rousseur.

— Ils ont tous été faits par les jeunes du centre de santé mentale. Celui que tu regardes a même gagné un concours.

— Moi aussi, j'aurais voté pour lui, dit Gioia en s'approchant.

— Qu'est-ce qui te plaît, dans ce dessin ?

— L'artiste montre que son cœur est constitué des autres, des personnes qu'il a rencontrées, des endroits où il est allé.

— Et tu trouves ça beau ? lui demande la psychologue en s'avançant vers elle.

— Beau et laid, disons.

— Laid ?

— Laisser entrer autant de monde dans son cœur, ça peut être très moche. C'est comme ne pas effectuer de contrôles à l'entrée.

— Et s'il avait fait les contrôles mais quand même décidé de laisser entrer tous ces gens ? suggère la femme en se plaçant à côté d'elle pour regarder le dessin.

— En tout cas il a fini au centre de santé mentale.

La psychologue regarde Gioia et sourit.

— Assieds-toi.

Gioia s'exécute et observe rapidement les deux photos encadrées sur le bureau : sur la première la femme pose avec un homme beaucoup plus âgé qu'elle (son père ?), la deuxième est celle d'une petite fille (sa fille ?). Pas de mari. Elle doit être divorcée. Ou mariée avec le type plus âgé. La psychologue prend place en face d'elle.

— Tu sais que tu as un très joli prénom ?

Elle a un léger accent, peut-être russe.

— Merci, répond Gioia.

— Comment vas-tu ? lui demande-t-elle ensuite.

Son nom est inscrit sur son badge : Verushka Roveredo. Peut-être une étrangère qui a épousé un Italien...

— Gioia ?

— Oui ?

— Tu veux me dire comment tu vas ? Comment tu te sens ?

Gioia ne s'attendait pas à cette question. Elle s'était préparée à l'un de ces stupides tests à base d'images abstraites et à une série infinie de « Pourquoi as-tu fait cela ? » et de « Quelle relation as-tu avec tes parents ? ». Pas à un banal « Comment vas-tu ? ».

C'est une question difficile. À laquelle les gens répondent très souvent par un mensonge, d'ailleurs.

Cette fois, Gioia a envie d'être sincère. Aujourd'hui, sa réponse tient en un seul mot, simple, de trois lettres :

— Mal.

Mme Roveredo la regarde, pince les lèvres un instant et déclare :

— Je sais.

Gioia ne sait pas quoi dire. Elle ne s'attendait pas à ça non plus.

— Tout est nul, n'est-ce pas ? continue la psychologue avec son accent russe qui la rend plus sympathique.

— Non, pas exactement. En fait…

Soudain, elle perd ses mots. Ils disparaissent et il lui faut une éternité pour les retrouver.

La psychologue se tait. Elle attend que Gioia parle, mais Gioia sent que même si elle ne parle pas, ce ne sera pas un drame. Alors elle prend le temps de laisser les mots venir d'eux-mêmes. Et quand ils arrivent, soudain elle a envie de les laisser sortir. Encore une fois, elle ne s'y attendait pas : elle était persuadée qu'il allait falloir les extraire au forceps.

— En fait, tout n'est pas nul, pas du tout. Au contraire. Je vois bien que tout est magnifique, dehors, mais c'est comme si c'était magnifique… *derrière*, vous comprenez ? Dessous, derrière, plus loin, comme si tout était caché, comme si…

Les mots sortent, embrouillés, elle ne comprend pas vraiment elle-même ce qu'elle est en train de dire.

La psychologue se tait, mais son regard l'encourage à continuer.

— C'est comme savoir que tout pourrait être plus beau que ça ne l'est, mais que ça ne le devient jamais. Ce n'est pas impossible, c'est là, derrière, dessous, mais ça ne sort pas. Pourquoi ça ne sort pas ? Pourquoi ça n'arrive pas ?

En fait, elle ne parle plus uniquement d'elle-même : le sujet est autre. Quelqu'un d'autre.

La psychologue soupire, attend quelques secondes puis dit seulement :

— Je sais.

— Vous savez ?

— Je sais. C'est comme ça. Tu as raison. Et je pense que ton acte visait à libérer ce qui ne sort pas.

— Oui, aussi.

— On se voit dans deux jours ? Même heure même endroit ?

— D'accord, accepte Gioia.

C'est bizarre, elle ne pensait pas que ce rendez-vous l'aiderait à se sentir mieux. Au moment où elle se dirige vers la porte, la psychologue appelle le prochain patient à voix haute :

— De Paolo !

Gioia s'arrête net, comme si elle venait de recevoir une décharge électrique.

— Qu'est-ce que vous avez dit ? demande-t-elle à la psychologue.

— De Paolo. C'est la prochaine patiente.

Le mari et la femme qui se tenaient par la main passent à côté de Gioia.

74

— *Ça doit être un hasard !*

— *Le hasard n'existe pas !*

— *Bove dit que tout est hasard, Tonia.*

— *Bove enseigne la philosophie.*

— *Et alors ?*

— *La vie, c'est autre chose.*

— *Pas toujours.*

— *Sinon, c'est que la vie se moque de toi.*

— *Tonia !*

— *Je te dis que ce sont ses parents !*

— *Les parents de Lo ?*

— *Non, de Harry Potter !*

— *Là tout de suite, je ne sais pas qui est le plus réel, entre lui et Harry.*

Gioia converse en silence avec Tonia dans la rue, devant les services sociaux. Elle s'abstient de parler à voix haute, cette fois, pour qu'on ne croie pas qu'elle n'a pas toute sa tête.

Elle fait un pas en avant, puis deux en arrière.

Elle n'a pas vraiment de plan. Arrêter le couple, leur demander s'ils sont les parents de Luca, les entendre répondre « Pas du tout » et rentrer chez elle, déprimée.

— Donc, si on récapitule, dit Tonia, ton plan est d'aborder deux inconnus devant les services sociaux pour leur demander si leur fils est un certain Luca De Paolo ?

Cette fois, son objection n'est pas stupide. Il y a un seul moyen pour comprendre s'ils ont un rapport avec lui.

75

La porte s'ouvre. On voit que la femme a pleuré. L'homme la soutient par le bras, toujours avec cette expression un peu ambiguë, et Gioia se fait une douzaine de films à la fois : ils sont ici parce qu'elle est en dépression, ou alors ils sont frère et sœur et elle souffre de troubles psychiques, ou encore ils sont en train de divorcer, elle le vit très mal et il reste à ses côtés pour l'aider à franchir le cap…

Ils sortent. Gioia se retourne, sort un calepin de son sac et fait semblant que c'est un téléphone, pour pouvoir parler avec Tonia sans passer pour une folle.

— Tu vas les suivre !

— Bravo, Sherlock !

— Et s'ils s'en aperçoivent ?

— Ils ont d'autres soucis, il me semble. J'espère juste qu'ils ne sont pas venus en voiture.

Le couple prend la rue principale et marche un bon moment sans échanger un mot.

— Peut-être que c'est son auxiliaire de vie ! s'exclame Gioia.

— Non, il est trop affectueux.

À un moment, ils tournent en direction de la maison de riches où Gioia est allée chercher Lo, mais où l'on n'a pas daigné lui répondre.

— Tu vois ? lance Tonia d'un air satisfait.

— C'est vrai. Il faut vraiment que je raconte ça à Bove.

Le couple entre. Quand l'homme referme le portail, il se retourne pour regarder la rue, en direction de Gioia. Elle se cache derrière une poubelle, se cogne contre une roue de voiture et tombe par terre. Tonia éclate de rire.

76

Elle a attendu une heure, dix-huit minutes et vingt-six secondes planquée derrière une poubelle, à se demander :

J'y vais ou pas ?

Et si j'y vais, je fais quoi ? Je sonne ? Et s'ils ne me répondent pas, comme la dernière fois ? Et s'ils me reconnaissent par la fenêtre, comme ils m'ont vue aux services sociaux ils vont penser que je suis folle ?

Une heure, dix-huit minutes et vingt-six secondes désagréables.

Gioia a une méthode, dans ces cas-là : elle règle son lecteur MP3 en mode aléatoire et elle appuie sur « Play ». Si elle entend « Born to Run », de Bruce Springsteen, c'est que c'est le moment.

Il y a mille deux cent trente-sept chansons dans son lecteur MP3. La seule fois où la bonne est sortie, c'est quand elle devait décider si elle acceptait ou pas une invitation à une fête de fin d'année au Président, la discothèque préférée de Casali et de sa bande. Probablement la soirée la plus triste de sa vie.

Malgré tout, elle n'a pas changé de méthode. Ceci explique sans doute pourquoi Gioia passe rarement à l'action.

— Tu devrais mettre six chansons en tout dans ton lecteur, lui dit Tonia.

— Tais-toi !

Et là, derrière la poubelle, après une heure, dix-huit minutes et vingt-six secondes, après vingt-sept chansons, il se passe quelque chose.

La lumière au-dessus du portail se met à clignoter et ce dernier s'ouvre lentement. Une grosse voiture noire sort, conduite par l'homme, peut-être le « mari » de la femme. Il s'éloigne quand démarre une chanson de Katy Perry, « Firework ».

Au moment où la voiture disparaît au bout de la rue, le dieu des sélections musicales accomplit un miracle : elle entend « Born to Run » dans ses écouteurs.

— Vas-y, idiote ! crie Tonia.

Gioia se lève, sort de sa cachette et se dirige vers le portail. Elle sonne une fois. Deux fois. Trois fois.

Finalement, elle entend un clic dans l'interphone.

— Qui est là ? demande une voix de femme.

— Ne lui dis pas que tu le cherches, sinon elle va raccrocher ! suggère Tonia.

— Bonjour, je cherche… Mme De Paolo.

— C'est moi. Qu'est-ce que vous voulez ?

— Dis-lui que tu es des services sociaux ! Que le monsieur qui était avec elle a oublié quelque chose là-bas !

— Je suis des services sociaux… Le monsieur qui était avec vous tout à l'heure a oublié…

— Mon mari ? Qu'est-ce qu'il a oublié ?

Gioia ne sait pas quoi répondre. Elle est tellement tendue qu'elle agite les mains.

— Mademoiselle ?

— Dis quelque chose !

— Il a oublié... son portefeuille ! dit Gioia qui sent sur elle le regard atterré de Tonia.

— C'est bizarre, il ne perd jamais rien...

— Si vous voulez, je vous le passe par le portail.

— D'accord, je descends.

77

Elle porte une sorte de robe de chambre et elle a l'air d'avoir passé huit cents ans au lit. Gioia ne sait pas encore comment elle va aborder le sujet qui l'intéresse.

— Alors, ce portefeuille ? demande la femme avec une certaine agressivité.

— En fait… je ne suis pas ici pour le portefeuille.

— Si vous voulez me vendre quelque chose, je vous dis tout de suite que…

C'est la nouvelle mode, de la prendre pour une démarcheuse.

— Non, madame. Je m'appelle Gioia Spada et je suis ici pour Luca.

— Je le savais ! J'aurais dû m'en douter ! s'exclame la femme avec agitation et tristesse. C'est pour ça que je n'ouvre jamais à personne, surtout aux jeunes. Je n'en peux plus de… de…

Gioia nc comprend rien.

— Dis-lui que tu as un sweat à lui et que tu veux le lui rendre, suggère son amie imaginaire.

— En fait… euh, j'ai un sweat-shirt de Luca chez moi et je voulais le lui rendre.

La femme est sur le point d'éclater en sanglots.

Rien ne se passe comme prévu. Son visage, le début de la conversation, l'histoire du portail et tout le reste… Gioia s'attend à s'entendre dire qu'elle peut garder le sweat mais qu'elle ne doit pas revenir, quelque chose dans le genre. Elle s'attend à tout, mais pas à la réponse de la femme :

— Le rendre… mais à qui ?

Gioia regarde Tonia. Tonia regarde Gioia.

— À Luca. Je voudrais le rendre à Luca.

La femme ouvre la bouche. Elle fronce les sourcils et dévisage Gioia comme si elle venait de lui parler en chinois. À ce moment-là la lumière du portail se remet à clignoter.

— À… Luca…, parvient à articuler la femme.

La voiture du mari parcourt l'allée jusqu'à la maison, puis il en descend et vient vers elles à pas rapides.

— Hé, lance-t-il à Gioia de loin, qui êtes-vous ?

L'homme se comporte comme s'il voulait protéger sa femme du danger et Gioia sent qu'il va mettre fin à leur conversation. Alors elle s'approche de la femme et lui dit tout bas :

— Oui, je voudrais le rendre à Luca. Vous savez quand je pourrai le voir ?

— Jeune fille, dit la femme juste avant que son mari l'entraîne à l'intérieur, je ne sais pas qui tu es, ni de quel sweat-shirt tu parles, et je t'assure que je ne veux pas le savoir. Je sais juste que mon Luca est mort il y a dix mois !

DEUXIÈME PARTIE

Vybafnout (tchèque) :
apparaître par surprise et crier « bouh ».

1

DRAME À REDONA : DISPARITION D'UN JEUNE HOMME DE DIX-SEPT ANS

Le père : « Il a laissé un mot d'adieu. »

Il était 8 h 15, le samedi 21 mai 2016, quand le lycée Grigoletti a prévenu l'ingénieur Marco De Paolo de l'absence de son fils en cours. L'établissement, comme de nombreux autres en Italie, dispose depuis quelques années d'un système informatique dédié : en cas d'absence signalée par le professeur de la première heure de cours lors de l'appel électronique, le serveur envoie automatiquement aux parents un message les informant que leur enfant ne s'est pas présenté au lycée. Le père, ayant lui-même accompagné son fils ce matin-là, a immédiatement lancé les recherches : selon les témoignages recueillis, son fils aurait déjà souffert de dépression et de crises d'angoisse, dans le passé. Il a donc tout de suite envisagé le pire et prévenu les pompiers et les carabiniers. Les connaissances et amis du jeune homme ont été contactés. La découverte macabre a eu lieu vers 10 heures : sous l'oreiller du garçon a été trouvé un mot qui, à en croire les premières indiscrétions, serait une lettre d'adieu, voire l'annonce d'un suicide. Il semblerait même qu'y soit indiqué le lieu où retrouver le corps. L'équipe mobile des carabiniers de Pordenone a lancé les recherches dans les communes de Tramonti di Sopra et Tramonti di Sotto, en particulier du côté des lacs, tel qu'indiqué dans la lettre. Les casernes du secteur ont été mobilisées.

Suivez l'évolution des événements dans les prochaines heures sur notre site.

DISPARITION DU JEUNE HOMME À REDONA,
CONFIRMATION : C'ÉTAIT UNE ANNONCE DE SUICIDE
Le père nous confie : « Il a peut-être décidé d'en finir. »

Alors que les carabiniers et la protection civile des communes de Meduno, Tramonti et Sequals poursuivent les recherches, le père du garçon disparu ce matin à Pordenone a déclaré devant nos micros que, dans une lettre trouvée sous son oreiller, son fils exprimait son intention de se suicider. Selon les reconstitutions, L.D.P., dix-sept ans, aurait été accompagné ce matin comme chaque jour par son père au lycée Grigoletti, où il était inscrit en section informatique. Après avoir fait semblant d'entrer, il aurait rejoint en cachette l'arrêt de bus le plus proche et serait monté dans le premier car en direction de Pedemonte. Après un changement à Maniago, il serait parti vers Tramonti pour descendre du côté du lac de Redona. Là, il aurait pris un sentier, comme indiqué avec précision dans sa lettre. Puis il se serait jeté dans le lac, un bassin artificiel très profond alimenté par la rencontre des deux anses de la vallée de la Tramontina.

Les chiffres parlent d'eux-mêmes : par endroits le bassin atteint soixante mètres de profondeur et sa superficie est de deux kilomètres carrés. Depuis quelques minutes, deux équipes de plongeurs de la protection civile sont sur le terrain. S'il s'agit véritablement d'un suicide, ils préviennent qu'« étant donné la profondeur actuelle du lac, due à des pluies abondantes, il faudra sans doute beaucoup de temps ».

Mise à jour dans les prochaines heures.

DISPARITION DU JEUNE HOMME DE DIX-SEPT ANS : ON A RETROUVÉ UNE CHAUSSURE ET UN BRACELET

Le père : « Oui, ils appartiennent à Luca. »

Le garçon aurait commis d'autres tentatives de suicide dans le passé, mais ses parents n'ont fait aucune déclaration à ce sujet.

Depuis ce matin, deux équipes de plongeurs sont à la recherche du corps du jeune homme qui s'est probablement suicidé. En même temps, dans les alentours du lac, l'équipe mobile des carabiniers de Meduno a retrouvé deux objets qui lui ont sans doute appartenu : une chaussure de sport, pointure 41, et un petit bracelet en cuir. Selon les informations dont nous disposons, le père les aurait identifiés. Cette découverte conduit inexorablement à la piste du suicide. En effet, nous avons pu contacter certains camarades du jeune homme et il semblerait que Luca ait déjà souffert de dépression et de crises d'angoisse. Il y a quelques mois, il aurait essayé de se suicider en se jetant du toit de sa maison, mais il aurait été sauvé par les médecins de l'hôpital Santa Maria degli Angeli de Pordenone. Reste à comprendre pourquoi il a choisi le lac artificiel de Tramonti pour accomplir son geste.

Suite de l'affaire dans les prochaines heures.

LUCA : TOUJOURS RIEN

Après douze heures et six plongées, les deux équipes n'ont pas retrouvé le corps. Les parents refusent de répondre à la presse : « Laissez-nous à notre douleur. »

Carcasses de scooters, vieux meubles et objets divers ont été trouvés par les plongeurs de la protection civile au fond du lac, mais pas trace du corps du jeune homme. En plus de causer des dégâts environnementaux, la mauvaise habitude de transformer ce miroir d'eau artificiel en décharge à ciel ouvert complique les recherches, donnant de faux espoirs aux plongeurs. Entre-temps, les parents du garçon ont déclaré ne plus vouloir donner d'interviews. Néanmoins, le père a lu un communiqué devant nos micros : « Nous comprenons l'exigence de la presse de faire son travail, mais nous ne supportons plus cette pression. Si nous avions un corps sur lequel pleurer, paradoxalement tout serait plus simple. Tant qu'il n'est pas retrouvé, nous restons dans l'angoisse. Laissez-nous à notre douleur. » L'ingénieur Marco De Paolo est connu pour sa discrétion. Sa famille et ses collaborateurs affirment qu'il est probable que la famille ne fasse plus aucune déclaration, même si le corps est retrouvé.

Prochaine mise à jour demain matin.

LUCA : LE RISQUE EST DE DEVOIR ATTENDRE L'ASSÈCHEMENT. ENTRE-TEMPS, UNE VOYANTE A ÉTÉ IMPLIQUÉE

La protection civile : « Recherches très difficiles étant donné l'état actuel du lac. »

Une voyante fait partie des consultants mobilisés par les carabiniers.

Les lacs de la vallée de la Tramontina sont très prisés par les touristes parce que, lors de l'assèchement, en juillet et août, on assiste souvent à la réapparition de l'ancien village de Movada, submergé en 1952 au moment de la construction de la digue et de la création du bassin artificiel. Ce phénomène attire les visiteurs du monde entier : on voit émerger des ruines de ce qu'on appelle désormais « la ville fantôme ». Malheureusement, après les périodes de pluie, le lac devient très profond, ce qui complique aujourd'hui la tâche aux plongeurs qui recherchent le corps du jeune homme de dix-sept ans disparu samedi dernier. Pour le moment, les carabiniers excluent toute autre piste : une lettre où le jeune homme affirme sa décision de se suicider a été retrouvée (le contenu précis du billet n'a pas été dévoilé : les parents ne font plus aucune déclaration) et il est confirmé que Luca souffrait depuis longtemps de crises de dépression, qui l'auraient mené il y a quelques mois à une première tentative de suicide. Pour autant, alors que les plongeurs ont peu d'espoir de trouver le corps rapidement, les carabiniers auraient fait appel à une voyante, Pierangela Martini, connue sous le nom d'« Angie ». Elle se définit elle-même comme une « nécromancienne », capable de se mettre en communication avec les défunts. Les plongeurs ne semblent pas s'attendre que la femme leur indique l'endroit exact où chercher, mais ils n'excluent pas que son « don » les aide à circonscrire le périmètre des recherches.

« LE CORPS DE LUCA N'EST PAS ICI »,
dit la voyante contactée par la famille de Luca.

Pendant toute la journée d'hier, la voyante Angie a marché sur les berges du lac de Redona, dans la commune de

Tramonti, à la recherche d'éventuelles « sensations » concernant la présence du corps du jeune homme disparu samedi dernier à Pordenone. Nous l'avons suivie à distance, pour ne pas interférer avec ces « sensations » : à plusieurs reprises elle s'est arrêtée, elle a fermé les yeux et elle a tendu les mains vers la surface du lac, mais sans résultat. À la fin, la femme a déclaré : « Le corps de Luca n'est pas ici. » Interpellée par notre journaliste sur la possibilité que le garçon soit vivant, alors qu'elle montait dans sa voiture, Pierangela Martini a fourni une réponse lapidaire : « Je ne sais pas s'il est mort ou vivant, mais il n'est pas ici. » Entre-temps, les recherches des hommes de la protection civile se poursuivent, sans résultat significatif. Désormais, en l'absence de signalement de la présence du jeune homme dans d'autres localités, l'espoir de ses proches de le revoir vivant s'amenuise.

Internet fonctionnait à nouveau. Lentement, comme toujours, mais pour une fois son père avait fait une bonne action en payant les factures en retard. Elle avait tapé « Luca De Paolo » dans Google et trouvé de nombreux articles écrits juste après la disparition. Puis de moins en moins. Et quelques mois plus tard, plus rien.

Gacco le chat fantôme dort sur le lit. Les yeux rivés sur l'écran, les yeux rouges, Gioia se sent confuse. Dehors, la nuit laisse place à l'aube. Elle repense à l'histoire des cailloux, à l'endroit où Lo, enfant, allait avec son père, au vieux village qui apparaissait au fond du lac. Tout prend sens, et en même temps tout se brouille.

Cette histoire a la forme et la consistance d'un rêve. Tout a probablement eu lieu uniquement dans sa tête.

Et pour une raison étrange, le garçon dont elle a rêvé est le sosie de celui qui a disparu il y a un an.

Gacco le chat fantôme ouvre les yeux, la regarde, puis les referme.

— Comment est-il possible qu'il n'y ait rien de plus récent ? demande Gioia en cliquant nerveusement sur la souris.

Elle passe du site d'un quotidien local à un autre, avec l'espoir et la peur de trouver un article annonçant que le corps de Luca a été retrouvé au fond du lac. Alors que ses yeux se ferment de sommeil, elle tombe sur une page du *Messaggero Veneto* :

JEUNE HOMME DISPARU IL Y A TROIS MOIS :
IL N'Y A RIEN AU FOND DU LAC

Comme chaque année à cette époque le lac de Redona s'est asséché, mais aucune trace de Luca au fond.

Les hommes de la protection civile comptaient sur l'assèchement du lac pour retrouver le corps de Luca De Paolo, dix-sept ans, disparu à Pordenone le 21 mai dernier. Toutefois, maintenant que le niveau de l'eau a significativement baissé et qu'on peut se promener sur le fond du lac pour profiter de la vue de l'ancien village submergé, il n'y a aucune trace du jeune homme. Étant donné la découverte d'objets appartenant à Luca, le jour de sa disparition, les enquêteurs et les experts expliquent cette situation par un hypothétique « saut » du corps vers le bas de la digue : pris dans un tourbillon, le corps aurait rapidement touché le fond avant d'être entraîné par le courant en bas de la digue du fleuve Meduna, qui aurait facilement pu le traîner sur des kilomètres. Selon les experts, c'est peu probable mais pas impossible : dans ce cas, le périmètre des recherches, trois mois plus tard, s'étendrait donc à des dizaines de kilomètres carrés. Le retrouver intègre et identifiable relèverait du miracle. Entre-temps, Luca aurait eu dix-huit ans, détail important car, s'il n'était pas mort noyé mais s'était éloigné volontairement, sa majorité rendrait caduque la mobilisation des forces de l'ordre. En effet, selon la loi il faut attendre deux ans avant de déclarer la mort d'une personne disparue, dans le cas de danger vital et en l'absence de corps. Néanmoins, au vu des circonstances, les espoirs de retrouver le garçon vivant restent très minces.

Ensuite, plus rien.

Gioia va à la fenêtre. Aucune étoile dans le ciel à qui demander quoi faire.

Elle a vu Luca. Elle lui a parlé. Elle sait qu'il est vivant.

Du moins, elle le croit. Le ciel s'éclaircit et Gioia se demande si elle a tout imaginé. Puis elle allume son appareil pour regarder la photo de Lo, se rappeler son visage, être sûre de l'avoir vu, touché et embrassé, mais ses mains tremblent et son esprit est confus. Elle laisse échapper l'appareil, qui tombe et s'ouvre en deux. Gioia le ramasse, assemble les morceaux et le rallume, en vain. En un instant, à cause de la peur et de l'agitation, elle a perdu la dernière preuve de sa rencontre avec Lo.

— Mais qu'est-ce que tu fabriques ? lui demande Tonia. Ce type est mort, tu es complètement folle !

— Ça ne sert à rien, mais je veux le faire quand même ! répond Gioia, toujours en fixant le ciel.

— Tu vas sécher les cours ?

— Oui.

Tonia se tourne de l'autre côté.

2

Ce matin, elle arrive en avance au lycée.

Assise sur le trottoir du parking, cachée entre deux voitures, elle attend patiemment l'arrivée de M Bove. Pendant dix minutes, elle écoute le bruit des voitures, des scooters, des voix, des signaux électroniques des feux rouges et des camions en pleine marche arrière, tout en se disant que c'est une grande chance d'être vivante.

Le professeur arrive dans sa vieille 4L, un tas de ferraille rouge au sujet duquel tous les élèves du lycée s'interrogent : comment est-il possible qu'il roule encore ? En descendant il remarque tout de suite Gioia, assise sur le trottoir.

— Mademoiselle Spada !

— Bonjour, monsieur, répond-elle tout bas en essayant de ne pas se faire remarquer.

Il glisse la clé dans la serrure et met du temps à verrouiller la voiture.

— Que se passe-t-il, vous étiez trop pressée de me poser votre question, aujourd'hui ?

— En un sens, oui, répond Gioia en se levant.

— Alors, allez-y, je suis à votre disposition, bien que je n'aie pas encore bu mon café.

— Déjà, j'étais curieuse de savoir comment vous faites... c'est-à-dire... avec une voiture comme ça... Je n'ai pas dit qu'elle ne me plaisait pas. J'adore votre voiture ! Mais je me demande comment vous faites, parce que tout le monde doit se moquer de vous, non ?

— Mademoiselle, une voiture est un moyen.

— Et... donc ?

— Je suis un philosophe, je m'occupe plus de la fin que des moyens, répond le professeur en tapant le sol avec sa canne. C'est tout ? Vous m'avez attendu dans la fraîcheur de cette matinée de printemps pour m'interroger sur ma voiture ?

— Non, ce n'était pas la vraie question, avoue Gioia en se mordant la lèvre.

— Je vous écoute. Une question sur le destin, sur Dieu, sur la morale ?

— C'est beaucoup plus terre à terre. Je ne vais pas aller en cours aujourd'hui : est-ce que vous pourriez me couvrir ?

Un des plus gros problèmes des jeunes, de nos jours, est l'appel électronique : un instrument diabolique qui réduit largement les possibilités pour un élève de sécher les cours. Ce système envoie des messages aux parents en cas d'absence, signale toute anomalie et, surtout, il prévient le proviseur dès la troisième absence injustifiée. Or Gioia est la pire imitatrice de signatures du monde. Elle a déjà réfléchi à la question du message à ses parents, mais elle a besoin que quelqu'un, à la dernière heure, efface d'un simple clic son absence signalée au premier cours. Naturellement, seul un professeur peut accomplir ce geste simple, et Bove est le seul à qui Gioia puisse le demander. Au pire, il lui dira non, mais il ne convoquera pas le conseil de discipline.

— Je ne suis pas certain d'avoir compris. Vous me demandez de falsifier des documents officiels par voie électronique ? demande le professeur en baissant la voix.

— Hum… oui, c'est bien ça.

— Parfait, alors j'ai bien entendu. Dans ce cas je serais donc le moyen, mais… puis-je savoir pour quelle fin je dois agir ? Parce que si c'est juste pour éviter un contrôle…, lui dit-il d'un air sévère.

— Non, c'est beaucoup plus simple. La fin est de prendre deux bus, de monter au lac de Tramonti et de comprendre si je suis folle ou non.

3

Elle a lu les articles et vu les photos tellement de fois qu'elle pourrait arriver les yeux fermés à l'endroit où Lo est censé s'être jeté dans le lac. Elle parcourt cinq cents mètres de route nationale à pied, prend le premier sentier sur la gauche et marche encore une vingtaine de minutes, toujours tout droit.

Gioia arrive à la petite plage de galets où, en théorie, il a sauté dans l'eau. Il y a encore des fleurs, des peluches, des lettres, des photos de Lo et des objets laissés par ses amis et connaissances. Sur certaines enveloppes, elle lit « Tu seras toujours avec nous », ou « Ton cœur était trop grand pour un monde aussi étroit ».

De fait, la situation est assez macabre.

En tout cas, tout le monde le croit mort. Une seule personne au monde est convaincue du contraire : elle.

— On peut savoir pourquoi on est venues ici ? demande Tonia.

— À force de chercher les réponses, celles qu'on trouve sont fausses, répond Gioia en scrutant les environs, avant de s'adresser au lac : Tu es vraiment là-dessous ?

Tonia est debout à côté d'elle, les bras croisés. Elle secoue la tête.

— Qu'est-ce qu'on fait, maintenant ?

— Tu le sais aussi bien que moi, lui répond Gioia. Il n'y a qu'une possibilité.

4

Elle ne s'attendait pas à un pareil endroit.

Elle imaginait un lieu encombré d'objets provenant de pays africains, de bougies, de lampes, de tapis et d'encens. Mais c'est juste un appartement normal du quartier Torre, pas très loin de son lycée.

— Entrez, entrez, lui dit Pierangela, alias Angie, une petite femme trapue que Gioia aurait plutôt imaginé croiser au marché ou à l'église.

Elle a même de la moustache.

— Installons-nous au salon, propose la femme en indiquant un canapé en cuir recouvert de cellophane. C'est à cause de la poussière. Je déteste ça.

Gioia est gênée, elle se sent très bête. Soudain, elle n'a plus envie de poser sa question à Angie.

— Je t'écoute : qu'es-tu venue me demander ?

— C'est elle, la voyante, non ? Elle ne devrait pas le savoir ? marmonne Tonia depuis la porte du salon.

À ce moment-là, Pierangela tourne la tête et fronce les sourcils, comme si elle avait entendu quelque chose.

— Tout va bien ? lui demande Gioia.

— Oui, oui, tout va bien. Je t'écoute, répond-elle, les yeux toujours à l'affût.

— À dire vrai…

— Tu as perdu quelqu'un, n'est-ce pas ? lui demande Pierangela en plantant ses yeux dans les siens. Son regard est si direct et pénétrant que Gioia détourne le sien.

— Non, en fait non, répond-elle. C'est-à-dire, je ne sais pas.

Pierangela esquisse un sourire et retire un fil de son pull.

— Je t'écoute. Parle aussi simplement que possible. D'accord ?

— D'accord.

Gioia essaie, mais les mots ne sortent pas.

— Alors ?

— Allez, dis-le ! l'exhorte Tonia.

Pierangela regarde à nouveau autour d'elle d'un air soupçonneux. Tonia est dans la tête de Gioia, mais c'est comme si elle était vraiment sur le seuil du salon, qu'elles se regardaient et que la voyante l'avait repérée. Alors Gioia prend son courage à deux mains et prononce :

— Luca. Luca De Paolo.

— Ah ! Qu'est-ce que tu veux savoir ?

— Ce n'est pas clair. Disons que j'aimerais savoir s'il est vivant.

— Tu es de sa famille ?

— Non, je… Non.

— Compris.

— Compris quoi ?

— Tu es sa petite amie.

— Disons que oui. Mais pourquoi vous dites « tu es » et pas « tu étais » ? Tout le monde semble convaincu qu'il est mort.

— Moi, je n'y crois pas.

Le cœur de Gioia fait un bond.

— Pardon ?

— Il n'était pas dans le lac, il n'était pas dans le fleuve… Je sais bien qu'en dix mois il peut s'en passer, des choses, mais à mon avis il est bel et bien vivant, ma petite !

— Comment vous pouvez affirmer ça ?

— Ne me le demande pas, je l'ignore. Je sais juste que c'est comme ça.

Elle se lève avec peine du canapé, va à la cuisine et revient avec deux tasses de thé.

— Toi, tu as autre chose à me dire, hein ?

Gioia et Tonia se regardent de nouveau. Elle ne ressemble pas à une voyante, mais elle a bien l'air de lire dans les pensées. Et surtout, elle semble voir, ou du moins percevoir, Tonia.

— Oui, je crois que oui.

— Alors vas-y, je t'écoute.

Gioia boit une gorgée de thé, prend une grande inspiration et se lance. Elle lui raconte tout, mais vraiment tout : le BarA, les fléchettes, le coup au genou, les cailloux, les moments sombres où Lo changeait de personnalité, le premier baiser, le toit, la photo effacée par erreur, tout. Pierangela l'écoute en sirotant son thé. Gioia essaie de n'oublier aucun détail.

Quand elle a terminé, elles se taisent pendant un long moment. On entend les voitures dans la rue et le vent. Le silence est léger, presque agréable.

— Un sweat-shirt, fait soudain Pierangela.

— Oui.

— Et il est chez toi.

— Oui. Sur ma chaise.

Alors Pierangela se met à tousser. Très fort. D'une toux grasse. Gioia a envie de se lever et de lui taper dans le dos. Elle s'apprête à le faire quand Pierangela s'arrête net. Puis elle tourne la tête, les yeux brillants, et déclare :

— Je savais qu'il était vivant !

5

— Ma chérie ? Comment ça s'est passé à l'école ?

Gioia retire ses chaussures à la porte d'entrée. Elle n'a pas du tout réfléchi à ce qu'elle raconterait à ses parents s'ils l'interrogeaient sur sa matinée.

Heureusement pour elle, le numéro auquel le lycée envoie ses SMS est celui du portable que sa mère a perdu quelques jours après leur emménagement, en novembre. Il serait très étonnant qu'elle ait pensé à signaler qu'elle a changé de numéro. Et puis, comme M. Bove a supprimé l'absence, elle n'aura rien à justifier.

— Comme d'hab ! lance Gioia en allant se laver les mains avant de passer saluer sa grand-mère.

Elle entend le bruit des pâtes dans la passoire, puis la voix de sa mère qui annonce :

— Quelqu'un a téléphoné pour toi !

En se lavant les mains, elle réfléchit : ce n'est pas le lycée, parce que le ton de sa mère aurait été plus menaçant. Lo, même pas en rêve. Peut-être Giovanna. Oui, probablement. Et si elle avait du nouveau ?

— Qui ça ? demande Gioia en sortant de la petite chambre de sa grand-mère Gemma, qui semble un peu inquiète, aujourd'hui : elle a les sourcils froncés et les lèvres pincées.

— Un monsieur. Il doit avoir un certain âge, répond sa mère en posant sur la table une succulente assiette de spaghettis au beurre. M. De Paolo.

Gioia s'arrête à la porte, pétrifiée. Le père de Lo lui a fait mauvaise impression dès la première seconde où elle l'a vu. Elle a eu la sensation qu'il n'était pas quelqu'un de bien. En plus, elle s'est souvenue de toutes les fois où Lo avait mal réagi à son sujet.

— Tu es vraiment une crétine ! lui assène Tonia dans son dos. Tu les as appelés de la maison et ils ont un téléphone qui enregistre les numéros entrants.

Zut, son amie imaginaire a raison. C'était une sacrée gaffe.

— Qu'est-ce qui se passe, ma chérie ? Tout va bien ?

— C'est que… Il t'a dit ce qu'il voulait ?

— Je ne sais pas, je n'ai pas bien compris. Je crois que tu as un sweat-shirt de son fils. C'est vrai ?

Le regard de sa mère est étrange. Elle affiche un demi-sourire et semble à la fois satisfaite et curieuse.

En effet, maintenant qu'elle y pense, il est rarissime, voire anormal, que sa mère cuisine pour elle-même une recette aussi compliquée que des spaghettis au beurre.

— Oui, c'est vrai, mais… pourquoi tu me regardes comme ça ?

— Tu me caches quelque chose, ma chérie ? lui demande-t-elle en lui faisant un clin d'œil.

Parfait. Sa mère s'est fait un film et, comme c'est la première fois qu'elle entend le nom d'un garçon associé à celui de sa fille, elle est convaincue que celle-ci a enfin découvert le monde magique de l'amour adolescent. Pour une fois, elle a vu juste.

— Non, maman. C'est juste un ami qui m'a prêté un sweat, répond-elle en avalant une bouchée.

Par parenthèse, ce sont sans doute les pires spaghettis jamais préparés.

Reste à espérer qu'elle n'ait communiqué aucune information au père de Lo, comme le nom de son lycée ou leur adresse. Mais non, même sa mère ne peut pas avoir fait une chose pareille.

— Bien sûr, bien sûr, dit celle-ci en sortant une bière du frigo.

— Au fait, et mamie ? Elle a une drôle de tête aujourd'hui, elle va bien ?

— N'essaie pas de changer de sujet, ma chérie ! Sache que j'ai donné notre adresse à ce monsieur, comme ça si ce garçon veut passer chercher son sweat…, annonce-t-elle d'une voix malicieuse en décapsulant sa bière bon marché, avant d'aller regarder la télé au salon.

Seule à la cuisine, Gioia n'arrive pas à finir son infâme assiette de pâtes. Mais surtout, parce qu'une question lui coupe l'appétit : quand le père de Lo va venir, qu'est-ce qu'elle pourra bien lui raconter ?

Elle a besoin de parler à quelqu'un, en chair et en os. Tant pis si Tonia est jalouse.

6

— Incroyable, j'allais t'appeler !

Gioia s'assied en face de Giovanna sur la terrasse couverte du BarA, à la même table qu'avec Lo, la première fois. Le bar est vide, même la petite vieille au cappuccino n'est pas là.

— Pour me dire quoi ?

— Pour te dire que je me suis souvenue qu'on a parlé de ce garçon dans les journaux, il y a six ou sept mois... Il a fait la une pendant quelques jours, puis plus rien, silence radio.

— Et donc... d'après toi...

— Si tu dis que tu l'as vu, moi, je te crois. Tu es un peu perchée, mais je te crois !

Gioia pousse un soupir de soulagement.

— Qu'est-ce que tu ferais, à ma place ?

— Pas simple, ma petite. Si tu racontes tout au père, ton petit ami risque de se faire la malle pour de bon. Et s'ils le retrouvent, il se sentira trahi par toi et tu pourras l'oublier !

Une synthèse parfaite de la situation pourrie dans laquelle elle se trouve.

— Formidable !

— Oui, Gioia. Tu t'es mise dans de beaux draps, admet Giovanna en regardant la rue, où elle aperçoit la petite vieille accro au cappuccino mousseux qui approche à tout petits pas.

— D'accord, mais tu ferais quoi, à ma place ?

— Malheureusement tu n'as pas le choix. Il n'y a qu'une possibilité, pour éviter les ennuis, réplique-t-elle en se levant pour aller vers le comptoir.

— Quoi donc ?

— C'est simple : le retrouver !

7

En japonais, *kenshō* désigne l'éclair de lumière, le moment furtif où l'on a l'impression de se réveiller. C'est un mélange de « illuminations », « réveil », « instant » et « fraction de seconde ».

Il y a aussi un mot écossais, *curglaff*, pour exprimer ce qu'on ressent en entrant dans l'eau glacée : le choc, la peur et en même temps la vigueur, l'énergie qui se propage rapidement dans les muscles des jambes puis dans tout le corps.

Enfin, en français les *retrouvailles* évoquent la forte émotion de revoir une personne aimée après une longue séparation.

Ces trois mots ensemble illustrent ce qu'a éprouvé Gioia quelques secondes après avoir salué Giovanna.

Une sensation instantanée, furtive, une illumination qui s'est éloignée immédiatement, qui lui a procuré la même secousse qu'un plongeon dans l'eau glacée, et cette sensation d'avoir retrouvé Lo après très longtemps.

Elle ne l'a pas *vraiment* retrouvé. Il ne l'attendait pas devant le BarA avec son bocal de cailloux. Mais c'était comme si.

Ce qu'a vécu Gioia ressemblait à des *retrouvailles* parce qu'elle a compris qu'il ne l'a pas fuie, elle. Ce qu'il lui a écrit n'était pas un mensonge. Il n'a pas trouvé d'excuses, comme les autres. Ses problèmes sont réels, puisqu'ils l'ont poussé à s'enfuir de chez lui et à se faire passer pour mort. Ils sont même pires que ce que Gioia aurait pu imaginer. Or beaucoup de choses font défaut à Gioia, mais pas l'imagination.

8

Les jours et les semaines suivants ne sont pas aussi beaux que cet instant où elle est sortie du bar de Giovanna : Gioia porte en elle un secret trop lourd pour une jeune fille de dix-sept ans. Elle ne trouve aucun indice, aucune trace de Lo. Elle est de plus en plus convaincue qu'il est parti pour de bon.

D'accord, mais pourquoi revenir dans la ville qu'on a fuie à tout prix ?

Elle n'avait pas de réponse à cette question. Elle n'en a toujours pas.

Des semaines difficiles. Le père de Lo, l'homme dont Gioia n'aime pas le regard, a appelé à trois reprises. Chaque fois, elle a dû supplier sa mère de dire qu'elle n'était pas là.

Des semaines difficiles avec la psychologue, aussi, parce que celle-ci a senti qu'il y avait quelque chose de louche. Elle a failli réussir à lui faire vider son sac.

Puis, un matin d'avril, le grand jour arrive.

Avant de partir au lycée, Gioia passe saluer sa grand-mère. Gioia lui prend la main et lui demande :

— Aujourd'hui ?

Sa grand-mère la regarde, les yeux écarquillés, avant de hocher la tête.

Oui !

9

— Tu es en train de me dire que tu crois que ta grand-mère a une sorte de sixième sens.

— Oui, Tonia. Gemma a un sixième sens, et même un septième et un huitième.

— Je ne voudrais pas gâcher ce moment poétique, mais tu as bien conscience que ça fait des années que ta grand-mère ne comprend plus rien ?

— Gemma comprend tout ! Elle comprend mieux que moi !

— Ça, ce n'est pas difficile.

— Elle a acquiescé, tu l'as bien vu. Ça faisait des lustres qu'elle n'avait pas fait un geste explicite.

— J'ai vu, j'ai vu. Mais comment peux-tu croire que ça signifie quelque chose ?

— Ce n'est pas que je le crois, Tonia, je le sais.

— Bon. Alors tu vas attendre que ça arrive ou tu vas agir ?

— Je ne sais pas, mais quand le moment viendra, je le saurai. J'improviserai.

— Tu parles d'un plan !

— En fait, je crois que je sais déjà.

— Ne me dis pas que tu veux…

— Si.

— Mais… tu es sûre ?

— Oui, Tonia. Tout à fait sûre.

— Fais attention.

— À quoi ?

— Tu n'avais pas trouvé un verbe allemand qui veut dire « essayer d'arranger les choses mais au final tout faire rater » ?

— Ce n'était pas exactement le sens, mais oui, *verschlimmbessern* ! Ça veut dire « rendre pire une situation qu'on cherche à améliorer ». Génial, ce mot !

— Alors attention à ne pas *verschlimmbessern* !

10

— Prends ton temps, Gioia.

Mme Roveredo observe la jeune fille qui joue avec un stylo.

Cela fait déjà un quart d'heure que Gioia est là et qu'elle n'a pas prononcé un mot, même si vu sa tête il est clair qu'elle a beaucoup de choses à dire. La raison est simple : elle a décidé de tout raconter, mais elle sent que si elle commence on ne l'arrêtera plus. Et si une psychologue des services sociaux apprend qu'elle a rencontré un garçon, qu'elle l'a vu très souvent pendant deux mois, qu'elle a même fait l'amour avec lui, puis qu'elle a découvert que ce garçon était sans doute mort il y a un an, elle pourrait bien avoir des problèmes.

Pourquoi se sent-elle toujours assaillie par le doute ?

— Gioia ?

Pourtant, si c'est à elle qu'elle a décidé de parler, il y a une raison. Ce n'est pas seulement parce que ce matin sa grand-mère a acquiescé, après des mois de « ghhh ! », ni parce qu'elle a la sensation qu'aujourd'hui il va se passer quelque chose. Comme la psychologue assise en face d'elle suit aussi la mère de Lo, elle sait parfaitement qui il est et ce qui lui est arrivé. Donc d'un côté elle pourra la conseiller en connaissance de cause, de l'autre elle est tenue au secret professionnel, ce qui l'empêchera de…

— Je vois que tu as quelque chose à me dire.

Oui, elle peut le faire. Ça pourrait même être utile. Les conseils de la psy pourraient être meilleurs que ceux de Giovanna. « Trouve Lo »… Comme si c'était facile. Comme si c'était possible.

— Gioia ?

Gioia prend une grande inspiration, puis elle repense à Gemma, à son signe de tête, et dit :

— D'accord !

— Bravo !

11

Qu'on se sent bien, quand on est libéré d'un poids ! Il faudrait un mot pour décrire la légèreté qu'on ressent après s'être débarrassé d'un énorme roc, pense Gioia en traversant la rue. Ce mot existe sûrement dans une langue africaine ou orientale, ou alors en allemand. Elle le cherchera. Et si elle ne le trouve pas, elle l'inventera.

Elle a vraiment bien fait de tout raconter.

La psychologue a été très compréhensive, elle n'a rien objecté, elle n'a pas bondi sur le téléphone pour appeler les carabiniers. Gioia avait raison, pour une fois c'est elle qui pourra dire à Tonia : « Je te l'avais dit. »

Au début, elle a eu l'impression que la psy la regardait d'un air incrédule, mais ça n'a pas duré.

De toute façon, qui ne serait pas incrédule en entendant une histoire pareille ?

La femme lui a même proposé de l'aider à trouver Lo. Elle lui a conseillé de lui écrire une belle lettre et d'en laisser une copie à chaque endroit où ils sont allés ensemble.

Une fois chez elle, elle remerciera Gemma, parce que son signe de tête lui a donné l'idée de tout raconter à la psy, qui lui a donné l'idée de la lettre, grâce à laquelle Gioia va retrouver Lo.

Alors Gioia rentre en courant et fonce vers la chambre de sa grand-mère, mais à ce moment-là le téléphone sonne. Elle le regarde fixement, incapable de bouger. Depuis quelques jours elle ne répond plus, au cas où ce serait le père de Lo. Sa mère descend, les yeux ensommeillés, et soulève le combiné en la regardant de travers.

— C'est pour toi, c'est le lycée !

En se dirigeant vers le téléphone, Gioia passe en revue tous les scénarios possibles. Même les pires.

— A… Allô ?

— Mademoiselle Spada ?

— Qui est à l'appareil ?

— Je suis la secrétaire de la vie scolaire. Je vous appelle parce que votre photo fait partie des trois sélectionnées pour la finale du concours « Encadre-toi » !

— Ah.

— Quel enthousiasme, mademoiselle !

— Non, excusez-moi, c'est que…

— Ne vous en faites pas. J'appelais juste pour vous prévenir que mardi prochain, à 10 heures, seront communiqués les noms des vainqueurs. Vous pourriez en faire partie !

— Merci. Merci beaucoup.

— Au revoir et… bonne chance, mademoiselle !

Gioia ne se souvient pas d'autres journées où tant de belles choses lui sont arrivées. Après avoir raccroché, elle se demande si elle a rêvé. Puis le téléphone sonne de nouveau. Gioia répond, convaincue que la secrétaire a oublié de lui dire quelque chose.

— Oui ?

Mais à l'autre bout du fil, ce n'est pas la voix de la secrétaire. C'est la psychologue, qui lui demande sur un ton très calme :

— Salut, Gioia ! Tu pourrais me passer ton père ou ta mère, s'il te plaît ?

12

— Je suis désolée de vous avoir convoqués avec autant d'insistance, mais lors des derniers rendez-vous il y a eu des nouveautés dont il me semble important de vous mettre au courant.

— Pas de souci, madame, on vous écoute.

— Elle est folle, c'est ça ? Je l'ai toujours su !

— Giorgio, laisse-la parler !

— Avant tout, je voudrais préciser que notre but ici n'est pas de désigner des prétendus « fous » et des prétendus « sains d'esprit ».

— Traduction ? Ma fille est folle ou pas ?

— Non, monsieur Spada. Votre fille n'est pas « folle ». Et maintenant, je voudrais que vous me laissiez vous exposer tranquillement la situation.

— Excusez-moi. Je vous en prie.

— Gioia est une jeune fille très sensible, plus que la moyenne. En un sens, le monde qui l'entoure lui est intolérable. « Intolérable » n'est peut-être pas le mot juste. Elle ne se croit pas supérieure aux autres, mais elle n'arrive pas à entrer en contact avec eux, parce qu'il suffit de peu pour qu'elle réveille une blessure intérieure. Elle désire le monde extérieur, elle le cherche, mais dès que ce monde se montre tel qu'il est, il lui fait peur et elle le rejette. C'est sans doute pour cela qu'elle prend ces photos.

— Quelles photos ?

— Vous ne les avez jamais vues ?

— On sait qu'elle fait plein de photos, mais on ne les a jamais vues.

— Moi si, Giorgio. Ce ne sont que des photos de gens de dos.

— De dos ? C'est quoi, ces putains de photos ?

— Giorgio ! Comment tu parles ?

— Oui, monsieur Spada, Gioia aime photographier les personnes de dos. Elle le justifie en disant qu'ainsi elles sont plus sincères, plus vraies, mais c'est bien sûr lié à ce que je viens de vous expliquer, à sa peur d'affronter le monde tel qu'il est.

— Vous ne nous avez pas fait venir ici à cette heure juste pour nous dire que notre fille prend des photos bizarres ?

— Non, en effet. Je vous ai fait venir ici pour vous expliquer les conséquences de son rejet.

— On vous écoute.

— Voyez-vous… il est possible que depuis quelque temps Gioia délire. Elle est convaincue de voir des choses, ou plutôt des personnes, qui n'existent que dans sa tête. Elle se trouve dans une sorte de phase de transition parce que, si d'un côté elle admet la non-réalité de certaines de ses constructions mentales, de l'autre non : elle est convaincue qu'*une certaine personne* existe, exactement comme ce presse-papiers ou ce téléphone sont réels pour vous et moi.

— Une personne ? C'est cette Tonia, n'est-ce pas ?

— C'est qui, celle-là, putain ?

— Giorgio !

— Non, madame. Gioia sait parfaitement que Tonia n'est pas réelle. Le problème, c'est qu'elle est convaincue d'avoir… un petit ami.

— Vous êtes en train de dire que Gioia s'est inventé *un petit ami* ?

— Oui. Le problème, c'est qu'elle ne l'a pas inventé à cent pour cent… Dans le sens où ce garçon existe…

— Je ne comprends plus rien.

— Ce garçon, qui s'appelle Luca, est très probablement mort en mai dernier, dans le lac de Redona. Vous n'étiez pas encore dans la région, mais pendant quelques semaines les journaux n'ont parlé que de ça.

— On ne lit pas beaucoup les journaux.

— Quoi qu'il en soit, selon ma théorie, Gioia a eu vent de cette histoire, qui l'a beaucoup impressionnée. À tel point qu'elle a fini par la refouler, comme si elle n'en avait jamais entendu parler. Récemment, les faits ont refait surface dans sa mémoire sous une nouvelle forme et Gioia a en quelque sorte redonné vie au garçon. Le problème, c'est qu'elle ne se contente pas d'entendre sa voix ou de le voir… Son délire est beaucoup plus complexe.

— Vous pourriez être un peu plus claire, s'il vous plaît ?

— Gioia soutient qu'elle a eu des contacts physiques avec lui. Elle m'a décrit précisément son odeur, sa peau et aussi…

— Et aussi ?

— Eh bien, des détails inhérents au…

— Au quoi ?…

— Au… sexe.

— Vous êtes en train de me dire que ma fille est convaincue d'avoir baisé avec un mort ?

— Non, monsieur Spada, je…

— Après ça, je ne dois pas penser que ma fille est folle ?

— Madame Roveredo, vous êtes sûre que Gioia en est vraiment convaincue ? Qu'elle ne sait pas qu'elle l'a imaginé ?

— Oui, elle est en absolument convaincue. Elle est sûre que ce garçon existe, qu'il est encore vivant et qu'il est son petit ami.

— D'accord, mais vous ne prenez pas en compte la possibilité que…

— Que ?

— Eh bien… que ce garçon soit encore vivant. Que Gioia n'ait rien imaginé.

— Bien sûr, pour le moment je ne peux pas l'exclure, c'est aussi pour ça que je vous ai convoqués. On va essayer de comprendre tous ensemble. Mais dans la mesure où les délires hallucinatoires sont un symptôme assez grave, si ma théorie se confirme lors des prochaines séances, la seule solution sera une thérapie pharmacologique, avec soutien psychiatrique.

J'ai préféré vous prévenir avant, afin que vous ayez en tête cette possibilité.

— Ah.

— Parfait.

— C'est tout ce que tu as à dire, Giorgio ? Parfait ? Tu n'as rien d'autre à dire ?

— Si.

— Quoi, alors ?

— J'avais bien dit que ma fille était folle.

13

18 h 21.

Gioia Spada est sur son lit. Ses parents viennent de partir chez la psychologue. Pour qu'elle leur fasse un point sur la situation. En théorie.

L'ordinateur est allumé. En bas, l'icône de Word. Elle vient de s'atteler à la rédaction d'une lettre qu'elle a commencée par « Hé ! », puis par « Salut Lo », puis par « Salut », qu'elle a également effacé.

Tonia, assise devant le PC, les pieds sur le bureau, l'interpelle.

— Qu'est-ce qu'il y a ? demande Gioia.

— Est-ce que tu as déjà sérieusement envisagé que tu pourrais avoir imaginé toute cette histoire ?

— Tu plaisantes ? dit Gioia à voix haute en se tournant vers le bureau, où elle voit et entend Tonia tout en sachant parfaitement qu'il n'y a pas de Tonia.

— Moi, je n'exclurais pas cette possibilité, tu sais ? Parce que c'est vraiment bizarre qu'à un moment Lo ait disparu. De même qu'il est bizarre qu'il ait traversé le centre-ville avec toi ce jour-là et que personne ne l'ait reconnu… En fait, il est même bizarre qu'il ait pris le risque de le faire, sachant que n'importe qui aurait pu le reconnaître.

— Mais il marchait la tête basse et il avait sa capuche. Il…

Gioia ne sait plus quoi dire. En fait, tout semble confirmer les propos de Tonia. Tout, sauf…

Gioia se lève pour aller prendre son sac. Elle l'ouvre et en sort le petit mot de Lo, glissé dans son carnet. Soudain, elle se sent flotter. Sa respiration s'accélère. Quelque chose ne colle pas.

— Regarde bien, lui ordonne Tonia.

Gioia observe l'écriture de Lo, lettre par lettre.

— Qu'est-ce que tu racontes ? Je suis nulle, pour imiter les écritures.

— En effet. Les vôtres se ressemblent un peu trop, tu ne trouves pas ?

Gioia entend la voiture de ses parents qui se gare en bas de l'immeuble.

— Non, c'est impossible. Je te dis que c'est impossible !

La porte de l'appartement s'ouvre.

— Ma chérie, on est là ! dit sa mère d'une voix encore plus mielleuse que d'habitude, presque condescendante.

Soudain, Gioia comprend tout : la psychologue les a convoqués pour leur dire qu'elle est inquiète, que leur fille imagine des choses, qu'elle s'est inventé non seulement une amie mais aussi un petit ami imaginaires.

— Et Giovanna, alors ? Elle a vu la photo ! lance-t-elle pour trouver du soutien alors qu'elle entend les pas de sa mère dans l'escalier.

— Peut-être qu'il lui ressemblait, mais que ce n'était pas lui. C'est même certain. Il est temps de regarder la réalité en face : Luca a existé mais il est mort, lui dit Tonia.

Gioia envoie un coup de poing dans son bureau en criant « Non ! », juste au moment où la porte de sa chambre s'ouvre. Sa mère la regarde comme si elle était en plein délire.

— Ma chérie ! Ça va ?

— Oui, maman, ça va ! Laisse-moi, s'il te plaît ! lui répond Gioia en refermant le battant.

Elle s'adosse à la porte, ferme les yeux et se laisse glisser jusqu'au sol. Elle essaie, pendant quelques instants, de faire table rase, d'effacer Tonia, de tout oublier. Elle veut faire le vide pour réfléchir. Comprendre.

Trop d'éléments lui font croire qu'elle n'est pas folle. Elle sent une conviction forte, qui la tient. Lo n'est pas parti, il est quelque part, non loin, enfermé dans le noir. Et il a peur de sortir.

La photo du tournoi de fléchettes. Giovanna, Mario Breda.

Le lac, justement celui-ci.

Elle n'est pas folle. Elle ne peut pas être folle. Elle a vu Lo, elle lui a parlé. Elle a senti sa peau, elle la sent même encore, comme si en plus des mots de la poésie de Rilke il y avait aussi sur ses mains les traces de ses baisers, de sa respiration. Si vraiment elle doit chercher une preuve, quelque chose de tangible, c'est à cela qu'elle pense : à eux deux sur le toit, le ciel au-dessus de leurs têtes, la lumière au bout du tunnel. Si ce n'est pas une preuve, alors quoi ?

Leurs écritures se ressemblent. Ça arrive. Les cailloux. Dublin.

Le sweat qu'il lui a offert.

Bien sûr, Gioia pourrait l'avoir trouvé au BarA et avoir imaginé tout le reste.

— Ma chérie, tu viens manger ? appelle sa mère depuis la cuisine.

— Je n'ai pas faim !

Gioia prend un papier et un stylo. Il n'y a qu'une personne au monde en qui elle a confiance, à qui elle peut demander si elle est folle, ou si ce sont les autres qui le sont.

Alors elle s'assied et se met à écrire.

14

« En parlant ainsi, il donne de l'éperon à son cheval Rossinante, sans prendre garde aux avis de son écuyer Sancho, qui lui criait qu'à coup sûr c'étaient des moulins à vent et non des géants qu'il allait attaquer. Pour lui, il s'était si bien mis dans la tête que c'étaient des géants, que non seulement il n'entendait point les cris de son écuyer Sancho, mais qu'il ne parvenait pas, même en approchant tout près, à reconnaître la vérité. Au contraire, et tout en courant, il disait à grands cris :

— Ne fuyez pas, lâches et viles créatures, c'est un seul chevalier qui vous attaque[1]. »

M. Bove et Gioia sont assis sur un banc dans le jardin du lycée. Autour d'eux, les élèves rient, prennent des selfies, ouvrent des paquets de chips. Le soleil est caché par de gros nuages menaçants qui s'approchent des montagnes en créant des masses sombres annonçant l'orage.

1. Miguel de Cervantès, *Don Quichotte de la Manche*, traduction de Louis Viardot, tome 1, livre 1, chapitre 8.

Ce matin, Gioia est allée le chercher dans la salle des profs pour lui remettre une lettre. Dix feuillets recto verso où elle lui raconte tout dans les moindres détails. Elle a aimé l'écrire et revivre ces moments. Ça a été comme les reconstruire, les recréer. Mais ensuite, c'était douloureux de se rendre compte qu'elle ne pouvait pas tendre les mains pour les attraper.

— Qu'est-ce que c'est ? lui a demandé Bove sous les regards faussement désintéressés des autres professeurs.

— Lisez-la si vous pouvez, quand vous voulez. Ensuite, j'aurai une question à vous poser, si vous êtes d'accord.

Gioia pensait qu'il faudrait au moins un mois au prof pour lire toutes ces pages. Au début de la récréation il est venu la voir, les feuilles dans une main et un livre dans l'autre. C'était *Don Quichotte de la Manche.*

— Qu'est-ce que c'est, ce livre ?

— Je voudrais vous en lire un extrait avant de répondre à votre question, si cela vous convient.

Alors ils se sont assis sur le banc. Gioia ne comprend pas pourquoi il lui lit ce passage, elle brûle de lui poser sa question. Quand il a fini avec son histoire de moulins à vent et de géants, Gioia lui demande :

— Alors ? Qu'est-ce que vous en dites ?

Il réfléchit longtemps avant de répondre.

— À mon avis, il existe, finit par dire Bove.

— Comment ça ?

— Luca. Ce « Lo » dont vous parlez. Il est réel. Il existe. Pas uniquement dans votre tête.

— Pourquoi ?

— Parce que… je ne sais pas exactement. Certes, tout pourrait être le fruit de votre imagination, mais il y a quelque chose… je ne sais pas. Vous le décrivez trop bien pour qu'il puisse avoir existé uniquement dans votre esprit.

Gioia est partagée : d'un côté elle a envie d'exulter, de l'autre elle est dubitative.

— D'accord, mais alors pourquoi il refuse de me donner une preuve ? De se montrer ? Pourquoi il a disparu ?

— Il vous l'a expliqué, non ?

— Mais vous, monsieur, vous ne devriez pas être du côté de la raison ? Je vous ai raconté cette histoire pour que vous m'aidiez à la voir d'un point de vue logique !

Le professeur éclate de rire, de sa belle voix rauque. Gioia ne comprend plus rien.

— La logique. Ha ha ha ! Quelle escroquerie ! Nous avons fait des progrès inimaginables en sciences et en technologie, mais parfois la logique ne nous aide pas à avancer !

Gioia ne saisit toujours pas où le professeur veut en venir.

— Vous voulez savoir ce que je pense de cette histoire ?

— Bien sûr.

— Je vais vous confier un secret, dit-il en indiquant le livre qu'il tient à la main. Don Quichotte, ce fou qui prend les moulins à vent pour des géants… En réalité, c'est lui qui avait raison. Ces moulins à vent étaient vraiment des géants, ces bâtons des épées, et ces ânes des destriers. C'était lui qui avait raison !

Gioia baisse les yeux et réfléchit. Il glisse son livre sous son bras, son index en guise de marque-page. Il pose son chapeau sur sa tête et, avant de partir, il déclare :

— Les véritables fous, ma chère, sont ceux qui ne voient que ce qu'ils ont devant les yeux.

15

Le coup de génie, le *kenshō*, lui est venu pendant le cours de physique.

Le prof parlait des ondes radio et, à un moment, il a évoqué le signal Wow !.

Le 15 août 1977, l'astronome américain Jerry R. Ehman travaillait sur un projet de recherche pour prouver l'existence de la vie extraterrestre. Alors qu'il essayait de capter une onde spatiale, il a reçu un signal radio très puissant qui a duré soixante-douze secondes et qui provenait de la frontière sud-est de la constellation du Sagittaire. On l'a appelé « Signal Wow ! » parce que l'astronome a tracé un grand cercle rouge autour des listings de l'ordinateur et, à côté, il a écrit « Wow ! ». Aujourd'hui encore, de nombreux scientifiques affirment que ce signal est l'une des rares preuves de l'existence d'une civilisation extraterrestre.

Le coup de génie est arrivé quand le professeur de physique, qui ne croit pas du tout que ce signal provienne d'une quelconque forme de vie, a dit d'une voix plate et ennuyée quelque chose qui a fait bondir Gioia sur sa chaise :

« Selon l'astrophysicien Frank Drake, cette supposée civilisation extraterrestre a simplement fait la chose la plus logique : elle a essayé d'envoyer le signal à ceux qui étaient les plus proches, parce que si elle l'avait envoyé loin, cela aurait coûté plus cher en énergie et aurait eu moins de chances de réussir.

— Mais bien sûr ! » a dit Gioia en se levant.

Tous les regards se sont tournés vers elle.

« Mademoiselle ! Je suis désolé que vous trouviez mes cours aussi banals, mais je vous rappelle que ceci est le point de vue d'un éminent astrophysicien qui…

— Non, non, monsieur, excusez-moi, je ne disais pas ça pour vous… Est-ce que je peux sortir un instant ? »

Comment a-t-elle pu ne pas y penser avant ? Le signal provenait de près, de très près !

Comme possédée, Gioia court vers la salle informatique. Grâce au Ciel, une circulaire du proviseur a autorisé les élèves à y aller à n'importe quel moment, puisque de toute façon les ordinateurs sont programmés pour accéder uniquement à certains sites.

Une chose est certaine : Lo ne peut pas avoir tout fait seul. On ne fait pas passer une fugue pour un suicide sans un complice. Oui, mais qui ? Et comment a-t-il fait pour qu'en onze mois personne ne le découvre ? Où se cache-t-il ? C'est évident : dans l'endroit le plus proche, parce que plus il va loin, plus il augmente les risques d'être découvert !

Bien sûr, un garçon de dix-huit ans ne peut subvenir seul à ses besoins. Il ne peut pas manger, ni se promener ou dormir sans éveiller les soupçons, et surtout il ne peut pas le faire dans la ville où tout le monde le cherche.

— Lo est chez quelqu'un, depuis un an, il habite chez quelqu'un ! s'exclame Gioia en allumant le PC.

Elle tape quelques mots et ouvre la page d'un article qu'elle a déjà lu, mais auquel elle a repensé quand le prof a expliqué les théories de l'astrophysicien Frank Drake.

LUCA : LES RECHERCHES SE POURSUIVENT,
Y COMPRIS DANS LES ALENTOURS

Le jeune homme de dix-sept ans disparu il y a un mois pourrait ne pas être mort dans le lac : les enquêteurs envisagent d'autres pistes.

De notre correspondant – Les recherches se poursuivent, mais au ralenti par rapport au moment de la disparition : en effet, il y a quelques jours Luca a eu dix-huit ans, ce qui transformerait une fugue éventuelle en éloignement volontaire, auquel cas l'implication des forces de police ne serait plus nécessaire. Du reste, au lycée le sujet n'est pas volontiers abordé : aucun des camarades du jeune garçon ne semble admettre l'idée qu'il se soit simplement enfui de chez lui, et non noyé dans le lac de Redona à Tramonti. À tel point qu'ils ont récemment organisé une sortie au lac pour laisser en hommage à Luca des souvenirs, des petits mots et des objets. Un moment très émouvant. Pourtant, l'absence de corps laisse la porte ouverte à d'autres pistes : on cherche parmi les connaissances adultes de Luca qui, s'il ne s'agissait pas d'un suicide mais d'une fugue, aurait pu lui apporter le soutien logistique nécessaire et…

Gioia détache les yeux de l'écran et dit à Tonia, assise à côté d'elle :

— Putain, ça alors !

— Tu crois vraiment que…

— Oui, je crois que.

— Comment tu peux en être sûre ?

— Je ne sais pas. Mais j'en suis sûre !

Elle sort en courant de la salle informatique. Elle a compris. Elle sait où se trouve Lo.

16

La première moitié du plan est assez simple. Giovanna sonnera au portail. Elle lui demandera si elle peut entrer lui faire signer des papiers et lui poser des questions sur le bar. Une fois à l'intérieur, elle fera en sorte de laisser la porte entrouverte. Pendant ce temps, Gioia escaladera le portail en trompant la vigilance du féroce Toby à l'aide d'un os, et elle se glissera dans la maison. Dans le doute, elle a mis un bonnet en laine et de fausses lunettes, comme ça, si le vieux l'aperçoit il ne la reconnaîtra pas.

La deuxième moitié du plan est plus vague : improvisation.

En réalité, c'est une *Schnapsidee*, c'est-à-dire, en allemand, un projet farfelu et ridicule qu'on échafaude quand on a bu et qui finit toujours par nous attirer des problèmes. Une *Schnapsidee* coïncide généralement avec un SMS plein de fautes envoyé de nuit, où l'on déclare son amour éternel à quelqu'un et grâce auquel, immanquablement, on fait une croix sur tout espoir. Gioia, elle, fera irruption chez le vieux Mario Breda pour chercher la chambre où il cache Lo.

Oui, c'est sans aucun doute une *Schnapsidee.*

Giovanna a accepté de l'aider après une heure de supplications et à la condition que, si les choses devaient mal tourner, Gioia dise qu'elle a tout fait seule. Elle veut bien aider, mais pas être impliquée. À juste titre : elle a deux enfants et un bar à faire tourner. Avec un casier judiciaire, ce serait plus difficile.

— Qu'est-ce que tu veux ? Encore des vieilles factures ? grogne le vieux à la porte.

— Bonjour, monsieur Mario. Je vous ai apporté des documents à signer, et je voudrais aussi vous poser des questions sur… sur la chaudière. Vous pouvez me laisser entrer ?

M. Breda tousse, regarde autour de lui et lui fait signe d'approcher. Giovanna lance un regard en coin vers la droite, en direction de Gioia, qui est cachée derrière une poubelle.

Il y a un mot français, pour ce qu'elle ressent : *frisson*, qui inclut la peur, l'excitation, le désir et la tremblote, entre autres. C'est beau, un mot qui veut dire à la fois peur et désir.

À ce moment précis, Gioia a l'impression de se trouver dans un blender. Maintenant qu'elle est sur place et s'apprête à entrer par effraction, en ayant impliqué quelqu'un d'autre, elle n'est plus si sûre que Lo soit caché dans cette maison.

— Écoute… et si tu te trompais ? lui murmure Tonia, à genoux à côté d'elle.

— Je ne me trompe pas. C'est trop bizarre que le vieux ait dit qu'il ne l'avait jamais vu, même quand je lui ai montré la photo… S'il a participé au tournoi, c'est qu'il faisait partie des clients habituels, donc il *devait* le connaître ! Pourquoi me dire qu'il ne l'avait jamais vu de sa vie ? Et puis, pense au signal Wow ! Lo ne peut pas s'éloigner trop de sa cachette, et à mon avis lui et le vieux sont amis... Tu te souviens, Giovanna avait dit qu'il avait perdu un fils et...

— Oui, j'ai compris, mais... si tu te trompes ?

— Si je me trompe, eh bien... on aura sans doute des ennuis.

— Et pas qu'un peu !

Giovanna est à l'intérieur. Gioia sort de derrière sa poubelle et comprend tout de suite qu'elle n'est pas douée pour ce genre de situations : en se relevant elle appuie par erreur sur la pédale et le couvercle se soulève en projetant sur elle un carton à pizza géant contenant quelques croûtes.

Tonia montre en riant un morceau dans ses cheveux.

Gioia se nettoie et se dirige vers la barrière qui délimite le jardin du vieux. Elle lance un os à Toby, qui la regarde en grognant, sans bouger d'un pouce.

— Tobino ? Je t'ai envoyé un os, lui murmure-t-elle, à genoux contre la barrière.

Le chien ne montre pas le moindre intérêt.

— Je dois dire que ton plan fonctionne à la perfection ! commente Tonia.

— Tais-toi et donne-moi un coup de main, plutôt !

Gioia crie, oubliant qu'elle se trouve à dix centimètres de la truffe d'un chien dont la particularité est d'*aboyer à la moindre stimulation extérieure.*

En effet, Toby se met à glapir de sa voix de fausset, en sautillant tellement haut qu'il arrive presque à escalader la barrière.

Conséquence logique, le vieux Breda ouvre la porte et demande :

— Qu'est-ce qui se passe, Toby ? Toby ?

Gioia essaie de s'allonger, ce qui est pire parce que le vieux remarque le mouvement et crie :

— Qui est là ?

Gioia, les vêtements couverts de terre et d'herbe, bondit sur ses pieds.

— Bonjour, je...

Mais elle n'a pas le temps de trouver une explication plausible. Elle prie très fort pour qu'il ne l'ait pas reconnue.

— Ah, enfin, tu l'as trouvée ! dit Giovanna dans le dos du vieux. Tu en as mis, du temps !

— Trouvé quoi ? Vous vous connaissez ? lui demande Breda en caressant Toby, qui est accouru entre ses jambes.

— Oui, elle...

— Je travaille avec elle au bar, complète Gioia en essayant de modifier sa voix.

— Qu'est-ce que vous aviez perdu ? Votre cerveau, j'ai l'impression, dit le vieux au moment où Toby se rue enfin sur l'os.

— L'important, c'est que tu l'aies retrouvée ! lui dit Giovanna avec un clin d'œil. Au fait, tu as toujours besoin d'aller aux toilettes ?

— Euh... oui ! Je vais filer au bar, je n'en peux plus.

— C'est ça, cours au bar, ça vaut mieux, lui lance Breda.

— Monsieur Breda, intervient Giovanna, ne soyez pas bourru comme d'habitude. Vous ne voyez pas qu'elle souffre ? Laissez-la utiliser vos toilettes deux minutes.

Le vieux lui lance un regard noir, auquel elle répond par un sourire angélique.

— D'accord, viens. Mais fais vite et ne me casse pas les pieds si tu trouves ça sale !

17

— Et maintenant ?

— Euh, je vais sortir des toilettes et monter au premier sans qu'il m'entende.

— Toi ?

— Oui, moi.

— Alors que tu n'arrives pas à te cacher derrière une poubelle sans réveiller tout le quartier ?

— C'est beau, l'amitié, Tonia.

La salle de bains est probablement la plus sale de tout le nord de l'Italie. La cuvette des toilettes est constellée de petites taches jaunes qui donnent la nausée à Gioia.

— Dépêche-toi, ou il va venir frapper à la porte !

— Je sais mais j'ai besoin de réfléchir !

Gioia regarde nerveusement autour d'elle, à la recherche d'un objet qui lui donne une idée. Son esprit est de plus en plus embrouillé : elle doute du bien-fondé de sa visite et se demande si elle a échafaudé une *Schnapsidee.* Parce que si elle monte au premier et qu'il n'y a pas trace de Lo…

— Un instant ! dit-elle à Tonia.

— Qu'est-ce qui se passe ?

— Il y a deux peignoirs ! Tu ne vois pas ? Deux peignoirs !

— Et alors ?

— Comment ça, et alors ? Tu crois qu'un type à la salle de bains aussi sale se prépare deux peignoirs propres ?

Elle a les yeux brillants.

— Bon, admettons qu'il soit en haut. Comment tu vas y aller sans te faire surprendre ?

Dans les films, ça marche toujours. Les malfaiteurs entrent dans les maisons, volent, fouillent, et ça a l'air simple. Mais maintenant que Gioia se trouve chez Mario Breda, elle se rend compte qu'il suffirait d'un rien pour que tout capote. Elle maudit les films et les faux espoirs qu'ils véhiculent.

— Réfléchissons. La porte d'entrée est à deux mètres de la salle de bains, juste en face, précise-t-elle à Tonia.

— Bien.

— De la cuisine, on ne voit pas la porte d'entrée.

— Bien, mais dépêche-toi, ça fait cinq minutes que tu es enfermée là-dedans.

— Alors, je sors de la salle de bains, j'ouvre la porte d'entrée, je salue à voix haute et je la claque fort. En même temps, je bondis dans l'escalier, qui est juste là.

— Tu n'y arriveras jamais.

— Si !

— Non.

Gioia ne prête plus attention à Tonia. Plus confiante que jamais, elle saisit la poignée, prête à exécuter son plan.

Mais quand elle ouvre la porte, le vieux se tient debout devant. Ce qui la surprend le plus, ce n'est pas le fait qu'il l'attende là, c'est ce qu'il déclare :

— Viens, je vais t'y emmener.

Au début, elle ne comprend pas. Ou plutôt, une minuscule partie de son cerveau comprend, mais elle n'arrive pas à y croire.

— Pa... pardon ?

— Viens, de toute façon tu as compris, lui dit-il en prenant l'escalier.

Il monte lentement. Gioia le suit. Le bois craque sous leurs pieds, il flotte dans l'air une odeur de laine humide et peut-être d'eau-de-vie.

Arrivé au premier, le vieux s'arrête, se retourne, la regarde dans les yeux et prévient :

— Par contre, si tu révèles à quelqu'un qu'il est ici, tu peux dire adieu à la vie.

— D'accord, répond Gioia, la gorge serrée.

Puis le vieux acquiesce, lui sourit, pose l'oreille contre la première porte à droite et annonce :

— Il écoute de la musique avec ses trucs.

— Ses trucs ?

Le vieux ouvre la porte, Gioia entre, il est là. Allongé sur le lit, ses écouteurs dans les oreilles, les yeux fermés, son bocal de cailloux sur la table de nuit. Il ne s'est aperçu de rien.

— Je vous laisse, fait le vieux avant de redescendre.

Il met son index sur sa bouche pour rappeler à Gioia de se taire et mime le mouvement d'un rasoir lui tranchant la gorge pour s'assurer qu'elle a bien compris.

18

Lo. Lui. Ici.

Gioia a très souvent imaginé le moment où il réapparaîtrait. L'endroit était chaque fois différent – le BarA, le toit, la petite église –, mais le déroulement toujours le même : elle court vers lui et lui donne des coups de poing. En général, dans la vie, Gioia se trompe toujours dans ses prédictions.

Pourtant, cette fois, elle a vu juste. Pas totalement. Disons la deuxième moitié.

La première moitié est différente. Lo est allongé sur le lit de la petite chambre, les yeux fermés, dans la pénombre. Gioia, immobile devant lui, entend les voix de Giovanna et du vieux en bas. Lo a une expression sereine, un sourire pacifique, Gioia essaie d'entendre quelle chanson il écoute, elle a l'impression de la connaître. En attendant, elle reste plantée là, retenant son souffle.

Deux ou trois minutes, pas plus.

Pendant ce temps-là, elle le regarde, c'est tout. Elle pense à ses lèvres charnues, à son rire qu'elle n'a pas entendu depuis des siècles, à une série de sensations intraduisibles et mélangées – *utsura utsura*, en japonais « quand on ne sait pas si on est éveillé ou si on dort » ; *Geborgenheit*, en allemand « le sentiment de sécurité procuré par la présence des gens qu'on aime » ; *gigil*, en langue tagalog des Philippines, l'envie de faire mal à quelqu'un tellement on a envie de le toucher, de le serrer et de le sentir ; et beaucoup d'autres. Et puis, elle reconnaît enfin la chanson dans les écouteurs de Lo, mais oui, bien sûr, c'est « Breathe », la première piste de *The Dark Side of the Moon*. Lo écoute les Pink Floyd, ce qui veut dire que très probablement il pense à elle. À ce moment-là il ouvre les yeux et la voit. Elle lui saute dessus et, enfin, elle le roue de coups. Il essaie de lui saisir les poignets mais elle frappe plus fort, elle fait voler ses écouteurs par terre, elle lui fait vraiment mal, puis elle sent sa joue sur la sienne et les larmes qui coulent, pour la première fois de sa vie, devant quelqu'un d'autre.

19

— Stop ! Chose ! Arrête !

Lo essaie par tous les moyens de stopper la colère de Gioia, qui explose en même temps qu'une nostalgie que seuls ceux qui ont perdu quelqu'un connaissent. Dans la pénombre de la chambre, sur ce lit, tout est là : les semaines sans lui, les rires dans son dos, les canettes de bière de ses parents qui traînent dans son appartement, les nuits sans sommeil et, surtout, la peur de ne plus toucher ce bonheur effleuré et perdu au même instant.

— Je vais tout t'expliquer, d'accord ? dit-il en la serrant contre lui.

On entend toujours « Breathe » dans les écouteurs.

— Ce soir, ça te va ? Ici, on ne peut pas parler. Ce soir au BarA. On se retrouve là-bas et je te raconte tout.

20

— Je commence au début ?

Gioia a eu du mal à convaincre ses parents de la laisser sortir après le dîner, parce qu'ils sont convaincus qu'il lui manque une case.

Le plus difficile a été de se retenir de leur dire qu'elle sait où est Lo, qu'elle a des preuves, que ce sont les autres qui ne voient pas ce qu'elle voit, et non pas elle qui voit ce qui n'existe pas. Pourtant, elle a tenu bon : personne ne doit connaître son secret.

— Je pose des questions et tu réponds, propose Gioia.

Ils sont assis à leur place habituelle, au BarA, sur la terrasse couverte, à l'abri des regards. Le sac de Gioia et le bocal de cailloux de Lo sont posés sur la table. Le changement d'heure a eu lieu quelques jours auparavant, c'est pourquoi il y a encore des gens dans la rue.

— Allons à la petite église, Chose, dit-il en lui tendant la main. On sera plus tranquilles.

Il la tire pour l'aider à se relever, si fort qu'elle finit collée à lui. Ils se regardent. Ils sont très proches.

— Ça fait longtemps, depuis la dernière fois que…, murmure-t-il.

— Vingt-sept jours, trois heures, quinze minutes et une trentaine de secondes.

Au bout d'un moment, Gioia n'en peut plus : tout ce qu'elle voudrait, c'est que le temps qui les sépare de leur dernier baiser n'excède pas les vingt-sept jours, trois heures, quinze minutes et une trentaine de secondes. Alors elle dit :

— On y va ?

21

Cela sent bon l'herbe fraîchement coupée et les parterres sont fleuris, notamment de grandes marguerites. Lo fait mine d'en cueillir une mais se retient et sourit à Gioia.

— Entre un et dix, à combien tu es fâchée, Chose ?

— Là, tout de suite, un million, mais il y a eu des moments bien pires, répond-elle alors qu'ils s'asseyent contre le mur de la petite église.

C'est étrange : toute sa colère, son envie de le punir ou de lui faire la tête se sont évanouies. Cet endroit lui donne envie de parler de tout et de rien, de rire, de discuter, d'être à nouveau Lo et Gioia, comme s'il ne s'était rien passé. Les vingt-sept jours se sont réduits à une minute, bien que chaque minute de ces vingt-sept jours ait duré des siècles.

— On a quand même un petit problème, annonce Lo.

— Lequel ?

— Je ne sais pas si tu vas me croire. Parce que ça n'arrive pas, ce genre de choses. Pas dans la réalité, je veux dire.

— Tu es un fantôme !

Il lui donne une tape sur la hanche.

— Tu crois vraiment qu'un fantôme pourrait faire ce qu'on a fait sur le toit ?

— Non, je ne crois pas. Même si je n'aurais rien contre le fait de le faire avec le fantôme de Lord Byron.

— Qui ?

— Un poète du XIXe siècle.

— Il était beau ?

— Ne me dis pas que tu es jaloux d'un mort qui a été embaumé en Grèce il y a presque deux cents ans.

— Idiote !

— Techniquement, ma blague était un *jayus.*

— Un quoi ?

— *Jayus*, en indonésien : quelque chose qui ne fait pas rire, à tel point que cela devient comique.

— Alors dis-moi, il était beau, le poète du XIXe siècle ?

— Naaaan. Disons qu'il avait du charme.

— Ah, donc comme moi, mais sans la beauté.

— Disons… comme toi, mais avec le charme en plus !

Lo encaisse le coup.

— Alors, tu me racontes ?

— À ton avis, je parle de quoi, depuis une demi-heure ?

— Tu sais qu'on ne va pas pouvoir parler de la pluie et du beau temps pour l'éternité, n'est-ce pas ?

— En effet.

— Et si ça dure, tu risques de recevoir d'autres coups de poing.

— À propos, tu m'as fait mal tout à l'heure, tu sais ?

— Lo ?

— Je crois que j'ai des bleus.

— Lo ?

— Tu fais de la boxe thaïe ? De la lutte gréco-romaine ?

— Lo !

— Oui ?

— Raconte-moi ce qui s'est passé. Tout de suite !

Lo soupire, pince les lèvres et regarde Gioia.

— D'accord, mais d'abord tu dois me promettre deux choses.

— Je t'écoute.

— Je parle, tu te tais.

— C'est quoi, cette promesse ?

— Pas de questions, pas d'interruptions jusqu'à la fin. Après tu pourras me demander tout ce que tu veux. Mais d'abord tu me laisses finir.

Gioia voudrait lui dire qu'elle n'aime pas cette idée, qu'elle n'arrivera pas à se contrôler. Mais son envie de savoir est plus forte.

— D'accord. Et la deuxième chose ?

— Oh, ça, c'est évident.

— Je ne dois en parler à personne.

— Bravo. Mais c'est sérieux. Je sais que tu auras envie de le faire. Pour mon bien, pour m'aider... Tu auras envie d'en parler à quelqu'un. Donc promets-moi.

— Je l'ai déjà fait.

— Non, tu dois le dire avec ta jolie bouche.

— Dire quoi ?

— « Je promets de ne jamais rien dire à personne. »

— Mais c'est stupide, tu sais que...

— Dis-le !
— D'accord.
— Bravo.
— Je ne dirai…
— Continue…
— Jamais rien… à personne.
— Merci, Chose.

22

Un avion passe dans le ciel, ils suivent des yeux ses lumières clignotantes.

— Quand j'étais petit, avec ma mère, nous faisions un jeu, commence Lo.

— Quel rapport ? demande Gioia.

— Hé, on avait dit pas de questions ! répond-il en lui lançant un regard noir.

— Je suis une fille, tu t'en souviens ?

— Oui, mais tu as promis.

— Excuse-moi.

Gioia s'installe plus confortablement : elle va avoir du mal à tenir son serment.

— Donc, quand elle se préparait et que je traînais à la salle de bains avec elle, nous faisions un jeu : les dessins sur le miroir. Tu sais, après la douche il y a toujours de la buée sur les vitres, alors nous dessinions des maisons, des voitures, des ballons... Imagine, c'est comme ça qu'elle m'a appris à lire. Elle traçait les lettres sur le miroir. Tout a commencé quand je me suis rendu compte que j'avais passé beaucoup de temps avec ma mère et, que dans tous mes souvenirs heureux, absolument tous, il n'était pas là.

Silence. Gioia se mord la langue.

— C'est arrivé d'un coup, très vite. Tout paraissait normal et boum ! d'un coup ils ont arrêté de se parler, elle a cessé de sourire et, moi, j'ai passé de plus en plus de temps dans ma chambre.

Gioia voudrait lui demander quel âge il avait, mais elle ne peut pas.

— Nous avions une maison immense, qui est soudain devenue une maison… *vide*, où les bruits résonnaient et où mes parents s'évitaient… Je sentais que c'était lui, tu comprends ? Je sentais que c'était à cause de quelque chose qu'il avait fait et…

Gioia n'en peut plus. Elle meurt d'envie de savoir quel âge il avait. Alors elle plaque une main sur sa bouche, de l'autre elle serre le bras de Lo comme pour lui demander de se taire un instant, puis elle sort un carnet et un stylo de son sac et elle écrit : *Quel âge avais-tu ?*

— Ah oui, pardon, j'avais douze ans.

Gioia sourit, expire et le remercie du regard.

— Donc, je savais qu'il voulait que je sois comme lui, mais en même temps j'étais très différent… et il me faisait bien comprendre que cela ne lui plaisait pas… Alors moi, par réaction – c'était une erreur, je l'admets –, j'ai fait *exprès* de devenir le contraire de lui, de faire le contraire de ce qu'il attendait de moi, de ce qu'il voulait… Il adorait le foot et les sports d'équipe, moi, je ne m'intéressais qu'aux fléchettes. Il ne pensait qu'à l'argent et au travail, moi qu'à écouter de la musique… Déjà avant, notre relation n'était pas formidable, mais là… Alors il a instauré la torture du silence. Il ne m'adressait plus la parole. Juste bonjour.

Gioia essaie d'imaginer la scène. Les longs silences dans la grande maison.

— J'étais petit, je ne pouvais pas tout comprendre. Au bout du compte, avant mon adolescence, je le croyais simplement détaché et distant. Je repensais à ces dimanches où il m'emmenait au lac du village fantôme. Les jours où le lac était à sec, nous allions tous les deux le voir émerger. Je me suis demandé pourquoi à un moment nous avions cessé de le faire, pourquoi il ne m'y emmenait plus. Il passait de plus en plus de temps hors de la maison, durant des jours puis des semaines. Il disparaissait. J'ai compris qu'ils étaient en train de se séparer. C'est alors que j'ai commencé à faire ces trucs et que j'ai redoublé mes classes.

Gioia se mord la langue et écrit :

1) Redoublé… combien de fois ?

2) Ces trucs… quels trucs ?

— Tu ne vas pas me croire mais… deux fois, en troisième et en première. Je n'arrivais pas à me concentrer. J'essayais, mais je ne retenais rien. Comme si tout était brouillé, tu vois ? À un moment j'ai cru que j'étais stupide, que c'était moi qui n'y arrivais pas… Ensuite, la deuxième question, ah oui, je répondais mal aux profs, je cassais des objets… pas pour attirer l'attention, ça, je m'en fichais pas mal… je voulais juste qu'on me laisse tranquille… Ce n'étaient pas des caprices d'enfant gâté, comme on me l'a souvent reproché. J'agissais ainsi parce que j'étais en colère, parce que je me sentais idiot, incapable. C'était le seul moyen de me défouler.

Gioia résiste à la tentation de lui poser d'autres questions, bien qu'elle en ait au moins cent en tête.

— Donc tout doucement mon père était en train de partir, et quand il n'était pas à la maison ma mère en profitait pour me raconter toutes les horreurs qu'il lui faisait. Elle disait que c'était sa faute à lui, s'ils se séparaient et si elle n'arrivait plus à sourire… Quand il revenait, il reprenait la torture du silence. Moi, je faisais de plus en plus de bêtises, jusqu'au jour où quelqu'un m'a fait comprendre que j'avais raison, que mon père était un homme dangereux.

— Dangereux !

— Je t'avais prévenue, c'est une histoire incroyable. Mais tu dois m'écouter jusqu'au bout.

Gioia acquiesce et se tait. Elle a un peu peur de cet homme qui la cherche depuis une quinzaine de jours, maintenant.

— Mon père était absent depuis un moment. Un jour, ma mère m'appelle dans le salon, elle a quelque chose d'important à me dire. J'ai cru qu'elle allait m'annoncer leur divorce… et sincèrement je me sentais soulagé, parce que j'avais hâte qu'ils se séparent. Je n'en pouvais plus de cette situation. En fait, je ne me serais jamais attendu à ce que ma mère m'a dit.

Un autre avion passe dans le ciel, mais beaucoup plus proche. Il couvre la voix de Lo.

— Qu'est-ce qu'elle a dit ? Je n'ai pas compris ! crie Gioia.

Lo attend que l'avion s'éloigne puis répète plus lentement :

— Ce jour-là, ma mère m'a révélé que mon père n'était pas mon vrai père. En fait, je l'avais toujours soupçonné. Sincèrement, il n'existe pas sur terre un être plus différent de moi. Nous ne nous ressemblons pas du tout. Il est aux antipodes de moi, à tous les points de vue.

Gioia semble à la fois désolée et étonnée.

— Qu'est-ce qu'il y a ? Pourquoi tu me regardes comme ça ?

— Allez, allez, continue ! Qu'est-ce que ça veut dire, que tu n'es pas son fils ? C'est qui, ton père ?

Lo sourit, ramasse un caillou et le lance au loin.

— Ma mère allait me le dire, mais à ce moment-là il est rentré. Ils se sont disputés très fort, ils ont crié… Ils m'ont envoyé dans ma chambre d'où j'entendais leurs hurlements. Je montais le volume de la musique et en même temps je me sentais heureux parce que… parce que j'avais la preuve que je n'avais rien à voir avec lui !

— Et ensuite ? Comment tu as appris qui était ton vrai père ?

— Quand ils ont arrêté de se disputer, le silence est retombé. Je pensais qu'il lui avait justement interdit de me le révéler… Quand j'étais avec elle, il traînait toujours dans les parages, ce qui l'empêchait de me raconter la suite. Alors elle me parlait de la pluie et du beau temps, mais moi tout ce qui m'intéressait, c'était cette histoire et…

Lo baisse la voix, comme si les mots étaient coincés dans sa gorge. Gioia approche lentement sa main, elle hésite, finit par prendre la sienne et la serre. Tant pis s'il réagit mal.

— Tu me crois, Gioia ?

— Oui, répond-elle sans avoir besoin d'y réfléchir.

— Le lendemain matin, je m'en souviens très bien parce que j'avais quinze ans, ma moustache commençait à pousser et je voulais essayer de me raser comme les adultes, avec de la mousse et un blaireau... Bref, je fais couler l'eau chaude et au fur et à mesure que la vapeur recouvre le miroir, je vois des lettres apparaître... elles forment le mot...

— Le mot ?

— *Luca*. Les lettres forment le mot Luca.

— Mais, Luca... C'est ton prénom, n'est-ce pas ?

— Oui, Luca est mon prénom, Chose. Tu vas me faire payer longtemps le fait de t'avoir donné un faux prénom ?

— Non, c'est que...

— Bref. Je lis « Luca » sur le miroir et je comprends que ma mère a utilisé ce truc pour se cacher de mon père. Alors j'efface le mot et j'écris autre chose.

— Quoi donc ?

— Un point d'interrogation. Juste un point d'interrogation. Et le lendemain... mon prénom est de nouveau écrit, mais il y a autre chose avant.

— Quoi ?

— *Il s'appelait*. Sur le miroir, le lendemain, il était écrit « Il s'appelait Luca ». Les jours suivants, devant lui, ma mère et moi faisions comme si de rien n'était, nous parlions du lycée et des choses habituelles, mais nous nous sommes mis à discuter en cachette, à voix basse, dans ma chambre ou ailleurs. Je lui posais des questions et elle me répondait. Elle m'a tout raconté. Mon vrai père était son petit ami avant qu'elle se marie, il est mort dans un accident et ensuite elle l'a rencontré, lui, celui que tout le monde prend pour mon père. Il a accepté de l'épouser bien qu'elle soit enceinte d'un autre.

— Et toi ? Ça te faisait quoi, d'apprendre tout ça ?

— Je ne sais pas vraiment... Je me sentais mal, mais en même temps... tu sais, le fait d'avoir toujours eu la sensation de déplaire à mon père, d'être si différent de lui... tout prenait sens, tu comprends ?

Gioia acquiesce. Pendant un instant, elle voudrait avoir connu Lo à ce moment-là, même si elle a conscience qu'elle n'aurait pas pu l'aider.

— Le problème, c'était que je ne pouvais pas imaginer *à quel point* cet homme était un salaud... Or je l'ai vite découvert et... attends ! Je dois d'abord te poser une question importante, poursuit Lo en prenant la main de Gioia.

— Toutes les questions que tu veux.

— Non, une seule : jusqu'ici tu me crois ?

Son récit est assez invraisemblable, il a quelque chose de surréaliste, mais Lo est tellement sûr de lui, à la fois généreux en détails et précis que Gioia le croit.

— Oui, bien sûr que je te...

— Parce que, si ce que je t'ai dit peut te sembler un peu dingue, je t'assure que la suite l'est encore plus.

— Je suis prête.

— Depuis quelques jours ma mère était bizarre… encore plus bizarre que d'habitude, je veux dire. J'avais plein de questions à lui poser et j'attendais avec anxiété les moments où je pourrais être seul avec elle. Comme les occasions se faisaient de plus en plus rares… J'ai eu recours au miroir. J'ai écrit : « Alors ? » Le lendemain, en faisant monter la vapeur, j'ai trouvé quelque chose que je n'aurais pas imaginé dans mes pires cauchemars… Il y avait écrit que…

Lo s'arrête, il tremble de peur, de la peur mêlée à de la colère. Il serre les dents. Gioia est suspendue à ses lèvres.

— Il y avait écrit qu'il voulait me faire du mal. J'ai très mal réagi. J'ai pris le porte-savon en céramique et je l'ai envoyé contre le miroir, qui a volé en éclats avec cette horrible phrase : « Il veut te faire du mal. » Je l'ai détruit et j'ai reçu plein d'éclats. En essayant de les retirer, je me suis coupé partout. Une ambulance est arrivée. J'avais perdu le contrôle, je criais, je ne sais même plus ce que je disais. À partir de là, ça a été compliqué parce que tout le monde pensait que j'étais fou, je disais que mon père était dangereux et voulait me faire du mal mais personne ne me croyait… C'est horrible, d'être le seul à connaître la vérité.

Gioia n'a pas besoin de parler : elle le regarde pour lui faire comprendre qu'elle sait exactement ce qu'il veut dire.

— Tu n'as pas un mot bizarre pour désigner ça ?

— Pour désigner quoi ?

— Le fait d'être le seul à savoir la vérité et de n'être cru par personne ?

— Un mot, non. Mais il y a cette femme dans Homère, je ne sais pas si tu l'as étudié : Cassandre.

— Non, c'était qui ?

— C'était une prophétesse, mais une sorte de malédiction l'avait condamnée à prédire la vérité sans jamais être crue.

— Pareil que moi !

— Et ensuite ? Il a vraiment essayé de te faire du mal ?

Lo prend une grande inspiration et ne répond pas, du moins pas avec la voix. Mais avec les yeux et la tête.

— Si tu as réussi à me trouver, tu t'es un peu renseignée, hein ? Donc tu as dû lire dans les journaux que quelques mois avant de disparaître, j'ai essayé d'en finir ?

— En effet.

— Depuis quelque temps, toutes les nuits je faisais le même rêve. Il me poursuivait dans la maison, la nuit. Moi, je fuyais, mais dans mon rêve je n'arrivais pas à sortir de la maison. J'allais sur la terrasse du premier et j'essayais d'ouvrir la porte, en vain. Il me rejoignait et je me réveillais toujours à ce moment-là... Je pensais que c'était un cauchemar. Horrible, mais juste un cauchemar. Seulement, un jour...

À nouveau, les mots semblent coincés dans sa gorge.

Gioia le regarde, bouche bée.

— Ce jour-là, on était seuls à la maison, lui et moi. C'était un après-midi. Il m'a parlé, alors que ça faisait des siècles qu'il ne m'avait pas adressé la parole. Il m'a dit des choses sur ma mère, des choses pas belles, alors moi, je lui ai demandé de se taire... J'ai dû élever la voix. En tout cas, il m'a donné une gifle, qui m'a mis par terre. Je l'ai regardé dans les yeux, son expression était exactement celle de mon rêve. J'étais toujours au sol et il continuait à dire des horreurs sur ma mère. Je voyais bien qu'il était hors de lui, alors je me suis levé pour m'éloigner, puis j'ai filé dans ma chambre. Mais il m'a suivi en hurlant « Viens ici ! », et je me suis échappé...

— Mais... dans les journaux il était écrit que tu...

— Je sais, que j'avais fait une tentative de suicide. En réalité, ça ne s'est pas passé comme ça. Il m'a suivi en haut, alors, comme dans mon rêve, j'ai couru sur la terrasse, je ne sais pas pourquoi... Dans mon rêve, cette satanée porte ne s'ouvrait pas, pourtant j'y suis allé. Et cette fois elle s'est ouverte, je suis sorti, il est arrivé et je me suis retourné et puis... et puis je ne me souviens plus de rien. Je me suis réveillé à l'hôpital, en pleine nuit, avec l'épaule cassée et la tête bandée.

— Mais donc...

— Donc il m'a poussé. Je ne suis pas sûr qu'il l'ait prémédité... mais c'était lui, Gioia, moi, je n'ai pas sauté ! Il n'a eu aucun mal à s'en tirer, avec tout ce qui s'était passé avant... Il a fait croire à tout le monde que je m'étais jeté de la terrasse.

Gioia ne sait pas quoi dire. En tout cas, elle est prête à admettre qu'il existe sur cette terre un père légèrement pire que le sien. Lui, il n'a jamais été plus loin que quelques baffes. Et une cicatrice derrière l'oreille. En tout cas, il n'a jamais essayé de la tuer ni de camoufler son geste en tentative de suicide.

— Maintenant tu comprends pourquoi je réagis aussi mal quand on parle de mon père ?

23

Ils n'ont pas vu le temps passer. De petits nuages traversent le ciel entre les rayons de lune, au-dessus des montagnes.

Gioia a bien d'autres questions à lui poser, mais il est presque 23 heures.

Elle voudrait surtout lui demander ce qu'il va faire, maintenant. S'il pense rester caché encore longtemps. Et puis elle voudrait savoir pourquoi il est chez le vieux. Et lui demander conseil, aussi : ça fait deux semaines que son père – ou celui que tout le monde prend pour tel – la cherche, parce qu'elle a fait l'erreur d'aller chez lui et de parler du sweat à sa mère. À la place, elle pose sa tête sur l'épaule de Lo et se tait.

— J'espère que tu me crois, dit-il.

— Bien sûr que je te crois.

Bien sûr qu'elle le croit. Elle a vu les yeux du père et son regard ne lui a pas plu. La haine peut naître de mille façons et aveugler au point de pousser à l'impensable.

— Qu'est-ce que tu vas faire, maintenant ? demande-t-elle à Lo.

— En réalité, il y a une seule chose que j'aimerais.

— C'est quoi ?

Lo lui prend le visage entre ses mains, se penche vers elle et l'embrasse longuement. Ce baiser fait oublier à Gioia qu'elle est en retard. Puis il s'écarte et dit :

— Dormir avec toi.

24

— Pendant ces semaines, tous les jours j'ai pensé à la même chose.

— Quoi donc, Lo ?

— C'est idiot, mais c'était une question que je voulais te poser la dernière fois qu'on s'est vus.

— Quelle question ?

— Tu sais, les mots que tu notes sur ton carnet.

— Oui ?

— C'est lequel, ton préféré ?

— C'est comme si tu me demandais quelle est ma chanson préférée des Pink Floyd ! J'en ai au moins cinquante préférés, comment tu veux que je choisisse ?

— Il y en a bien un qui te tient plus à cœur que les autres ?

— Je n'y ai jamais réfléchi.

— Eh bien, réfléchis-y !

— Envisageable.

— Tu ne veux pas ?

— Non, c'est « envisageable », le mot.

— Vraiment ?

— Oui, c'est un des seuls mots qui n'existe pas dans toutes les langues.

— Ah bon ?

— Oui, je crois.

— Et pourquoi tu aimes ce mot ?

— Parce que ça veut dire à la fois qu'on peut regarder, considérer et prévoir. Tu ne trouves pas ça magique ?

— Je peux envisager que ça le soit…

— Eh bien, envisage.

25

Des cochons volants.

La première fois qu'elle dort avec un garçon, Gioia Spada pense à des cochons volants. Lo a grimpé à l'arbre planté devant son immeuble, elle lui a ouvert la fenêtre pour le faire entrer. Ils ont retenu leurs rires malgré les coups de feu du film que ses parents écoutaient trop fort, avachis sur le canapé. Les lampadaires se reflétaient sur leurs visages moites et émus. Ils ont commencé par s'embrasser, leurs vêtements sont tombés sur le sol, la peau de Lo est revenue se poser sur la sienne comme si c'était sa place, et maintenant elle pense à une chanson.

À des cochons volants.

Peu de gens le savent, mais les Pink Floyd ont écrit une chanson d'amour.

Oui, ce groupe qui a écrit des morceaux ultra intellectuels de quinze minutes, des métaphores ultra complexes, a aussi créé une chanson d'amour. Merveilleuse, soit dit en passant.

Elle s'intitule « Pigs on the Wing » et bien que le titre parle de cochons volants, ce qu'elle dit est très beau :

Si tu n'en avais rien à faire de ce qui m'arrivait
Et si je ne m'inquiétais pas pour toi
Nous aurions zigzagué entre l'ennui et la douleur
En jetant de temps à autre un coup d'œil à travers la pluie
En se demandant lequel de ces salauds blâmer
Et en cherchant des cochons volants.

Les chansons ont parfois le pouvoir de dire qui on est, ce qu'on fait, ce qu'on veut, et de l'exprimer avec les mots justes, ceux qu'on aurait toujours voulu employer. Elles le font si bien qu'elles donnent l'impression que ce n'est pas le chanteur qui les a écrites mais nous-mêmes. Elles sont de nous et elles ont été copiées. C'est impossible, bien sûr, mais « Pigs on the wing » est le pire plagiat qui soit, parce qu'elle raconte leur histoire. Elle décrit avec une précision quasi chirurgicale ce que Gioia ressent à ce moment précis – bien qu'elle ait été écrite par Roger Waters en 1976 pour sa nouvelle femme, Lady Caroline Christie. Il a suffi d'un rien et tout a changé : ils auraient pu ne pas se rencontrer, ce soir-là, de cette façon-là, ils auraient erré, passant de l'ennui à la douleur. Peut-être qu'ils se seraient frôlés parfois, sans se reconnaître, sous la pluie, et auraient passé le restant de leurs jours à se demander qui était le fautif : les parents, les profs, la déveine, tout le monde. Ils auraient regardé en l'air, perdus dans les absurdités de la vie, et cherché des cochons volants.

Toute la nuit ils rient tout bas, leurs doigts entrelacés. Lo raconte son histoire, Gioia explique comment elle l'a retrouvé, grâce au sweat et à tout le reste.

L'inscription sur son bras s'efface peu à peu sous les baisers. Ils évoquent le concours dont les prix seront décernés demain, Bove et les cailloux. Elle a peur de ne pas lui plaire, de montrer son corps, et en même temps envie de le faire – peur et désir à la fois, *frisson.* Elle espère que la nuit ne finira jamais.

— Ce serait beau que le jour ne se lève pas.

Lo est en train de s'endormir. Ils ferment les yeux, la joue de Gioia sur le torse de Lo, au moment où les premières lueurs du matin entrent par la fenêtre.

Quelques heures plus tard, quand Gioia se réveille, Lo n'est plus là. Elle cherche sur l'oreiller, sur le bureau, un petit mot, quelque chose, elle ne supporte pas qu'il soit parti sans rien dire. Alors elle va à la salle de bains, elle se lave le visage et la vapeur révèle des lettres comme par magie :

C'était pas mal, cette nuit.

P.-S. : Tu vas tout déchirer, aujourd'hui !

26

— C'est difficile, hein ?

— Quoi donc, poulette ?

— D'y croire. C'est sacrément difficile.

— Oui.

— Ces choses arrivent dans les films, Tonia, pas dans la réalité.

— Quoi donc, la chute de la terrasse ?

— Non.

— La fausse mort ?

— Non.

— Le père ?

— Non.

— Quoi, alors ?

— Rencontrer quelqu'un avec qui tu te sens comme ça.

27

— Alors, raconte ! Comment ça s'est terminé, chez le vieux ?

— Tu ne dois rien dire à personne ! intervient Tonia.

— Je te l'ai dit, je serai une tombe, lui répond Gioia.

Giovanna est en train de retirer les chaises des tables, le rideau de fer du BarA est encore baissé. Gioia est partie plus tôt que d'habitude, ce matin, bien qu'elle n'ait dormi que deux heures : pour prendre son petit déjeuner au bar, mais surtout parce que hier en partant Giovanna l'a menacée de mort si elle ne venait pas tout lui raconter.

— C'est toi qui m'as dit qu'il avait perdu un fils jeune. Avant la disparition de Lo, ils étaient devenus très amis, tous les deux. Lo passait des heures au BarA ou chez le vieux. Ils jouaient aux fléchettes, Lo se confiait et le vieux était heureux, c'était comme...

— Comme la compagnie d'un fils, j'ai compris. Mais comment il a proposé de le cacher ? Ce n'était pas risqué, pour lui ?

— Au début, si. Mais ensuite, Lo est devenu majeur, ce qui a tout changé. Ils ont arrêté les recherches. En fait, c'est le vieux qui lui a proposé.

— Vraiment ? s'étonne Giovanna en passant un coup d'éponge sur le bar.

— Oui, quand Lo est sorti de l'hôpital, après le saut de la terrasse… il avait peur que ça se reproduise, que son père lui refasse du mal. Alors Breda lui a dit que dès qu'il aurait dix-huit ans il serait ravi de l'héberger.

Giovanna lance un regard sceptique à Gioia :

— Oui, mais Lo a fait le truc du lac avant ses dix-huit ans !

— Il n'en pouvait plus. Il avait trop peur de son père. Son idée était de disparaître quelques jours et de revenir. C'était lâche, il l'a admis lui-même, mais il n'avait rien trouvé d'autre pour se sortir de cette situation.

— Il aurait pu inventer mieux, commente Giovanna en relevant le rideau de fer.

— Ça peut se comprendre… son père allait le tuer. Au bout d'un moment, il a préféré rester caché et sortir une fois par semaine, le soir, pour jouer aux fléchettes ou pour aller à la petite église, où personne ne pouvait le voir. Ça lui convenait, au bout du compte au vieux aussi, et puis…

— Et puis ?

— Il m'a rencontrée.

— D'accord, d'accord. C'est bizarre mais crédible. Il y a juste une chose qui ne colle pas.

— Quoi donc ?

— Il t'a raconté pendant un mois qu'il ne pouvait pas sortir le jour, alors vous vous voyiez uniquement le soir, c'est bien ça ?

— Oui.

— Alors, qu'est-ce qui lui est passé par la tête, cet après-midi-là, de te rejoindre au parc en passant par le centre-ville… Il a pris de gros risques !

— Là aussi, il m'a donné une explication.

— Ah, j'ai compris.

— Compris quoi ?

— Il t'a dit qu'il l'avait fait pour toi, explique Giovanna avec des gestes et un ton de prince charmant.

— Non, pas exactement. C'était un peu plus élaboré.

— C'est-à-dire ?

— Il a dit qu'il l'avait fait *pour ne pas me perdre*, répond Gioia sur le même ton.

Elles rient, puis Gioia se lève pour aller en cours. Quand elle est à la porte, Giovanna lui lance :

— Fais attention, si ce type te contacte.

— Quel type ?

— Le père. Il te cherche encore pour cette histoire de sweat, non ?

28

Gioia Spada n'a jamais rien gagné.

Elle est mauvaise en sport, sauf quand elle n'est pas distraite par son imagination. Le seul sport qui ne requière pas une énorme concentration, c'est la course. Malgré tout, si elle voit des filles à la traîne, elle se sentira désolée pour elles. Elle se dira qu'elles seront tristes de finir dernières, si bien qu'elle ralentira pour les laisser passer.

Ce n'est pas un hasard, si les autres la surnomment Miss Rabat-joie.

Quand on a l'habitude de perdre, cela fait un certain effet de gagner, la première fois, même si le prix est un cadeau recyclé ou un ustensile de cuisine. Il y a bien sûr la satisfaction de se sentir apprécié et reconnu. Mais il y a aussi quelque chose qui change à l'intérieur : la *perspective.* On voit les choses différemment. On se dit que c'est *possible.*

Le gymnase est plein à craquer : tous les élèves du lycée Leopardi Majorana y sont réunis. Plus de mille, quand on rassemble les sections littéraire, scientifique et socio-économique. Tous sont venus pour les résultats du concours « Encadre-toi ». Gioia ne pensait pas qu'ils étaient aussi nombreux : dans son ancien lycée, l'effectif était moitié moins important.

— Je n'aurais rien contre l'idée de gagner, dit-elle à M. Bove, assis au dernier rang à côté d'elle. Ce serait une façon de prouver au monde que moi aussi je vaux quelque chose, non ? Comme vous me l'avez expliqué : monter un peu plus haut pour qu'on ne me rabaisse plus.

Le prof, le menton appuyé sur sa canne en bois, contemple les jeunes qui chahutent et s'envoient des boulettes de papier.

— Pour une fois, vous ressentiriez le frisson du succès, mademoiselle.

— Je m'en fiche, du succès. Tout le monde n'a que ça à la bouche. Moi, je ne cherche pas le succès.

Bove se tourne vers Gioia et lui sourit :

— Cette histoire de succès est très équivoque. La majorité pense qu'il s'agit de cet état de grâce où tout le monde nous aime, nous estime et nous demande des autographes dans la rue. Je suis d'accord avec vous : le succès est souvent perçu comme frivole et superficiel. Les garçons veulent devenir footballeurs, les filles mannequins.

— *Fashion bloggers*.

— Pardon ?

— Aujourd'hui les filles ne veulent plus être mannequins, mais *fashion bloggers*.

— Ah, je ne savais pas ! Quoi qu'il en soit… le succès n'est pas mauvais en soi. D'ailleurs on ne prête pas assez attention à ce mot. *Succès*... c'est un très beau mot.

— Ah oui, et pourquoi ?

— Le succès, ce n'est pas marcher sur le tapis rouge avec des paparazzis aux trousses. Le mot vient du latin, étymologiquement ça signifie « ce qui arrive, survient ». Donc ça veut juste dire : c'est arrivé ! Quelque chose s'est produit. C'est possible ! Le succès, ça peut être simplement réussir à cultiver un beau potager ou peindre sa maison de la couleur qu'on a choisie, ou encore voyager en Europe à pied. Le succès, c'est uniquement faire en sorte que les choses arrivent.

— Et maintenant, je vous demande un peu de silence ! crie le proviseur dans le micro. Je vais appeler sur scène les trois finalistes de la catégorie photographie !

Gioia se lève, passe devant M. Bove et se dirige vers la petite scène installée pour l'occasion. En s'éloignant elle sent deux coups de canne sur sa jambe gauche, alors elle se retourne : Bove lui fait un clin d'œil.

— Bien, les voici, tous les trois ! Alors, heureux ?

Les deux autres finalistes sont un garçon et une fille. Gioia, comme toujours distraite par son imagination, ne répond pas à la question du proviseur parce qu'elle se demande pourquoi, puisqu'il y a un garçon et deux filles, on dit « heureux », au masculin.

— Et vous, mademoiselle Spada, vous n'êtes pas émue ? Une nouvelle élève, déjà en finale de notre concours !

La fille à côté d'elle lui donne un coup de coude.

— Qui ? Moi ? demande Gioia comme si elle se réveillait.

Le public rit, mais d'un rire amusé, sincère. Pas trace des moqueries habituelles. C'est fou comme la perspective change, quand on est du côté des vainqueurs.

— Bien, nous allons maintenant annoncer le premier prix pour cette catégorie, déclare le proviseur en faisant signe à l'un des enseignants assis sur la scène d'approcher. J'appelle M. Florian, notre fantastique professeur d'arts plastiques ! Applaudissez-le !

Puis le proviseur invite les finalistes à avancer de deux pas. Et c'est à ce moment-là que Gioia le voit. Au fond de la salle, près de la sortie de secours.

Le père de Lo, debout, les bras croisés.

29

— Voyez-vous, la photographie est un art associé à tort à la chance. Beaucoup de gens pensent que pour prendre une belle photo il faut nécessairement saisir l'instant, et donc qu'une fraction de seconde peut faire la différence entre une photo artistique et une photo banale. C'est faux. Le bon photographe n'est pas celui qui a de la chance, qui sait saisir l'instant. Le bon photographe est celui qui cherche, qui s'entraîne tellement que quand l'instant se présente, il le saisit sans hésiter. Ainsi, nous n'avons pas eu besoin de trop réfléchir pour décider à qui attribuer le prix de la meilleure photo de l'année !

La voix du professeur semble venir de très loin, comme le petit camion publicitaire par la fenêtre les après-midi d'été. Pourtant, cette fois, ça n'a rien à voir avec la propension de Gioia à la distraction : le problème, c'est l'homme au fond de la salle. Qui la regarde d'un air sérieux, décidé et presque menaçant. Il lui ferait peur même si elle ne savait rien de lui. Même si elle ne savait pas que c'est elle qu'il cherche parmi la foule.

— Bien, poursuit le prof d'arts plastiques avec un grand sourire, j'ai l'immense plaisir d'annoncer que le gagnant du premier prix est…

Gioia revient un instant à la voix, remarque que le prof a utilisé le masculin, et donc qu'il a déjà dévoilé implicitement l'identité du vainqueur. Alors elle regarde en direction de M. Bove, comme pour lui dire : « Bon, au moins j'aurai essayé, et puis je suis quand même allée jusqu'à la finale. »

— Gioia Spada, avec sa photo intitulée *The Funeral* !

Les applaudissements démarrent timidement puis explosent. Le visage de Gioia devient tellement rouge qu'on ne distingue plus ses taches de rousseur. Au dernier rang, M. Bove se lève pour une standing ovation solitaire accompagnée de « Bravo ! » et de « Magnifique ! ». Tous les élèves se tournent vers lui.

Le proviseur remet à Gioia une petite plaque et une enveloppe contenant cinq cents euros en bons d'achat pour du matériel photographique. Émue, elle sourit, serre la main des deux autres finalistes et observe avec satisfaction les visages dans la salle.

Elle se sent tellement bien que pendant deux minutes elle oublie qu'au fond du gymnase quelqu'un l'attend.

30

Depuis qu'il a appelé chez elle, elle a souvent imaginé le moment où le « père » ferait son apparition. Toutefois, elle s'attendait à le croiser en bas de chez elle, pas pendant la remise des prix du concours « Encadre-toi ».

Maintenant qu'elle connaît la situation, elle a bien conscience qu'il était idiot et imprudent d'aller chez eux, et de poser toutes ces questions à la mère. Bien sûr, si elle ne l'avait pas fait, elle n'aurait probablement pas revu Lo, mais au moins elle n'aurait pas de comptes à rendre à son père en pesant ses mots.

Après avoir reçu son prix et remercié le proviseur et les professeurs, Gioia court aux toilettes se passer de l'eau sur le visage. Heureusement que la cérémonie n'a pas duré trop longtemps et que la fin de la dernière heure va bientôt sonner, parce qu'elle a atteint sa limite.

Elle a besoin de calme et de concentration. Elle doit réfléchir à ce qu'elle lui dira, quand il sera en face d'elle. Elle doit bâtir une histoire bien solide et la mémoriser. Pas d'erreur, pas d'hésitation.

Elle se rince le visage et se regarde dans la glace.

— Oui, j'ai son sweat-shirt. Lo me l'a donné il y a un an, je n'habitais pas encore ici. Nous nous sommes rencontrés par hasard un jour où j'étais venue rendre visite à des parents. Quand nous avons déménagé, je ne savais pas qu'il avait disparu. C'est pour ça que j'ai réagi bizarrement quand sa mère me l'a dit, explique-t-elle à Tonia, bien qu'elle se trouve devant un miroir.

— Ça ne tient pas, poulette, commente Tonia, assise sur un lavabo, en observant ses ongles.

Elle se passe encore de l'eau sur le visage.

— Donc c'est vrai, j'ai son sweat-shirt. Lo me l'a donné il y a un an. Il y a eu un malentendu avec la mère : je savais très bien qu'il était mort.

— Il va te griller. C'est sûr, répond Tonia en secouant la tête.

Cette fois, Gioia fait couler l'eau directement sur son visage. Elle relève la tête, les yeux fermés, les paupières mouillées et le souffle court. Quand elle rouvre les yeux, elle voit quelqu'un derrière elle dans le miroir.

Elle hurle.

Le « père » de Lo se tient à l'entrée des toilettes.

31

— Je ne voulais pas te faire peur, dit-il d'une voix calme.

— Mais… ce sont… ce sont les toilettes des filles ! répond-elle en reculant comme si elle voulait traverser le mur.

— Tu as raison, pardon. C'est juste que je t'ai vue y entrer il y a cinq minutes… Je t'attendais dehors mais j'ai eu peur que tu aies un problème, alors je suis venu voir.

Sa voix est tranquille, presque douce. C'est cela le plus effrayant : le fait qu'il ait l'air d'une personne posée et gentille, bien que dans la réalité il soit tout le contraire.

— Je vais bien, merci. Vous pouvez m'attendre dehors !

— D'accord, excuse-moi. Prends ton temps.

La situation est complexe. Elle ne sait toujours pas quoi lui dire : comment elle a eu ce sweat-shirt, pourquoi elle en a parlé à sa femme. Et maintenant, il l'attend dehors.

Si elle pouvait, elle resterait dans ces toilettes jusqu'à la nuit.

— Du calme, dit-elle tout bas. Donc, je savais pertinemment qu'il était mort. Avec sa mère nous nous sommes mal comprises. Mais le sweat ? Quand me l'a-t-il donné et pourquoi ?

— Dis-lui la vérité ! suggère Tonia en haussant les épaules.

— Je ne peux pas. J'ai fait une promesse à Lo. Et je tiens mes promesses.

Gioia regarde sa montre : dans une minute, la sonnerie annoncera la fin de la journée.

— Je peux toujours dire qu'il me l'a offert je ne sais plus quand. Je l'ai rangé dans mon armoire et je suis tombée dessus il y a quelques jours, alors j'ai pensé... j'ai pensé que ça ferait plaisir à sa mère de l'avoir.

— Vas-y, poulette, tu peux le faire ! l'encourage Tonia sans y croire.

Gioia s'essuie le visage et sort des toilettes. Assis sur une chaise, l'homme regarde son téléphone. Quand il lève les yeux et lui sourit calmement, elle panique.

Il se lève et se dirige vers elle pile au moment où la sonnerie retentit. Tous les jeunes se ruent vers l'extérieur du gymnase. Une vague les submerge, on entend fuser des « Bravo, Spada ! » et des « Superbe photo ! ». La vague passe à deux pas de Gioia mais en contournant l'homme debout à quelques mètres d'elle. Qui la regarde dans les yeux.

32

— Qu'est-ce que vous aviez à me dire ?

La salle s'est vidée, ils sont pratiquement seuls.

— J'ai plutôt des questions à te poser. Tu sais, on a trouvé ça bizarre que tu…

— Je dois rentrer, mes parents m'attendent, l'interrompt Gioia.

— Si tu veux, je te raccompagne en voiture, ce sera plus rapide, lui propose-t-il avec tant de gentillesse que c'en est écœurant.

— Non, merci, je préfère marcher.

— Ne te fais pas prier, ça ne me dérange pas du tout, et puis ta mère est presque une amie, désormais, vu le nombre de fois où on s'est parlé au téléphone !

Gioia n'a pas le choix, elle accepte et se dirige vers sa salle de classe pour récupérer ses livres et son sac.

Ils sortent sur le parking. Le soleil l'éblouit.

Quand ils montent dans la voiture, il actionne la fermeture centralisée.

— Alors, Gioia. C'est un beau prénom, tu sais ? Tu ne me croiras pas, mais si nous avions eu une fille, c'est ainsi que nous l'aurions appelée.

— Si vous aviez eu une fille ?

Gioia regrette immédiatement sa question, qui revient à avouer qu'elle sait que Luca n'est pas son fils. En effet, il tourne la tête et la regarde. Mais il reprend d'une voix calme :

— À la place de Luca, je veux dire.

— Ah, je comprends.

— Idiote, tu aurais tout aussi bien pu lui dire : « Je sais très bien que Lo n'est pas votre fils », lui murmure Tonia à l'oreille.

Le « père » de Lo conduit avec assurance mais très lentement, bien en deçà des limites de vitesse, comme s'il voulait prolonger le trajet.

— Luca était un gentil garçon, poursuit-il. Peu de gens l'ont compris. Il a fait beaucoup de bêtises, mais c'était parce qu'il souffrait. C'est ça, la vérité.

— Était ?

Cette fois, la question est légitime.

— Tu vas me prendre pour un fou, mais depuis quelque temps je parle de lui au passé. Je ne suis pas sûr qu'il soit mort, ça non... J'ai du mal à l'expliquer. D'un côté, c'est parce que je sais que les chances pour qu'il soit vivant sont infimes, donc je m'habitue à l'idée, pour atténuer le choc. De l'autre, ça me permet de conjurer le mauvais sort. Je sens que ça me porterait malheur de parler de lui comme s'il était vivant.

Assise dans cette voiture impeccable aux sièges en cuir, Gioia se sent dépaysée. L'homme assis à côté d'elle, qu'elle trouve ambigu, voire dangereux, cet homme qui a poussé Lo de la terrasse, lui apparaît maintenant très différent. On dirait qu'il souffre depuis longtemps.

— Alors, reprend-il, comment se fait-il que tu sois venue chez nous pour nous rendre son sweat-shirt ? Pourquoi te l'a-t-il donné ? Et quand ?

Sa voix est calme mais ferme.

— Ça craint ! dit Tonia.

C'est le moment où Gioia doit raconter son histoire sans hésiter. Zéro pause, zéro réflexion. Ça doit paraître le récit le plus naturel du monde.

— Oui, mais comment tu veux avoir l'air normale en enchaînant les bobards ? demande Tonia.

Alors Gioia a une idée : un mensonge, mais basé sur la vérité. Comme ça, elle aura l'air convaincue, et peut-être qu'il arrêtera ses questions. Elle se lance :

— Il me l'a donné un jour, au bar où il allait jouer aux fléchettes. C'est là qu'on s'est rencontrés. Ce soir-là, j'avais froid et il a proposé de me le prêter. Puis je l'ai mis au sale… Bref, je l'ai retrouvé il y a quelques jours au fond de mon armoire.

Gioia attend en croisant mentalement les doigts. La réponse de l'homme est laconique :

— Ah.

— Quand je me suis souvenue de ce qui lui était arrivé, j'ai pensé que ça vous ferait plaisir d'avoir le sweat, alors je suis venue chez vous.

Le père de Lo réfléchit, comme s'il assemblait les pièces d'un puzzle dans sa tête.

— Mais ma femme m'a dit… Quand je suis rentré, elle était bouleversée, elle m'a dit que tu lui avais parlé de Luca comme si tu l'avais vu récemment. C'est pour ça que je voulais te parler.

Le cœur de Gioia bat la chamade.

Du calme ! Résiste ! Si tu n'as pas l'air sûre de toi, c'est la fin !

— Je pense qu'il y a eu un malentendu, réplique Gioia. Je ne… je veux dire… Je ne lui en ai pas parlé en ces termes, nous nous sommes mal comprises, je crois.

Ils sont arrivés en bas de chez elle. L'homme se gare et coupe le contact.

— Tu sais, c'est une histoire terrible, ça fait des mois et on ne sait toujours pas… Moi, j'ai encore un peu de forces, mais ma femme… il faut faire très attention, elle est fragile et à bout.

— Si ce que je lui ai dit lui a donné de faux espoirs, je suis vraiment désolée, murmure Gioia.

Le regard de l'homme est sérieux, presque triste. Gioia se sent même un peu coupable.

— Je peux faire quelque chose pour me faire pardonner ? demande-t-elle.

— Non, tu n'as rien à te faire pardonner, sois tranquille. Si tu as envie, passe à la maison et rapporte-nous le sweat-shirt. Qui sait, il pourrait nous porter bonheur et faire revenir Luca.

33

Dans sa vie, Gioia en a compté au moins une vingtaine, mais elle est certaine qu'il en existe beaucoup plus.

Des expressions ou proverbes qui ne correspondent pas du tout à la réalité. Qui nous laissent perplexes. « On n'est jamais aussi bien servi que par soi-même », pour commencer. Ça veut dire quoi ? Qu'on n'a pas eu besoin des esclaves pour construire les pyramides ? Que les groupes de rock auraient existé avec un seul membre ?

La vérité, c'est que seul on ne peut pas aller bien loin.

Puis : « Qui vivra verra. » On peut vivre cent ans mais ne rien comprendre à la vie. Tout peut rester indéfiniment suspendu. Ce proverbe est une publicité mensongère : *qui vivra, s'il garde les yeux ouverts et avec de la chance, pourrait apercevoir quelque chose, dans le meilleur des cas un filet de lumière.* C'est ça, la vérité.

Ensuite : « L'habit ne fait pas le moine. » Celui qui a imaginé cette idiotie vivait probablement dans une société où tout le monde était habillé en moine, et donc où l'on ne faisait pas de différences. Dans le monde de Gioia, *l'habit fait le moine, les sœurs, les cardinaux, les évêques et même les enfants de chœur.* C'est ça, la vérité.

Enfin : « La nuit porte conseil. » La nuit ne porte pas conseil. La nuit, on est envahi par des tonnes de pensées, de peurs, de questions, de doutes et de cauchemars : impossible de trouver un conseil, dans ce fourbi.

C'est ça, la vérité.

— Tu es sûre que tu as bien fait de dire tout ça à son père ? demande Tonia, assise au pied de son lit.

— Tu ne dors jamais, toi ?

— Les amis imaginaires ne se couchent pas. En revanche, si tu en trouves un qui ressemble à Jared Leto, je veux bien que tu me le présentes. J'irais volontiers me coucher avec lui.

En bas, ses parents regardent un film, le son réglé trop fort, comme d'habitude. Ils ont probablement dormi tout l'après-midi, donc ils n'ont pas sommeil. Gioia pourrait mettre dans l'appartement des panneaux « Vous avez une fille qui va en cours tous les matins ! », parce qu'ils ne semblent pas s'en souvenir.

— Ça aurait pu être pire, fait remarquer Tonia.

— Ah oui ?

— Tes parents auraient pu se payer une télé avec des enceintes plus puissantes.

Gioia laisse échapper un sourire. Heureusement que Tonia est là. Elle deviendrait folle si elle ne parlait pas avec elle.

Parfois Tonia l'aide à faire taire ses pensées. Mais là, elle ne peut rien contre la boule dans sa gorge qui devient de plus en plus grosse depuis cet après-midi. Elle a du mal à respirer et même à avaler.

Elle sait très bien ce que c'est, même si elle ne veut pas se l'avouer.

Elle a peur de s'être trompée sur Lo.

Aujourd'hui, le père de Lo ne lui a paru ni dangereux ni capable de faire du mal. Il lui a fait comprendre que son fils lui manquait énormément, qu'il allait mal et qu'il avait besoin d'aide.

En revanche, Lo… Plus elle y pense, plus elle trouve cette histoire bizarre, pleine de pièces manquantes. Elle réfléchit à ces moments où il devenait méconnaissable. Quand Lo devenait *l'autre Lo.*

Si Lo était celui qui va mal, alors que devrait-elle faire ? Prévenir son père et rompre le pacte, ou ne rien changer ? Dans le premier cas, elle le perdrait sans doute, parce qu'il ne lui pardonnerait jamais d'avoir révélé son secret… Dans le second, elle ne sait pas. Combien de temps pourra-t-il rester caché ? Pendant combien de temps leur relation sera-t-elle celle d'aujourd'hui ?

Sans compter que, si elle parlait, quand Lo découvrirait qu'elle a trahi leur pacte, il deviendrait l'autre Lo. Et dans ces cas-là, il fait peur.

Soudain, Gioia voit les deux visages de Lo. Et ne comprend pas lequel est le vrai.

Jusque-là, cette autre facette disparaissait au bout de cinq minutes. Il s'est passé beaucoup de choses qui auraient dû la mettre en garde, depuis leur rencontre au BarA, mais ses yeux, son sourire et ses baisers ont chassé les pensées inquiètes. Pourtant, à présent elle envisage qu'il ne soit plus Lo, son petit ami, mais l'autre Lo, dont il n'est pas insensé d'avoir peur.

Gioia court aux toilettes. Elle est angoissée.

— Tu as envie de vomir ? Tu veux que je te tienne les cheveux ? lui demande Tonia.

— Même si j'en avais besoin, je ne connais pas beaucoup d'amies imaginaires capables de tenir les cheveux.

Gioia se rince le visage, boit au moins un demi-litre d'eau au robinet, se brosse les dents et se calme. Mais quand elle sort des toilettes, ses parents éteignent la lumière en bas et l'appartement est plongé dans le silence. Soudain, elle a du mal à respirer. Elle a un pressentiment.

Quand elle ouvre la porte de sa chambre, il est sur son lit, en train de caresser le chat.

— Salut, Chose.

34

— Tu as l'air bizarre.
— Non, non, tout va bien.
— Et moi, je suis un canapé.
— En effet, tu es très confortable quand je m'assieds sur toi.
— Tu comptes me dire ce que tu as ?
— Rien, c'est juste qu'avec toute cette histoire... j'ai besoin de temps pour *m'habituer*, tu comprends ?
— Je ne veux pas que tout ça te fasse mal, Gioia.
— Tu m'as appelée par mon prénom !
— Ça m'arrive, Chose.
— En tout cas, j'ai sans doute besoin d'un peu de temps.
— Mais tu es sûre que ça va ? Pendant qu'on le faisait, je t'ai sentie...
— ... ?
— Je ne sais pas, comme si tu pensais à autre chose.
— Non, tout va bien.
— Zut, Gioia, aujourd'hui tu es un vrai moulin à paroles, hein ? Essaie de ne pas trop parler, je pourrais avoir mal à la tête.

— Lo, je t'ai dit que ce n'est rien, je suis juste un peu tourneboulée.

— Ça, j'ai compris. Mais j'aimerais bien en savoir plus !

— Cette fois, je n'ai pas les mots. Tu sais, ce n'est pas tous les jours qu'on est allongé sur un lit avec quelqu'un dont on ne peut parler à personne.

— D'accord, d'accord, pardon. Je n'aurais pas dû insister.

— Et puis, aujourd'hui…

— Quoi donc ?

— Aujourd'hui j'ai vu ton père. Il est venu à mon lycée, à la remise des prix. Il m'a attendue. Il était là à cause de l'histoire du sweat.

— Et tu comptais attendre combien de temps pour m'en parler ?

— Excuse-moi, j'aurais dû te le dire tout de suite.

— Tu crois ? Moi, j'aurais attendu encore un mois !

— Je me suis excusée !

— Alors, il t'a fait quelle impression ?

— On n'a pas beaucoup parlé, tu sais… mais, bof, je l'ai trouvé presque gentil. Une personne paisible, voilà.

— C'est bien son genre, de mettre son masque rassurant. Fais attention, il a berné plein de gens, comme ça.

— Et toi, Lo ?

— Quoi, moi ?

— Toi, tu n'as jamais douté ? Que ton père ne soit pas comme tu le voyais ?

— Oh merde.

— Quoi.

— Il t'a embobinée.

— Qu'est-ce que ça veut dire ?

— Il t'a dit que j'étais schizophrène et tu es en train de le croire.

— Mais non, il ne m'a rien dit. C'est moi qui te pose la question.

— Tu ne me crois plus ! C'est pour ça que tu es bizarre.

— Mets-toi à ma place, Lo ! Tu m'as raconté une histoire invraisemblable, j'ai juste besoin de temps pour…

— Oui, mais regarde-moi ! Touche-moi ! J'ai l'air fou ? Dis-le-moi, j'ai l'air d'un fou ?

— Pourquoi tu me demandes ça ?

— Tu as fait une promesse, ne l'oublie pas. Ne la trahis pas, sinon tu ne me reverras jamais.

— Qu'est-ce que tu as, Lo ? Et puis, tu vas où ?

— Je m'en vais. J'ai besoin d'être seul.

— On peut parler, non ? Aide-moi à comprendre !

— Il n'y a pas grand-chose à comprendre, Gioia. Soit tu es de son côté, soit tu es du mien. Et là, tu es clairement en train de choisir ton camp.

— Qu'est-ce que tu racontes ? Je veux être avec toi ! C'est toi que je veux !

— Je ne sais pas, Gioia, je ne sais plus. J'y vais, salut.

— Lo !

— …

— LO !

35

— Et vous, mademoiselle, qu'en pensez-vous ? demande M. Bove en regardant Gioia.

Elle a fait son possible pour rester attentive, pourtant au bout de dix minutes elle a perdu le fil du cours. Elle a quitté la Terre pour la planète Lo.

— Pardon ? demande-t-elle avec la tête de quelqu'un qui vient de se réveiller.

— Je disais : que pensez-vous de cette histoire ?

— Monsieur, Miss Rabat-joie a un petit copain, c'est pour ça qu'elle ne suit plus ! lance Casali du fond de la classe.

Pourtant, cette fois personne ne rit ni ne renchérit. Une première, depuis que Gioia fréquente ce lycée.

— Comment avez-vous appelé votre camarade, monsieur Casali ?

— C'est son nom ! Tout le monde l'appelle comme ça, répond l'intéressé en cherchant l'approbation de ses camarades.

Mais seul Boccia, son bras droit, acquiesce.

— Non, ce n'est pas son nom, Casali. Allez, prononcez son prénom, si vous ne voulez pas que je vous mette un 3.

— Monsieur, vous ne pouvez pas me mettre un 3 juste parce que…

— Je ne crois pas que ce soit son prénom.

Casali s'assombrit, puis répond d'une petite voix :

— Gioia, elle s'appelle Gioia.

— Bravo, Casali, c'est bien, dit Bove avant de s'adresser à Gioia : Eh bien, mademoiselle Spada, si vraiment vous êtes entrée dans cette merveilleuse et terrible forêt qu'on appelle l'amour, vous vous intéressez forcément à l'histoire dont on parle aujourd'hui.

— Mais on parle d'une fille qui est vierge avant son mariage ! On dirait plutôt une histoire de science-fiction ! lance Boccia.

La classe rit, Bove fait comme s'il n'avait pas entendu.

— Donc, je disais : Psyché était seule dans ce magnifique palais, habité uniquement par des voix et des servantes invisibles. C'était son monde, désormais, et elle commençait à s'y sentir bien. Elle attendait, se demandait où était son mari et pourquoi il tardait tant à se montrer. Il faut que vous compreniez : les mariages où les époux se rencontraient à l'autel étaient nombreux à l'époque, mais Psyché fut la première jeune fille de l'histoire à se retrouver mariée à quelqu'un qu'elle n'avait jamais vu. Puis la nuit tomba et soudain il apparut dans sa chambre. L'amour en personne, Éros, son époux, entra dans son lit.

— Une partie de jambes en l'air ! pouffa Casali, la main devant la bouche.

Cette fois, la classe ricane. Bove poursuit en souriant :

— Oui, Casali. Mais dans le noir complet. Psyché pouvait le toucher, et entendre sa voix. Pendant la nuit, elle ressentit les plus belles émotions et sensations, mais elle ne le vit pas. Si elle l'avait regardé ne serait-ce qu'une seconde, l'enchantement se serait brisé et il serait parti pour toujours.

Gioia commence à regretter de n'avoir pas écouté le début de l'histoire. En fait, abstraction faite des noms absurdes et du palais, ça parle d'elle.

Bove déambule entre les tables en regardant les élèves dans les yeux.

— Psyché avait du mal à y croire : tout cet amour, toute cette beauté, et elle ne pouvait même pas le voir à la lueur d'une bougie. Les nuits passaient à la vitesse de l'éclair et le doute s'insinuait en elle. En plus, ses sœurs la mettaient en garde : « Attention, c'est peut-être un démon ou un escroc, méfie-toi ! » Elle réfléchit, activa l'autre partie de son cerveau : « En effet, il y a trop de choses étranges, vous avez raison, je ne lui fais plus confiance », dit-elle. « Ce que je ressens est beau, magnifique, mais je n'ai plus confiance ! » « Pas de lumière. Mon visage doit te rester inconnu. C'est le prix, la condition pour que l'amour perdure ! » Il n'y avait pas d'autre solution : l'obscurité ou rien. Et surtout, il l'avait prévenue : « Si tu ne tiens pas ta promesse, c'est toi qui souffriras ! »

Oui, cela parlait d'elle.

— D'après vous, quelle a été l'erreur de Psyché ? demande le professeur.

Plusieurs mains se lèvent.

— À mon avis, elle a bien fait. C'est bien de faire confiance, mais c'est mieux de ne pas faire confiance ! répond Giulia Batta.

— Elle aurait pu attendre un peu, et s'amuser, proposa une autre jeune fille en souriant.

— Ou mettre tout de suite les choses au clair avec l'autre, là, Amour, tenta Casali.

Gioia leva la main à son tour.

— Oui, mademoiselle Spada ?

— Moi, je ne vois pas ce qu'elle a fait de mal.

— Vous voyez, vous auriez pu écouter l'histoire depuis le début ! Ce qu'elle a fait de mal, c'est d'allumer la lumière.

— C'est tout ?

— Oui, mademoiselle Spada, c'est tout. Une nuit, alors qu'Amour dormait dans son lit, elle a allumé une lanterne pour le voir, pour vérifier qu'il n'était pas un monstre ou un assassin, comme le croyaient ses sœurs. Ça a été son erreur, vous comprenez ? Elle a cru pouvoir apporter la lumière là où régnait l'obscurité. Regarder Amour avec les yeux de la raison. Parce que ce sont deux mondes parallèles qui ne doivent jamais se rencontrer. On ne peut pas comprendre, lire, interpréter ou donner des explications logiques. Pas là. Partout ailleurs dans le monde, mais pas là.

Silence total dans la classe. On n'entend que les respirations et le bruissement des arbres. Gioia lève à nouveau la main.

— Et après, qu'est-ce qui se passe ? Que fait Amour ?

— Une goutte d'huile bouillante tombe de la lampe sur l'épaule du dieu qui se réveille. Quand il découvre qu'elle a brisé le pacte, il prend la fuite et ne revient jamais.

36

— Que signifie ce regard, mademoiselle ?

— Vous le savez très bien.

— Pardon ?

— C'est vous ! C'est vous qui m'avez parlé de tous ces trucs, « éblouir ». Vous m'avez dit qu'il vaut mieux se faire aveugler par la lumière que par l'obscurité. Et maintenant, vous racontez cette histoire !

— Je crains de ne pas vous suivre.

— J'ai suivi votre conseil. Et je découvre que ce que j'ai pris pour de la lumière n'en était pas. En réalité, c'est tout noir et mon erreur a été d'allumer... Je n'y comprends plus rien !

— Êtes-vous en train de me dire que vous avez du mal à affronter l'obscurité ?

— Non, je vous dis que vous auriez pu le dire avant, le mettre dans les instructions, prévenir que si on veut la lumière, il faut supporter ensuite tout ce noir !

— Ah, je comprends.

— Vous auriez dû le dire tout de suite. Inventer tous ces contes pour me faire croire je ne sais quoi, c'est de l'arnaque !

— Vous avez raison. Chacun de nous mériterait que quelqu'un lui dise la vérité, sans attendre que la vie transforme les contes en mensonges.

— Oui, c'est bien ça, ce n'étaient que des mensonges. À la fin, c'est l'obscurité qui gagne.

— Non, c'est le contraire. Mais pour faire gagner la lumière, comme vous dites, il faut d'abord accepter une vérité un peu dure à avaler.

— Laquelle ?

— Voyez-vous, mademoiselle, Einstein et Bohr ont passé des années à s'affronter, par le biais de débats ou de lettres. L'un disait que quand on parle de lumière il n'y a pas de certitudes, uniquement des probabilités. L'autre prétendait qu'il existait une explication plus simple. Pourtant, cent ans plus tard nous sommes toujours là. Nous savons tout sur la lumière, mais nous ne savons toujours pas ce qu'il y a entre deux photons, ni où ils vont. Nous pouvons nous baser uniquement sur des probabilités. Aucune certitude.

— Vraiment aucune ?

— Non ! La science a bien essayé, mais elle ne le peut pas, tout simplement. C'est ça, la vérité difficile à avaler.

— C'est-à-dire ?

— Toute lumière possède un cœur obscur.

37

— Mais… tu es sûre de ce que tu vas faire ?

— Bien sûr que non, Tonia ! J'ai l'air sûre de moi ?

— Alors qu'est-ce que tu fais là, avec ce sweat à la main ?

— J'attends l'inspiration.

Gioia et Tonia sont debout dans la rue, en face de la maison de Lo. En un sens, elle regrette de rendre le vêtement, parce qu'elle ne pourra plus le sortir de son armoire et le humer une dizaine de fois par jour.

— Alors, tu y vas ?

— Tu le sais : si je traverse la rue et que je sonne, je risque d'allumer la lumière par erreur, de briser le pacte et de ne jamais le revoir. Si je reste ici, je pourrai laisser les choses comme elles sont et continuer à voir Lo en cachette.

— Oui, jusqu'à ce que quelqu'un le découvre ou que Giovanna joue les espionnes.

— Au moins, on en profiterait encore un peu !

— Peut-être que tu pourrais…

— Je pourrais quoi ?

Tonia s'approche, comme pour lui parler à l'oreille.

— Tu pourrais simplement entrer, parler avec son père et glaner des informations pour essayer d'y comprendre quelque chose.

— Bonne idée, en fait ce ne serait qu'une petite transgression ! Je ne suis pas obligée de lui dire que je sais où est son fils.

— Exact !

— OK, alors j'envoie la musique, et quand c'est « Born to Run », je vais sonner.

La première chanson n'est pas « Born to Run ».

— Je m'en fiche, j'y vais quand même ! réplique Gioia en traversant la rue.

38

À l'intérieur, la maison est rutilante. Les vases en porcelaine, les meubles en bois laqué, les tableaux encadrés. Tout semble avoir été passé au lave-vaisselle.

— Assieds-toi, dit-il en indiquant un canapé dont elle ose à peine effleurer le tissu.

Gioia remercie, s'installe et pose le sweat sur un des accoudoirs.

— Ma femme est en haut, elle se repose. Comme je te l'ai dit, c'est elle qui souffre le plus de la situation.

Il parle à voix basse, comme quand on ne veut pas réveiller un enfant.

— Ah, mais c'est le fameux sweat-shirt ? C'est bizarre, il ne me dit rien.

Gioia le lui tend. Elle va avoir du mal à ne rien lâcher.

— Peut-être qu'il ne le mettait pas souvent, dit-elle d'une voix peu convaincue.

Satanée Tonia, qui a réussi à la convaincre de sonner à ce portail. Maintenant, comme Psyché dans l'histoire de M. Bove, à la moindre erreur Gioia fera tomber une goutte d'huile bouillante et l'enchantement se brisera pour toujours. Alors elle demande :

— Excusez-moi, est-ce que je peux utiliser les toilettes ?

Elle a besoin de respirer, de se concentrer. Elle veut connaître la vérité sur Lo, mais sans briser le pacte.

— Bien sûr, c'est la dernière porte à droite, répond le père.

Une fois enfermée à clé, Gioia observe le miroir. Elle ne sait pas si c'est dans cette salle de bains que Lo et sa mère communiquaient, mais en observant son reflet elle essaie d'y lire quelque chose. Puis elle tire la chasse, bien qu'elle n'ait pas utilisé les toilettes.

Quand elle sort, elle entend un drôle de bruit dans le salon. Au début elle a du mal à y croire, mais c'est bien ça : il sanglote. Gioia ne sait pas quoi faire. Rester là en attendant que cela se termine, ou le rejoindre comme si de rien n'était.

Elle n'a jamais vu un adulte pleurer. C'est étrange et déstabilisant, de voir un homme mûr en larmes. Cela ôte les certitudes, comme un petit tremblement de terre. Gioia est déboussolée.

— Viens, viens, lui dit-il en reniflant.

Gioia va s'asseoir. Deux verres et une bouteille d'eau sont posés sur la table.

— Tu as trouvé la salle de bains ? Ça va ?

— Oui, ça va, merci.

Le père de Lo regarde par la fenêtre. Il a les yeux rouges. La tristesse est la seule émotion lisible sur son visage.

— Je te demande de m'excuser, parfois je craque, explique-t-il en s'essuyant les yeux avec un mouchoir. Le mur s'effrite.

Gioia se tait. Elle ne sait pas quoi dire.

— Tu sais, je suis ingénieur et, ici, c'est moi le mur porteur. Ma femme souffre de troubles nerveux, je l'accompagne tous les deux jours chez la psychologue, elle doit recevoir des soins en permanence...

— Pas besoin de me l'expliquer, je...

— Non, à toi, je veux le dire. Tu m'as l'air d'être une fille bien. On voit que tu l'aimais bien. Il est écrit dans tes yeux que vous étiez très proches. Alors je veux que tu saches ce qui s'est passé.

— Ce qui s'est passé après que Luca...

— Non, non, ce qui s'est passé *avant*. Et pourquoi nous nous sentons si coupables, sa mère et moi.

Gioia observe ses épaules contractées et ses doigts qui froissent le mouchoir. On dirait un enfant. D'un côté cet homme lui fait encore un peu peur, de l'autre elle voudrait le serrer dans ses bras.

— En fait, je ne suis pas le père biologique de Luca. Comme tu l'auras constaté, je suis plus âgé que ma femme. Avant de m'épouser, elle avait un petit ami, dont elle est tombée enceinte. Quand elle était au deuxième mois de grossesse, ce jeune homme est mort dans un accident. Nous nous sommes rencontrés deux mois avant l'accouchement, nous sommes tout de suite tombés amoureux. Je l'ai épousée et j'ai reconnu Luca, que j'ai immédiatement aimé comme mon fils. La seule chose que je lui ai demandée, c'était d'attendre que Luca soit assez grand pour lui dire que je n'étais pas son père biologique, et qu'on le lui révèle ensemble, tous les deux. Et c'est de ce « pacte » que sont nés les problèmes.

L'homme renifle et passe le mouchoir sous son œil droit, tandis que, dans sa tête, Gioia compare les deux versions de l'histoire. Elle n'y comprend plus rien.

— Elle pensait que Luca était déjà prêt à dix ans... C'était peut-être vrai, je ne sais pas... Il était si mûr, si sensible... Moi, j'étais contre, alors nous avons commencé à nous disputer, d'abord là-dessus puis sur d'autres sujets... Nous avions d'autres problèmes, mais ça a été le déclencheur... Luca a compris que ça n'allait plus entre nous. À un moment, il s'est mis à se comporter bizarrement. Il avait des réactions inexplicables, parfois j'avais du mal à le calmer... Il était gentil, spirituel, et d'un coup on ne le reconnaissait plus. Comme si c'était une autre personne. En accord avec ses enseignants, on l'a emmené consulter une psychologue, la même que celle que ma femme voit en ce moment... Au bout de quelques rendez-vous, elle nous a parlé de ce syndrome, le SAP.

— Le... SAP ? demande Gioia, la main crispée sur son verre.

— C'est normal que tu ne connaisses pas, personne ne croit à ce SAP, personne n'en parle... pourtant, tout le monde devrait savoir ce que c'est. Le sigle signifie « syndrome d'aliénation parentale ». En gros, c'est un trouble des relations familiales qui conduit au rejet d'un des deux parents par l'enfant. Il ne veut plus avoir aucune relation avec son père, ou sa mère, au point qu'il développe des tendances paranoïaques envers lui, ou elle.

Le cœur de Gioia s'accélère. Elle repense au récit de Lo, la nuit où elle l'a retrouvé. Les deux histoires coïncident, mais prennent des directions différentes.

— Ce syndrome n'est pas encore reconnu par tous les experts. Beaucoup pensent que ce n'est pas une véritable pathologie, tout au plus une gêne. Cela touche plutôt les enfants de couples séparés, notamment quand l'un des deux parents se met à dénigrer l'autre en son absence… Quelque chose se déclenche chez l'enfant, une sorte de négation, qui commence par un simple refus d'interagir, puis qui s'aggrave.

— Mais vous n'êtes pas…

— Séparés ? Non. Mais à cette période, nous étions sur le point de le faire. Nous étions toujours en conflit, nous nous disions des choses horribles et ça n'a pas dû être facile pour Luca. Cela a duré longtemps. Alors pour qu'il n'en souffre pas trop, nous avons décidé d'un commun accord que dans les moments de crise je m'éloignerais de la maison. Le problème, c'était qu'elle, ma femme, disait du mal de moi. Luca et sa mère ont toujours eu une relation un peu spéciale… Elle n'agissait pas par méchanceté, mais plutôt pour se défouler. En plus, la psychologue nous a dit qu'il s'est senti trahi par moi, il a pensé que je voulais les abandonner. Je me demande ce qui s'est passé…

À chaque mot de l'homme, Gioia sent Lo un peu plus lointain.

— Finalement, ça nous paraissait bizarre : un syndrome non reconnu, le fait qu'à la fin nous ne nous sommes pas séparés... Bref, nous n'étions pas convaincus par cette psychologue. Elle nous avait été conseillée par les professeurs de Luca, elle travaillait pour les services sociaux. Nous avons pensé qu'elle n'était pas assez qualifiée... Nous avons préféré nous adresser à un thérapeute dans le privé, qui a tout de suite affirmé que le SAP n'existait pas et qu'il fallait chercher les problèmes ailleurs. Donc non seulement le diagnostic n'était pas correct, mais en plus il y avait autre chose, un traumatisme que nous n'avions pas su identifier...

La voix du père de Lo faiblit, il tremble au point de ne pas pouvoir finir sa phrase.

— Quel traumatisme ? demande Gioia au bout de quelques instants.

— Il a dû se passer quelque chose qui l'a marqué, mais nous n'avons jamais réussi à le découvrir parce que... parce qu'il est parti trop tôt.

— Vous n'avez aucune idée de ce que ça pourrait être ?

— Si. Nous en avons beaucoup parlé avec la psychologue, que nous sommes retournés voir... en vain. Lui seul pourrait nous le dire.

Le père de Lo s'arrête, boit une gorgée d'eau. Gioia n'arrive pas à penser qu'au même moment Lo est enfermé dans une chambre chez le vieux. Elle voudrait lui demander quel est le traumatisme dont parle son père. Lo n'a jamais fait allusion à un événement déclencheur arrivé *avant* de savoir que son père n'était pas son père biologique. N'est-ce qu'une hypothèse de ses parents ? Cette affaire a trop de zones d'ombre, trop de versions. Malheureusement, il n'y a qu'un seul moyen de découvrir laquelle est la vraie. En attendant, le père de Lo reprend son récit :

— Quoi qu'il en soit, notre relation s'est détériorée. À un moment, il a cessé de me parler, il a fait comme si je n'existais plus. Il avait quinze ans, tu te rends compte ?

Gioia sent quelque chose vaciller en elle. Elle ne sait plus où se situe la vérité. Elle a la tête qui tourne. Le souffle court, elle boit une gorgée d'eau.

— Sans compter que ça se passait très mal pour lui au lycée… En élémentaire il était toujours parmi les plus brillants, et là il n'arrivait plus à résoudre une équation ni à apprendre un cours d'histoire. C'était comme si ce problème lui rongeait le cerveau.

— Mais le nouveau psychologue n'a pas…

— Non. Il a toujours sous-estimé le problème. Qui s'est aggravé quand son rejet envers moi est devenu tellement fort que…

Gioia sait ce qu'il va lui dire. Elle tremble.

— Qu'il a cessé de me voir comme un père.

Gioia voudrait retourner aux toilettes, prendre une pause pour respirer, se passer de l'eau sur le visage et essayer d'y comprendre quelque chose. M. De Paolo ne semble pas remarquer son malaise et poursuit :

— Là, c'est ma femme qui a fait une erreur, et c'est pour ça qu'elle va aussi mal aujourd'hui. La culpabilité l'empêche de dormir. Un jour, alors que j'étais parti depuis un moment, elle lui a parlé de moi.

Gioia n'a pas le courage de poser de question, parce qu'elle sait ce qu'il va lui dire.

— À un moment ça lui a échappé, elle le lui a dit… Elle lui a révélé que je n'étais pas son père biologique. Quand je suis rentré, nous nous sommes disputés très fort. Elle pensait que ça arrangerait les choses, elle croyait qu'en connaissant la vérité il se sentirait mieux. Dans mon dos elle lui a tout raconté : qui était son père…

Gioia pense à cette mère, allongée dans son lit, probablement sous somnifères, qui a commis une erreur impardonnable en pensant agir pour le bien de tous et qui en paie les conséquences aujourd'hui.

— À partir de là, ça a été l'enfer. L'état de Luca a empiré, parce que désormais son rejet à mon égard était justifié, tu comprends ? Il avait une véritable raison de penser que je n'étais pas son père ! Comme si c'était vrai, en plus !

Gioia n'est pas certaine d'avoir compris.

— Qui est ton père ? Ton géniteur ou celui qui t'a vu naître, qui t'a tenu la main pour t'apprendre à marcher, qui a conservé ta première dent dans une petite boîte ? Qui est ton père, celui qui a le même nez que toi ou celui qui a toujours été là quand tu avais besoin de lui ?

Gioia acquiesce. Elle comprend soudain que son prof de philo, qu'elle connaît depuis quelques mois, est un père pour elle, beaucoup plus que son vrai père.

— Je sais qu'il est tard pour penser ça, je t'en parle parce que, si je le disais à ma femme, ce serait pire pour elle, mais… je lui avais demandé de ne rien lui dire, ce n'était pas le moment, il fallait attendre qu'il soit assez fort. Elle était si convaincue, si sûre d'elle…

Elle pensait que ça permettrait à Luca d'être en paix avec lui-même, tu comprends ? Pourtant ça a été tout le contraire, il s'est mis à me voir comme un ennemi... Il se croyait en danger... Il croyait que je voulais... Mon Dieu, je n'arrive même pas à le dire.

— J'ai compris, intervient Gioia.

— Comment ça ? Comment peux-tu avoir compris ?

Gioia prend une respiration. Elle s'éclaircit la voix, puis répond :

— Je ne sais pas, en vous écoutant je pense avoir compris qu'il croyait que vous vouliez lui faire du mal ?

— Oui, exactement. Luca est entré dans la troisième phase.

— La troisième phase ?

— La psychologue nous a expliqué que ce syndrome comporte trois phases. Dans la plus grave, de graves troubles paranoïaques apparaissent. La personne se met à voir des choses qui n'existent pas. Donc Luca a cru que je voulais lui faire du mal et...

Gioia bondit sur ses pieds et court aux toilettes.

Elle y reste cinq bonnes minutes.

Et si l'inscription sur le miroir, où sa mère lui disait que son père voulait lui faire du mal, n'avait jamais existé ? Lui seul l'a vue, avant de briser la vitre et de se couper. Peut-on vraiment devenir fou à cause de ses parents ?

Oui, sans doute. Gioia s'est souvent demandé comment elle n'était pas devenue folle. Ce qui l'avait sauvée du trou noir au-dessus duquel elle s'était si souvent penchée, où il aurait suffi d'un rien pour qu'elle tombe.

Peut-être les photos ou les mots dans son carnet. Peut-être la musique. Ou tout ça à la fois. Il se peut que Lo n'ait jamais trouvé ce qui le sauverait, lui.

En attendant, Gioia ne sait plus quoi faire. En fait, elle le sait très bien, mais ça lui semble trop difficile. Psyché a fait tomber une goutte d'huile sur l'épaule d'Amour, elle l'a réveillé et a brisé l'enchantement. Mais Gioia, elle, doit le faire sciemment : elle doit rompre le pacte. Lo va mal, il a besoin de comprendre que son vrai père n'est pas ce type enterré quelque part, mais ce monsieur aux yeux brillants assis dans le salon. Il a besoin de revenir et de faire sourire à nouveau sa mère.

— Mais Lo ne voudra plus me voir.

— Je sais, poulette.

— Plus de cailloux, plus de parties de fléchettes, plus de soirées à la petite église.

— En effet.

Gioia est toujours devant le miroir. Son amie s'est assise sur les toilettes. Les secondes passent.

— Tonia.

— Je t'écoute.

— Je fais quoi ?

— Je ne sais pas, poulette. Ça dépend de ce que tu veux.

— Je veux Lo.

— Alors, ne dis rien à son père.

— Mais je veux aussi que Lo aille bien.

— Alors, va dire à son père où il se cache.

— Il n'y a pas de troisième voie, hein ?

— J'ai peur que non.

— Quelque chose qui le fasse aller bien et qui le fasse rester avec moi.

— Peut-être quand il guérira, bichette.

— Tu veux dire *s*'il guérit.

— En effet. *Si,* répète Tonia, anéantissant tous ses espoirs.

À ce moment-là, Gioia se souvient d'une histoire que Lo lui a racontée, celle du village fantôme au fond du lac. Alors elle comprend qu'elle a toujours eu la réponse. Elle a toujours su quoi faire.

— Putain, c'est lui qui me l'a dit !

— Lui qui, poulette ?

— Lo. C'est lui qui m'a indiqué le chemin !

Quel que soit son choix, quelqu'un souffrira. Le père, la mère, elle, Lo : quoi que Gioia fasse en sortant de cette salle de bains, quelqu'un aura mal.

Qu'elle se taise ou qu'elle parle. Dans l'histoire qu'il lui a racontée, Dieu n'avait pas fait ressurgir le village fantôme parce que les hommes en faisaient souffrir d'autres : ça, c'était inévitable. Dieu s'était fâché contre les habitants du village fantôme parce qu'ils avaient cessé d'essayer. Cessé de croire que c'était possible.

Elle ne peut pas agir comme les habitants du village du fond du lac. Elle doit aller dire ce qu'elle sait, aider le père de Lo à retrouver son fils et le faire soigner, parce que Lo n'ira jamais mieux s'il ne règle pas ses problèmes. Certes, Gioia pourrait prolonger un peu cette vie clandestine, leurs rencontres à la petite église, leurs baisers et le reste, mais ce ne serait pas juste. Ce serait égoïste, cela ne ferait du bien qu'à elle.

Non. Gioia était cette petite fille qui, quand on lui demandait ce qu'elle voulait faire plus tard, répondait « le bonheur de quelqu'un ».

Gioia a peu de certitudes. Deux, peut-être trois. En tout cas, elle sait qu'il n'y a rien de pire, quand on grandit, que de trahir l'enfant qu'on a été.

Ce qu'elle doit faire, ce qui est juste, est contenu dans l'histoire du village fantôme.

C'est Lo, lors d'une de leurs premières soirées, qui lui a indiqué le chemin.

TROISIÈME PARTIE

Besa (albanais) : une promesse inviolable,
une parole d'honneur, rester fidèle à un serment.

1

Salut, Article Défini

Le temps a passé, depuis notre dernière nuit chez moi (bon, OK, j'arrête de faire la fière : ça fait dix jours, une heure et sept minutes).

Oui, si tu as bien compté tu as compris : il est 5 heures du matin et je t'écris. J'aimerais pouvoir te dire que je suis matinale, mais la vérité, c'est que le sommeil et moi ça ne va pas fort, ces derniers temps. Disons carrément que nous nous évitons.

On m'a dit que tu ne voulais plus entendre parler de moi. Bon, ils ont été plus diplomates : ils m'ont expliqué que pour le moment tu ne veux voir personne, mais vu leur tête j'ai bien compris.

Je me suis dit qu'on pouvait tenter une sorte de compromis : je t'écris, ils t'apportent mes lettres, tu les ranges dans un tiroir près de ton lit, et quand tu auras envie de prendre des nouvelles, ou même d'entendre ma voix sous forme de mots couchés sur le papier avec un vieux Bic tout mâchouillé, eh bien, tu pourras ouvrir les enveloppes et lire, puis recommencer tranquillement à ne plus vouloir me voir.

On fait comme ça ?

2

Salut Lo,

Tes parents m'ont dit que ce n'était pas la forme.

Et, naturellement, que tu n'as envie de voir « personne ».

Je ne sais pas si c'est un message codé pour moi, pour évoquer la fois où je t'ai demandé si tu t'appelais Personne.

Je fais comme si c'était ça et je t'écris quand même. De toute façon, j'ai du mal à m'en empêcher. Quand je t'écris, tu es là. Au moins le temps de rédiger. C'est aussi pour ça que j'écris lentement, en traçant bien les lettres, avec soin. Pour que tu restes un peu plus longtemps avec moi.

L'été est presque là.

Ce n'est pas ma saison préférée. Je préfère les saisons qui n'ont pas de nom, comme cette période entre avril et mai qui fait partie du printemps mais qui est comme une petite saison dans une grande, où les journées s'allongent à vue d'œil, où l'on a à la fois l'impression que quelque chose se termine et que quelque chose n'a pas encore commencé. Et puis, j'adore septembre, la dernière semaine, pour être précise. Voilà, pour moi qui aime les mots qui n'existent pas, il faudrait donner un nom à cette semaine et la considérer comme une saison. Parce qu'elle contient tout, des morceaux d'été, d'automne et même d'hiver. Parce que c'est la période où l'on projette, où l'on réfléchit à ce qu'on va faire pendant l'année, où tout semble possible.

Et puis, les saisons au milieu des saisons, genre avril et septembre, me plaisent parce que ce sont les plus turadh. *Les* turadh, *toi qui aimes l'Irlande, désignent en gaélique ces rayons de bleu intense qui se créent entre les nuages après un orage. Moi j'adore les* turadh, *je pourrais les regarder pendant des heures.*

J'ai demandé de tes nouvelles, mais on ne m'a pas dit grand-chose, à part que tu sembles perdu, là où tu es.

Une fois, j'ai perdu les clés de chez moi, j'avais treize ans et je savais que si je rentrais et que je l'avouais à mon père il me balancerait contre le mur, alors j'ai parcouru le même chemin à l'envers. J'ai réfléchi à tout ce que j'avais fait. Je me suis repassé la séquence collège/maison/repas/devoirs à la bibliothèque. Et hop, je me suis souvenue qu'à la bibliothèque j'étais allée aux toilettes et que les clés auraient pu tomber à ce moment-là.

C'est sans doute ça qu'il faut faire, quand on perd quelque chose : revenir en arrière et chercher l'endroit où on l'a perdu. Je ne sais pas, peut-être que tu pourrais essayer.

Moi aussi, je me suis sentie perdue à un moment, tu sais ? Tout le monde s'est mis à me dire que je me perdais. C'est bizarre parce que c'était vrai, je me perdais, mais c'est aussi à ce moment-là que je t'ai rencontré, et que j'ai eu le sentiment d'avoir trouvé quelque chose. Pour la première fois de ma vie, j'ai rencontré un garçon avec qui j'avais l'impression de m'adresser à la partie cachée de moi-même. Comme s'il me mettait en relation avec la beauté que personne, pas même moi, n'avait encore vue.

Parfois, quand on se perd, on ne peut pas se retrouver seul. Alors il faut laisser quelqu'un nous aider. À ce moment-là tu m'as trouvée et peut-être – qui sait ? – que je t'ai trouvé, aussi. Du moins, c'est ce que j'aime penser.

Je t'embrasse, Gioia

3

Salut

Je ne te l'ai jamais dit mais j'ai une amie imaginaire. Elle s'appelle Tonia. Elle est grande, elle a un léger accent du Sud, elle joue au volley, elle est vulgaire, elle n'hésite pas à me dire les choses en face. Et ce que j'aime, c'est qu'elle me pose souvent des questions. Oui, j'ai une amie imaginaire volleyeuse qui me pose des questions.

Elle m'interroge sur toi.

Parfois on s'assied sur mon banc, au parc, ou alors dans ma chambre, et elle me demande : « Il est comment ? »

Et chaque fois je lui donne une réponse différente.

Tu sais, quand un chien ne nous a pas vus depuis longtemps et qu'il nous fait la fête, il nous saute dessus en agitant la queue. Dans ces moments-là, on se sent… importants, non ? Voilà, c'est comme ça que je me sens quand je vois Lo.

C'est une de mes réponses.

Tu sais, quand, la nuit, on entend le silence, ce qui est agréable parce qu'il est rare, encore plus chez moi. Bref, on se concentre pour profiter du silence, et soudain le frigo s'arrête de ronronner et on se rend compte que ce n'était pas du vrai silence, que le vrai silence n'arrive que maintenant. Voilà, Lo est le moment où le frigo s'arrête. Ce silence qui fait comprendre ce qu'est le véritable silence.

C'est une de mes réponses.

Et tu sais, quand on invente quelque chose de nouveau, par exemple les téléphones portables. Ma mère m'a dit que quand je suis née presque personne n'en avait, juste les gens branchés, et les premiers téléphones ressemblaient à des poêles à frire qui ne tenaient pas dans la poche, ils pesaient super lourd. Pourtant, en quelques années, tout le monde en a eu un. Les gens qui vivaient très bien sans se sont aperçus que sans téléphone portable, ils devenaient nerveux, manchots, etc. Ce qui est absurde, parce que avant ils n'en ressentaient pas le besoin. Voilà, moi j'ai vu Lo et ça s'est passé comme ça, je n'avais jamais ressenti le besoin d'un téléphone portable, je pensais pouvoir m'en passer, mais quelqu'un m'en a mis un dans la main, je l'ai rencontré et, comme par magie, je ne pouvais plus m'en passer.

C'est ça que je réponds à mon amie imaginaire, quand elle m'interroge sur toi.

Salut, neach-gaoil

(Oui, c'est du gaélique.)

(Non, je ne te dis pas ce que ça veut dire.)

4

Je sais que j'ai rompu notre pacte et que pour cette raison tu ne veux plus me voir. Je sais qu'une promesse est une chose importante, et que ces lettres que je t'écris depuis un mois finissent à la poubelle, mais il me semble juste que tu saches certaines choses. S'il y a une probabilité même infime pour que tu lises ces mots, je veux que tu saches que :

1. Tu me manques.

2. Quand j'ai dit à ton père où tu étais caché, je savais parfaitement que je prenais le risque de ne plus te voir.

3. Tu n'es pas n'importe qui. Tu n'es pas le voisin dont on regrette l'absence, pour qui on verse quelques larmes, mais rien de plus.

4. Tu es la raison pour laquelle je ris sans raison. Tu es le premier film en couleurs. Tu es l'air saturé d'électricité avant la neige. Tu es le vent qui fait voler le sac en plastique dans American Beauty. *Tu es l'odeur du pain qui sort du four.*

Tu es le caillou qui rebondit sur la surface du lac. Tu es Eddie Vedder qui entre en scène au moment où Roger Waters chante « Comfortably Numb » et entonne le refrain en live, semant la confusion dans le public. Tu es la goutte de cire qui tombe de la bougie. Tu es la marque de l'oreiller sur la joue. Tu es la sensation de propreté et de fraîcheur après s'être lavé les dents. Tu es la pluie diluvienne qui tombe après une journée étouffante et qui rafraîchit l'atmosphère.

5. *Tu es* neach-gaoil *pour moi, tu ne sais pas ce que ça veut dire mais sache que c'est assez important.*

6. *Je suis venue à la clinique où tu te trouves ; dans cet endroit il y a plein de gens qui ne vont pas bien.*

7. *J'y ai parlé avec une fille d'une trentaine d'années, elle souriait et avait l'air en forme, et tout à coup elle m'a dit que ça faisait six ans qu'elle était là, depuis la mort de son enfant, quand il avait deux ans. Il est mort noyé. Depuis, elle ne va pas bien, elle n'arrive plus à rien, alors après avoir parlé avec elle j'ai pensé que oui…*

8. *J'ai pensé que j'avais bien fait, même si je t'ai définitivement perdu, j'ai bien fait, parce que j'ai vu ton père. Il allait mal, perdre un enfant rend les gens fous et tu es son fils, donc je suis heureuse de lui avoir dit où tu étais, et si c'était à refaire je le referais, sans hésiter.*

Voilà, c'était les huit choses qu'il me semblait juste que tu saches. Et maintenant je te salue, Article Défini.
Gioia

5

— Alors ? Du nouveau ?

Gioia est assise au comptoir du BarA, un cappuccino et un muffin aux myrtilles posés devant elle.

— Non, rien du tout. Mais son père m'a dit qu'il va un peu mieux. Que tout doucement ils recommencent à discuter.

— C'est bien ! Tu n'es pas contente ? lui demande Giovanna qui a un nouveau tatouage, un serpent coloré enroulé autour de son poignet.

Gioia ne répond pas, mais elle n'a pas l'air contente.

— Tu sais, dit-elle en sirotant son cappuccino, je me disais que quand il ira mieux…

— Ah, j'ai compris. Tu penses qu'il va vouloir te revoir.

Gioia acquiesce. Le téléviseur placé en hauteur sur une étagère diffuse le générique d'une émission de téléachat, et sous la véranda il y a au moins cinq tables occupées. Le BarA remonte la pente.

— Je crois qu'il y a une possibilité que tu n'as jamais envisagée, réplique Giovanna en posant des oranges pressées et des cafés sur un plateau.

— Ah. Désagréable, donc. Sur une échelle de un à dix, à quel niveau ?

— J'apporte le plateau et je t'explique, mais pour répondre à ta question, ça s'élève à cent.

En mâchant son muffin, Gioia se dit que ce mois-ci elle a passé à peu près toutes les possibilités au crible, et donc que rien de ce que pourra lui dire Giovanna ne la surprendra. Mais elle changera d'avis.

— Gioia, tu as peut-être sous-évalué sa… appelons-la sa maladie. Tu sais, dans ma vie j'ai rencontré des hommes qui n'avaient pas toute leur tête. Pour être sincère, d'ailleurs, j'ai rencontré *uniquement* des hommes qui n'avaient pas toute leur tête. Et j'ai appris une leçon.

— Quelle leçon ?

— Parfois, les hommes cherchent notre présence parce qu'ils vont mal. Et puis, quand ça leur passe, et qu'ils vont mieux, d'ailleurs souvent grâce à toi qui les as sortis du trou, eh bien, au revoir et merci.

6

Tout le monde lui a déconseillé de le faire.

Giovanna, la psychologue, Tonia, tout le monde. Même sa mamie Gemma, quand elle lui a expliqué son projet, a fait une drôle de tête. Ça lui a rappelé ce qu'elle lui disait toujours, quand elle parlait : « Quelle bêtise ! »

Ce que personne n'a compris, c'est que Gioia ne veut pas le faire pour essayer de reconquérir Lo à tout prix, lui faire parvenir des messages. C'est plutôt pour comprendre.

— Qui est-ce ?

— C'est Gioia, j'ai appelé pour…

— Viens, viens, je t'ouvre.

Elle connaît le chemin. En fait, elle aurait dû venir bien avant, étant donné que le père de Lo l'a invitée à passer les saluer chaque fois qu'elle a appelé pour prendre des nouvelles. « Passe nous voir », disait-il. Mais Gioia n'avait pas un bon souvenir de cette maison.

Cette fois elle a pris son courage à deux mains et elle a téléphoné pour annoncer sa visite. Elle s'est préparée, elle est passée embrasser Gemma et elle est partie. Et maintenant, elle vient de sonner au portail.

Au bout de quelques secondes, celui-ci s'ouvre et elle se retrouve devant la mère de Lo.

7

Un jour, M. Bove entre en classe avec une grosse balance à l'ancienne, en métal, des plateaux en laiton suspendus à des chaînettes. Puis il donne un caillou à chaque élève, tous plus ou moins du même poids, et dit :

— Maintenant je vais vous raconter une histoire où il y aura un gentil et un méchant. Je laisserai la balance ici et, quand vous en aurez envie, vous pourrez venir poser votre caillou sur un de ces plateaux. Dans celui qui, à votre avis, représentera le gentil de l'histoire.

Personne ne pose de question, la consigne est claire.

— Bien. Il était une fois un menuisier qui avait beaucoup de dettes. Pour les rembourser, il travaillait durant de nombreuses heures dans son atelier. Entre rabots, marteaux, clous et copeaux, il s'y cassait le dos quinze heures par jour. Il avait un fils de vingt ans, qui passait ses journées à la maison sans rien faire. Il n'aidait jamais son père à l'atelier. Ce dernier était très fâché contre lui. Le soir, il lui reprochait de ne pas être venu le soutenir, mais ensuite il préparait le repas et ils dînaient ensemble.

Le professeur marque une pause.

— C'est tout ? demande quelqu'un.

— Oui, c'est tout.

Tous les élèves se lèvent et vont mettre leur caillou sur le même plateau, celui du père.

La balance penche de son côté.

— Ah, non, ajoute M. Bove, j'ai oublié de vous dire une chose.

— Quoi donc ?

— Que le fils du menuisier ne pouvait pas travailler parce qu'il était gravement malade et devait rester au lit. Il ne pouvait même pas se lever.

Alors la classe proteste : « Ça ne se fait pas ! » Certains demandent s'ils peuvent changer leur caillou de plateau.

— Bien sûr. On peut toujours changer d'avis, non ? répond le professeur.

Ils viennent tous déplacer leur caillou. La balance penche maintenant du côté du fils.

Le prof attend que chacun ait regagné sa place pour reprendre :

— Au fait, maintenant que j'y pense, j'ai oublié autre chose !

La classe proteste de plus belle.

— C'est le fils qui avait causé toutes ses dettes : il avait dilapidé l'argent du père en menant une vie dissolue, puis il était tombé malade. C'est tout, je vous promets qu'il n'y aura rien de plus !

Pour la troisième fois, chacun se lève et déplace un caillou, décrétant que le père est le gentil et le fils le méchant.

— C'est une leçon sur la morale, le juste et l'injuste. Qu'est-ce que j'ai voulu vous montrer, d'après vous ?

— Qu'on ne peut pas faire confiance aux profs ! réplique Casali, faisant rire tout le monde, y compris Bove.

— Peut-être. Mais surtout, j'ai voulu vous montrer que la morale a deux grandes règles. La première, c'est qu'il est difficile, terriblement difficile, de déterminer qui a raison et qui a tort. Dans toutes les situations, même celles qui semblent les plus évidentes, la raison n'est jamais entièrement d'un côté. Et la deuxième règle…

Le professeur se lève, prend tous les cailloux du plateau, un à un, et les jette par terre. Puis il reprend :

— La deuxième règle est : ne jugez la vie des autres que si vraiment vous le devez. À moins que vous soyez Dieu ou un magistrat, évitez de le faire.

8

Quand la mère de Lo lui ouvre la porte, Gioia la trouve très changée. Elle porte une belle robe longue à fleurs, elle a les cheveux lâchés et le visage radieux. Elle semble avoir perdu dix ans en un mois.

— Viens, viens, entre ! Enfin on fait connaissance.

La maison aussi paraît différente : moins parfaite, plus en désordre. Paradoxalement, elle est plus agréable comme ça. La dernière fois elle n'osait rien toucher, là elle se sent plus à l'aise.

— Mon mari n'a pas arrêté de me parler de toi, tu sais ?

— Waouh, je suis célèbre !

Elles ne s'asseyent pas dans le salon, heureusement, mais dans le jardin, à l'arrière. Il y a des arbres et une tonnelle en métal avec deux bancs anciens en bois blanc.

— Tu ne peux pas imaginer le cadeau que tu nous as fait, dit la mère en s'asseyant.

— Je le devais.

— Luca va mieux, les médecins disent qu'il est en train de guérir. Tout doucement, mais il guérit. Ils sont très optimistes.

Cette phrase rend Gioia à la fois très heureuse et très triste. Heureuse pour lui, mais triste parce qu'elle sent que Giovanna avait sans doute raison. Une fois sorti du trou, au revoir et merci.

— Mon mari m'a raconté que vous vous êtes rencontrés par hasard et que Luca t'a prise en grande sympathie.

— Oui, plus ou moins.

Elle ne saurait pas décrire l'impression que lui fait cette femme, maintenant qu'elle la voit pour de bon. Elle l'a haïe énormément, parce qu'elle avait fait du mal à Lo. En fait, elle aurait voulu la haïr, mais à la fin c'était toujours la deuxième règle de la morale de Bove qui prévalait. Et surtout, chaque fois qu'elle essayait, elle repensait à elle rentrant toute voûtée des services sociaux, soutenue par son mari. Et maintenant, son sourire radieux ressemble à ceux des rescapés de naufrage, ou des soldats revenus de la guerre.

— J'ai quelque chose pour toi, lui annonce la femme.

— Pour moi ?

— En réalité je voulais te l'apporter, mais puisque tu as téléphoné…

La mère de Lo se lève et disparaît dans la maison. Quelques secondes plus tard elle revient et se rassied en face d'elle.

Elle tient à la main une enveloppe fermée. Un mot est écrit dessus : *Chose*. Quand elle l'ouvre, Gioia y trouve un minuscule caillou, un gravillon, et une lettre rédigée d'une écriture serrée.

— Il me l'a donnée pour que je te la remette.

9

Salut Chose

Tu ne t'y attendais pas, n'est-ce pas ?

Oui. Si tu veux savoir si je suis encore fâché contre toi, la réponse est oui.

Non. Si tu veux savoir si je compte toujours le rester, la réponse est non. La plus grande partie du travail que je fais ici sert justement à me faire comprendre pourquoi je suis ici.

Pourtant, j'ai envie de te raconter deux ou trois trucs, pour que tu puisses accepter et comprendre ce que je te dirai à la fin de cette lettre.

La première est qu'ici j'ai pu comprendre beaucoup de choses sur moi, sur ma famille, sur mes parents et aussi sur toi et moi.

Tu sais, je vois un médecin tous les jours et je prends des gouttes qui ont un goût horrible, on dirait du jus de fruits pourri. Au début je ne voulais pas, et puis j'ai compris qu'elles m'apportent un peu de sérénité, donc maintenant je les avale, mais ce n'est pas de ça que je voulais te parler.

Je voulais te dire qu'en parlant avec lui, j'ai découvert une chose importante, qui est peut-être la cause de tout. Une sale histoire qui s'est passée quand j'étais petit, qui est peut-être, comme tu le dis, le moment où j'ai perdu les clés de chez moi. (Oui, j'ai lu tes lettres. Quand j'en ai eu envie.)

Le jour où j'ai perdu les clés de chez moi il faisait très beau, c'était un après-midi de soleil après une matinée pluvieuse. Je rentrais du foot. J'avais onze ans et j'étais encore dans cette phase où je voulais prouver à mon père que j'aimais le sport. Seulement, ce jour-là j'ai compris à quel point je détestais le foot, et comme en plus j'étais nul, j'ai fait semblant d'avoir mal à la cheville et je suis reparti plus tôt, à vélo. Naturellement je ne pouvais pas rentrer chez moi, sinon j'aurais dû expliquer pourquoi j'avais quitté l'entraînement. Alors j'ai pédalé vers les champs derrière la maison. C'est là que passe le fleuve Meduna, le même qui, plus en amont, passe par le lac du village fantôme. Bref, pour la faire courte, pendant que je me baladais dans les champs de maïs, j'ai entendu du bruit et je me suis approché. Et là, cachée derrière la végétation, j'ai vu la voiture de mon père. Il était à l'intérieur avec une femme, jeune, ils étaient quasiment nus et, bref, tu m'as compris. Ce jour-là, mon père ne s'est aperçu de rien, il ne sait pas que je l'ai vu.

Le docteur affirme que j'avais rangé cette histoire au fond d'un tiroir, à la cave. Mais c'est à partir de là que tout s'est écroulé. Ma mère avait découvert que mon père la trompait, c'est pour ça qu'elle s'est mise à me dire du mal de lui. Et moi, au fond de ce tiroir à la cave, je le détestais déjà.

C'est de là que tout est parti. C'est là que j'ai perdu les clés.

Oui, je suis fâché contre toi, mais je dois aussi te remercier, parce que c'est grâce à ton histoire de clés que je me suis décidé.

C'est grâce à ce que tu m'as écrit que j'ai compris où je les avais perdues.

Je ne sais pas si je guérirai, Chose.

Je ne sais pas si je ferai la paix avec mon père à cause de ça et avec ma mère à cause du reste. Peut-être que oui. Ici, ils prétendent que oui.

Le fait est que ça ne me convient plus, tu comprends ? Je n'aime pas l'idée que les gens fassent du mal aux autres. Je veux recommencer à zéro. Je veux retourner à ce village fantôme, repartir de là, avant que les eaux l'engloutissent, je veux recommencer à respirer et j'ai compris que ce ne sera possible que loin d'ici, loin de tous.

Oui. Si tu te demandes : « de moi aussi ? » la réponse est oui.

En fait, une autre chose que j'ai comprise ici, c'est que sincèrement, je ne peux pas être assez salaud, assez méchant, pour t'embarquer avec moi dans les tunnels que je traverse trop souvent. C'est un mal contagieux qui te contaminerait, toi aussi. Je veux l'éviter.

Tant que nous étions ensemble, tant que le monde était loin, c'était comme si nous étions seuls dans un avion qui voyageait à huit mille mètres d'altitude. Il n'y avait pas d'obscurité, ou plutôt je l'effleurais de temps en temps, mais elle s'en allait d'elle-même. Le problème, c'est que j'ai compris qu'on ne peut pas vivre éternellement dans cet avion. Tôt ou tard, il faut en descendre. Pour régler ses comptes avec l'obscurité.

Voilà. Je ne veux pas t'y emmener.

Je ne veux pas être ce genre de personne. Je ne veux pas être comme eux, je ne veux pas penser uniquement à moi. Je ne veux pas te contaminer.

Les autres m'importent peu, mais toi si. Je ne pourrai jamais te faire ça. Je viendrai te voir uniquement le jour où j'aurai la certitude absolue que j'en suis sorti. Que je ne peux plus te faire de mal.

Je ne sais pas si cela arrivera un jour, même si les médecins le pensent.

Je vais bientôt sortir.

Si les médecins sont d'accord, avec mes parents on partira à Florence, je crois. Ils veulent qu'on reconstruise une relation, qu'on passe du temps ensemble.

D'un côté, je suis fâché contre eux, de l'autre, je leur suis reconnaissant parce qu'ils font tout pour réparer le lien qui s'est cassé.

Le problème, c'est que certaines choses ne se réparent pas. Une fois qu'on a jeté un caillou par terre et qu'il s'est brisé, on ne peut pas le recoller. Il devient autre chose. D'autres cailloux. D'autres histoires.

C'est pour ça que je le ferai.

Quand on sera là-bas, je prendrai la carte de crédit de mon père, je retirerai tout l'argent que je pourrai et je partirai. J'irai dans le seul endroit que je considère comme ma maison.

Voilà, ceci était ma lettre d'adieu.

Pour te dire merci de m'avoir offert ces moments qui ont été les plus beaux de tous, et d'avoir posé par terre assez de cailloux pour m'aider à retrouver non pas le chemin de chez moi, mais au moins un chemin que je peux emprunter.

Salut Chose.
Lo

ÉPILOGUE
(UN MOIS PLUS TARD)

Ming-gat (indonésien) :
partir pour toujours sans dire au revoir

1

Une jeune fille se tient debout sur le toit d'un immeuble du centre-ville, au crépuscule, à la fin d'une longue journée de juillet. Le ciel est strié de bandes rouges et orangées.

Elle tient dans ses mains une feuille de papier qu'elle a lue et relue un million de fois, dont le dernier mot est formé de deux lettres qui n'étaient avant qu'un article défini, mais qui portent désormais tout l'amour qu'elle a éprouvé.

Elle glisse dans la poche de son short un tout petit caillou avant de plier la feuille.

Un professeur l'attend chez lui en remplissant une petite valise de livres et de vêtements ; parfois il retire un short ou une chemise pour les remplacer par d'autres livres.

Dans une maison délabrée, un vieux assis à la table de la cuisine en compagnie d'un chien minuscule regarde la photo en noir et blanc d'un jeune garçon, un verre d'eau-de-vie à la main.

Un mot en roumain de trois lettres exprime une idée qu'un livre entier ne suffirait pas à décrire. Ce mot est *dor*, il signifie « souffrance d'être séparé de la personne aimée ».

Une femme couverte de tatouages, debout derrière le comptoir d'un bar, jure en ajoutant pour la énième fois de la mousse au cappuccino d'une femme âgée.

Une chanson des Pink Floyd, « Wish You were Here », parle de deux personnes éloignées. À un moment, l'une des deux dit que la distance, c'est être deux âmes perdues qui nagent dans un bocal pour poissons.

Un père marche à côté de son fils, au début de la montée du Ponte Vecchio. De temps à autre, il le regarde et lui sourit, parce qu'il ne pensait plus pouvoir se promener avec lui.

Dans le débarras sous l'escalier d'un modeste appartement, une femme âgée, toute ridée, écoute des vieux airs d'opéra avec un casque sur les oreilles.

Un chat qui débarque de nulle part casse le cadre d'une photo.

Sur cette photo il y a un homme, une femme et une enfant. La petite tient dans sa main un faux appareil photo pour enfant. Elle sourit.

La jeune fille qui se trouve sur le toit finit de plier la feuille qu'elle transforme en avion. Elle sourit en le regardant et vise le soleil.

À la fin, elle le lance.

2

— Quelle belle vue !

— Merci.

— J'imagine que vous passez tout votre temps sur cette terrasse, monsieur.

— En effet.

— L'été aussi ?

— L'été, je ferme l'appartement et je vais visiter le monde. Cette année, j'irai en Bretagne, je pense.

— Pourquoi la Bretagne ?

— Les rousses. C'est là-bas qu'il y a les meilleures, même si personne ne le sait.

— Les bières ?

— Non, les femmes. Mais aussi les bières.

— Ah.

— Que me vaut cette visite, mademoiselle Spada ?

— D'abord, je voulais vous remercier.

— De quoi ?

— De m'avoir évité de redoubler. Je sais que vous ne l'avouerez jamais, mais je suis sûre que c'est grâce à vous.

— Je l'avoue, ma chère. Avec vos notes en SVT, en physique et en maths, sans moi ils n'auraient pas hésité !

— Voilà. Donc merci, vraiment.

— Et sinon ? Il y a autre chose, n'est-ce pas ?

— Oui, il y a autre chose. Une question. C'est-à-dire, je ne sais pas si c'est vraiment une question. Bref, je voulais vous dire quelque chose.

— Je suis tout ouïe.

— J'ai lu l'histoire en entier.

— Quelle histoire ?

— Celle de Psyché et Amour.

— Ah, bien. Et donc ? Qu'est-ce que vous en avez retiré ?

— À mon avis, ce sont des conneries.

— Pardon ?

— Ce que vous nous avez raconté, que l'amour se fait dans le noir, qu'il ne doit pas y avoir la lumière de la raison, c'est un peu comme dire que l'amour est une folie, non ? C'est ça, le sens.

— En effet.

— Donc ce sont des conneries.

— Pourriez-vous m'expliquer en quoi ?

— Tout le monde n'arrête pas de répéter que l'amour est une folie, dans les chansons, les films... On dirait que quand deux personnes s'aiment, elles perdent la tête et se mettent à faire des choses absurdes, ou qu'elles ne comprennent plus rien... Bref, qu'elles sont dans le noir, aveuglées par la passion, etc.

— Et vous ne pensez pas que c'est... exact ?

— Non, pas du tout. Quand on aime, on ne tombe pas malade : quand on aime, on *guérit*. Ce sont les autres, les fous, tous ceux qui n'aiment pas. Ce sont eux qui ont perdu la tête. Ceux qui aiment, qui aiment vraiment, sont sains d'esprit. Les seuls dans un monde de fous.

— Vous savez qu'en soixante et un ans de vie, je n'avais jamais regardé les choses sous cet angle ?

— Vraiment ?

— Jamais.

— C'est cool. Parce que, vous voyez… moi j'en ai fait l'expérience. Ça va vous faire rire, mais pour moi c'est comme si ça avait duré des années. Je l'ai ressenti quand il y avait la lumière ainsi que dans l'obscurité. Et même si l'obscurité a duré et dure toujours, je sais qu'avant je n'étais pas vraiment moi-même. Parfois je m'en rapprochais mais ce n'était pas moi, même si je le croyais. Je suis devenue vraiment moi-même quand il est arrivé, sans qu'il ne fasse rien. Il n'a pas gravi de montagnes, il était juste là, et quand il était là, j'y étais moi aussi. J'étais enfin moi-même.

— Ça alors !

— Et oui.

— Apulée serait fier de vous.

— Et vous ?

— Moi ?

— Oui, que pensez-vous de cette histoire ? Vous croyez encore que l'amour éteint la lumière ?

— Vous voulez mon opinion sincère ?

— Oui.

— Voyez-vous, Gioia, mon opinion sur le fait que l'amour, c'est éteindre la lumière est très simple

— Quelle est-elle ?

— C'est une connerie.

3

Le père de ce garçon a téléphoné, il rappellera à 21 heures.

À son retour, Gioia trouve un Post-it sur le frigo. D'une certaine façon, elle savait que cela arriverait. Elle s'attendait à quelque chose de plus théâtral, par exemple que sa mère l'accueillerait en larmes, désespérée parce que Lo s'était de nouveau enfui.

Elle n'a pas besoin de parler à M. De Paolo pour savoir.

— Tu crois qu'il l'a fait ?

— Tu imagines vraiment une autre raison pour que son père m'appelle un soir de Florence, Tonia ?

— Il veut peut-être juste te dire bonjour !

— Bien sûr.

Gioia ouvre le frigo, en sort du fromage à tartiner, de la mayonnaise et des tomates. Elle se prépare une tartine qu'elle mange seule à la cuisine. Ses parents sont probablement dans un bar : dernièrement, avec l'arrivée des premiers salaires, ils sortent plus souvent, même s'ils rentrent assez tôt.

— À ton avis, il est où ?

— Ça me semble évident, Tonia.

— En Irlande ?

— Peut-être à l'aéroport, ou dans un taxi. En tout cas, oui, c'est là qu'il va.

— Tu vas le dire à son père ?

— Non, pas cette fois. Cette fois, il ne part pas parce qu'il va mal, mais parce qu'il est guéri.

Gioia finit sa tartine, boit une gorgée d'eau et va s'allonger sur son lit. Dix minutes plus tard, elle dort. Elle n'entend pas le téléphone qui sonne, à 21 heures.

4

« Ici le répondeur téléphonique des Spada. Laissez un message après le bip. »

« Salut Gioia, c'est le père de Luca. Excuse-moi de t'appeler à cette heure mais… c'est arrivé de nouveau et je ne savais pas qui contacter. Tu peux peut-être m'aider… Luca est parti… Nous étions dans un bar du centre… Sa mère et moi avons été distraits un moment, et il n'était plus là, il a disparu dans la foule… Nous sommes désespérés, nous ne nous y attendions pas, il était si tranquille ces jours-ci… Je t'en prie, préviens-moi s'il t'appelle ou si tu apprends quelque chose. »

5

— Tu le savais ?

— Oui, mais s'il te plaît ne le dis à personne, d'accord ?

Gioia est assise à une table du BarA, où Giovanna donne du smoothie à la petite cuiller à sa fille assise sur ses genoux.

— Comment elle s'appelle ? lui demande Gioia.

Giovanna lui montre un de ses tatouages, sur le bras, où il est écrit *Andrea.*

— Joli ! J'aime bien les prénoms qui sonnent masculins mais sont féminins.

— Qu'est-ce que tu vas faire ? Tu vas dire à son père où il est ?

— Non, je ne crois pas. De toute façon, je suppose juste qu'il est dans un certain pays. Je n'ai aucune certitude.

Giovanna tend une bouchée à sa fille, qui l'avale joyeusement. Elle essuie avec la cuiller ce qui a coulé sur sa joue puis, sans regarder Gioia, elle lui demande :

— Comment tu vas, toi ?

— Comme ci comme ça.

— Je vois. Tu ne peux pas savoir combien de fois ça m'est arrivé… mais je peux te dire une chose.

Gioia observe la petite Andrea qui regarde sa mère, les yeux grands ouverts.

— Je t'écoute.

— Ça finit par passer.

— Hein ?

— Ça passera. Là tu as l'impression que c'est impossible, mais au bout d'un moment, quand tu t'y attendras le moins, tu n'y penseras plus.

Gioia sourit en pensant qu'elle ne veut pas que ça passe, au contraire. C'est même la dernière chose au monde qu'elle souhaite : elle ne veut pas oublier. Même si ça fait un mal de chien, elle sent que si ça passe, cela voudra dire que Lo ne signifie plus rien, que cette page du livre aura été arrachée en cachette. Ceci aura l'avantage non négligeable qu'elle arrêtera de traîner sur son lit, un mouchoir à la main, en écoutant « Pigs on the Wing ». Et donc qu'elle réussira à penser à autre chose qu'à ce satané sourire, à cette voix qui dit « Salut, Chose » ou à ce stupide bocal de cailloux. Pourtant, même si ces souvenirs lui tordent le ventre, Gioia ne veut pas les laisser filer. Parce qu'elle l'a perdu, lui.

C'est cela, qu'elle voudrait dire à Giovanna. Mais elle se contente de sourire, de caresser la fillette et de dire :

— Merci.

6

— Le père de ce garçon a téléphoné.
— Ah, il a dit quoi ?
— Il était désespéré. Il dit qu'ils ne le trouvent pas.
— Je sais.
— Pauvre garçon, si jeune avec tous ces problèmes.
— Eh oui.
— Tu ne sais vraiment pas où il pourrait être allé ? Parce que son père est convaincu que si quelqu'un peut le savoir, c'est toi.
— Non, maman. Je ne sais pas.

7

Gioia Spada vient souvent au BarA la nuit, quand il est fermé.

Certains endroits sont comme des photos, mais en trois dimensions. Des photos où elle peut entrer, toucher la surface des tables, entendre les planches de bois crisser sous ses pieds et sentir l'odeur d'humidité qui lui donne la sensation d'être chez elle.

Bien sûr, il faut passer le plus difficile : les quelques mètres avant l'entrée où, avec tous les efforts du monde, Gioia ne peut s'empêcher de ralentir le pas et d'espérer entendre le bruit des fléchettes qui atteignent la cible.

À un moment, elle a même essayé de reproduire l'enchantement : elle a répété par le menu tous les événements du soir où elle l'a rencontré la première fois. Elle s'est habillée de la même façon, elle a couru hors de chez elle, elle s'est endormie à une table du bar. Résultat : elle est rentrée à 3 heures du matin, pas très fière.

— Il faudrait peut-être que tu arrêtes de venir ici, lui suggère Tonia.

— Mais non. En fait je m'y sens bien.

Soudain, elle entend un bruit. Des pas dans la rue. Gioia se lève lentement, va se poster dans un coin sombre et tend l'oreille.

Au bout d'un moment, les pas s'éloignent.

— Il est l'heure de rentrer, Miss Rabat-joie, lui dit Tonia. Ou alors invente-toi aussi un ami imaginaire, comme ça, je m'occupe de lui pendant que tu es perdue dans tes souvenirs !

Gioia repart chez elle dans le noir. Elle pense à Psyché, qui a eu sa fin heureuse et a retrouvé Amour. Elle, elle va rentrer chez elle et retrouver ses parents endormis sur le canapé.

Ou alors réveillés mais à moitié ivres, pense-t-elle en introduisant la clé dans la serrure.

Elle a vu juste. Ses parents sont vautrés dans le salon, les yeux fermés et la bouche ouverte, la télé allumée. Si elle l'éteint, ça risque de les réveiller, alors elle baisse juste le son.

Gacco le chat fantôme est dans la pièce de sa grand-mère : ils l'ont enfermé pour éviter la casse, comme toujours. Gioia lui ouvre la porte, il bondit et disparaît.

Elle monte, va à la salle de bains.

Comme chaque soir, elle laisse couler l'eau chaude et attend que la vapeur se dépose sur le miroir.

Rien.

Quelle idiote, pense-t-elle.

Elle ferme le robinet, s'essuie les mains et éteint la lumière.

Quand elle ouvre la porte de la salle de bains et se dirige vers sa chambre, quelqu'un éteint la télé au rez-de-chaussée et plonge l'appartement dans le silence. Même le frigo se tait.

Dans le couloir, elle sent quelque chose sous ses pieds, comme des petites perles. Elle allume la lumière et aperçoit de minuscules gravillons. Elle en ramasse un et le regarde à contre-jour. Il ressemble beaucoup à celui que Lo avait glissé dans l'enveloppe avec sa lettre, celle qu'elle a transformée en avion et lancée du haut du grand immeuble. Elle l'observe encore, c'est le même genre de gravier que celui qui est en bas de chez elle, au pied de l'arbre devant sa fenêtre.

Donc Lo avait conservé ce gravillon, il l'avait sans doute mis dans son bocal avec les autres cailloux puis glissé dans l'enveloppe. Mais pourquoi ? Et pourquoi y a-t-il tous ces gravillons dans le couloir ? Gioia fronce les sourcils, incrédule. Elle avance lentement en tendant l'oreille pour déceler un bruit. Rien : le silence.

Elle éteint la lumière du couloir, ouvre la porte de sa chambre. Un rayon de lune éclaire l'oreiller.

Quelqu'un est étendu sur son lit, les mains derrière la tête. Un bocal de cailloux est posé sur la table de nuit. Il lui dit en souriant :

— Salut, Chose.

Dictionnaire des mots intraduisibles de Gioia Spada (en ordre aléatoire)

Komorebi (japonais) : effet particulier de la lumière quand le soleil filtre à travers les feuilles des arbres.

Patchèmoutchka (russe) : une personne qui pose trop de questions.

Fernweh (allemand) : besoin de prendre le large.

Shu (chinois) : mettre l'autre dans son cœur.

Iktsuarpok (inuit) : frustration d'attendre quelqu'un en retard.

Waldeinsamkeit (allemand) : la solitude de la forêt.

Mamihlapinatpai (langue yagan) : se regarder et avoir envie de s'embrasser sans avoir le courage de faire le premier pas.

Ilunga (langue luba-kasaï) : une personne qui la première fois pardonne tout, la deuxième fois est tolérante, mais la troisième fois n'a aucune pitié.

Won (coréen) : difficulté à renoncer à une illusion pour regarder la réalité en face.

Luftmensch (yiddish) : personne qui rêve constamment les yeux ouverts.

Verschlimmbessern (allemand) : rendre pire une situation qu'on cherche à améliorer.

Yakamoz (turc) : le reflet de la lune sur l'eau.

Cafuné (portugais) : geste de passer les doigts sur les cheveux de la personne aimée.

Geborgenheit (allemand) : sentiment de sécurité procuré par la présence des gens qu'on aime.

Gezelligheid (néerlandais) : chaleur ressentie avec les gens qu'on aime.

Dor (roumain) : souffrance d'être séparé de la personne aimée.

Begadang (indonésien) : rester éveillé toute la nuit à parler.

Oodal (tamoul) : fausse contrariété des amants.

Retrouvailles (français) : la forte émotion de revoir une personne aimée après une longue séparation.

Hoppípolla (islandais) : sauter dans les flaques.

Cwtch (gallois) : se serrer dans les bras avec affection, faire de cette étreinte un lieu sûr, se sentir vraiment chez soi dans les bras de la personne aimée.

Akihi (hawaïen) : quand quelqu'un nous donne les indications pour arriver quelque part, le moment où l'on oublie tout, une minute après l'avoir remercié et s'être acheminé.

Trepverter (yiddish) : réponse juste qui arrive quand c'est trop tard. En français : *esprit d'escalier*.

Yuugen (japonais) : conscience de l'univers qui réveille un sentiment trop vaste pour les mots, indique une profondeur indéchiffrable et la beauté cachée, le charme des choses de la pénombre qu'on ne comprend pas parfaitement.

Dap jeong nieo (coréen) : quand quelqu'un a déjà décidé ce qu'il veut entendre et qu'il veut qu'on réponde ce qu'il désire.

Jayus (indonésien) : ce qui fait.

Goya (urdu) : suspension de l'incrédulité qui sert à se laisser emporter par un film ou une histoire.

Vorfreude (allemand), littéralement, pré-bonheur : bonheur de se préparer à un bonheur futur.

Desenrascanço (portugais) : quand on arrive à résoudre une situation complexe de façon rocambolesque et avec peu de moyens.

Nunchi (coréen) : art de sentir et de comprendre l'humeur des autres.

Sisu (finlandais) : persévérance psychologique extraordinaire pour affronter de longs défis difficiles.

Mbuki-mvuki (bantu) : désir de retirer ses vêtements et de danser.

A-un (japonais) : communication non verbale entre bons amis.

Frisson (français) : frémissement de peur, plaisir et excitation.

Quarrtsiluni (inuit) : s'asseoir avec quelqu'un dans le noir en attendant qu'il se passe quelque chose d'important, une sorte de calme avant la tempête.

Besa (albanais) : promesse inviolable, parole d'honneur. Rester fidèle à un serment.

Doxa (grec) : croyance populaire, opinion publique.

Philoxenia (grec) : amour pour les hôtes ou les étrangers.

Gjensynsglede (norvégien) : bonheur de rencontrer quelqu'un qu'on n'a pas vu depuis longtemps.

Ming-gat (indonésien) : partir pour toujours sans dire au revoir.

Mann vaasani (tamoul) : odeur de la pluie sur la terre sèche.

Nja (suédois) : ni oui ni non.

Onsay (langue bodo-garo) : faire semblant d'aimer.

Schnapsidee (allemand) : projet farfelu et ridicule qu'on échafaude quand on a bu et qui finit toujours par nous attirer des problèmes.

Torschlusspanik (allemand) : peur que le vieillissement soit une « porte qui se ferme » sur la possibilité d'être heureux.

Zhaghzhagh (persan) : quand les dents claquent de froid ou de colère.

Shmegegge (yiddish) : débile et lèche-bottes.

Nonplussed (anglais) : quand on ressent quelque chose de tellement fort et à contre-courant qu'on n'arrive pas à le décrire avec des mots.

Proairesis (grec) : capacité de choisir et de décider selon la raison.

Vybafnout (tchèque) : apparaître par surprise et crier « bouh ».

Curglaff (dialecte écossais) : être choqué et revigoré en plongeant dans l'eau froide.

Utsura-utsura (japonais) : entre le sommeil et la veille.

Kenshō (japonais) : moment soudain et fugace d'illumination.

Mokita (langue kilivila) : vérité que tout le monde connaît mais dont personne ne parle et que personne n'admet.

Turadh (gaélique) : rayons de bleu intense qui se créent entre les nuages après un orage.

Ikigai (japonais) : ce qui nous fait plaisir et auquel on tient tellement que ça nous donne envie de nous lever le matin.

Gigil (langue tagalog) : envie de faire mal à quelqu'un tellement on a envie de le toucher.

Neach-gaoil (gaélique) : personne qui vit dans notre cœur.

Kogarashi (japonais) : premier souffle de vent froid qui prévient que l'hiver arrive.

Remerciements

Je ne sais pas vous, mais moi je lis toujours les remerciements à la fin d'un livre. Ça me procure le même plaisir étrange que lire les noms du générique d'un film.

Bref.

La première personne que je veux remercier est une de mes anciennes élèves : Eleonora Trevisan. Une nuit, j'ai rêvé qu'elle s'interposait entre moi et un type qui voulait toujours me frapper quand j'avais dix-sept ans, en criant : « C'est mon prof ! Ne touche pas à mon prof ! » En me réveillant j'ai eu une sorte d'illumination, une idée qui a changé ma vie : et si je faisais des vidéos qui racontent la vie quotidienne au lycée ? Sans ces vidéos, beaucoup de gens n'auraient jamais lu ce que j'écrivais, notamment Ilaria Marzi et Elisabetta Migliavada, deux jeunes femmes très sympathiques qui sont aussi (était, pour Ilaria) respectivement éditrice et directrice éditoriale chez Garzanti. Oui, vous êtes les deuxièmes personnes que je veux remercier, ainsi qu'Adriana Salvatori (également de chez Garzanti).

Merci à Alex Ballato, Nicola Selenu, Francesco Dominelli et Paolo De Nadai, parce que sans vous ce qui est arrivé ne serait pas arrivé.

Merci à tous mes anciens élèves et amis qui ont lu *Eppure cadiamo felici* (quand cela s'intitulait encore *Lo*), à qui j'ai demandé leur avis et des conseils, en particulier Enrico Marchi, Clara Zorzin, Giulia Taiarol, Francesca Princivalli, Alessandro Del Savio, Silvia Bovio, Elisabetta Macrì et Roberta De Chiara.

Merci à toutes les personnes qui me suivent sur Facebook : c'est aussi grâce à vous que ce livre est devenu réalité.

Merci à la centaine d'élèves dont j'ai été le prof ces dernières années : en plus de m'avoir fourni le matériel pour une vingtaine de romans, vous m'avez aussi apporté chaque jour la motivation, l'adrénaline et l'envie de poursuivre mon rêve, qu'une vie entière ne suffirait pas à réaliser. Il n'existe pas de mot italien pour vous remercier comme je le voudrais, mais un mot hawaïen. C'est un des mots intraduisibles qui plairaient le plus à Gioia : *mahalo*, qui signifie à la fois « merci, vous êtes formidables, je vous respecte et je vous aime ».

Mahalo pour tout ce que vous m'avez appris.

E. G.

Une conversation avec Enrico Galliano

Gioia et Lo, protagonistes du roman, sont deux adolescents dont la rencontre, qui a lieu par hasard, bouleverse leurs vies. Comment est née l'idée de ce roman ?

D'une idée absurde qui m'est venue un soir en voiture, alors que je bavardais avec une amie : je voulais écrire une histoire d'amour dont on ne comprenait pas si elle était le fruit de l'imagination de la protagoniste ou réelle. C'est cette nuit-là qu'est née Gioia, puis Lo et toute l'histoire, qui naturellement ne ressemble pas aujourd'hui à ce qu'elle était au début.

Gioia a une passion spéciale : elle collectionne les mots intraduisibles du monde entier. Pourquoi ?

Gioia déteste la façon dont les gens communiquent : ils utilisent toujours le « traducteur ». Elle se rend compte que très peu de gens disent les choses exactement telles qu'elles les pensent parce que ces choses sont trop bizarres ou difficilement compréhensibles.

C'est pour cela qu'elle adore les mots intraduisibles : parce qu'ils expriment des choses insolites, particulières, inhabituelles, intraduisibles, justement, et traduisent des sentiments très profonds. Pour moi, en tant que personne, pas en tant qu'écrivain, ça a été fantastique de partager cette passion avec Gioia, découvrir qu'il existe des mots de quatre syllabes qui à eux seuls signifient « la lumière qui filtre à travers les feuilles des arbres » ou « la nostalgie des endroits où l'on n'est jamais allé ». C'est merveilleux !

Un des grands thèmes du livre est l'adolescence, cette période de la vie où l'on se sent seul contre tous, différent et incompris. À votre avis, vous qui êtes enseignant, que cherchent les adolescents d'aujourd'hui ?

En réalité, des choses très simples : l'écoute et le respect. Ils ne veulent pas être traités comme des pantins, et surtout ils ne veulent pas de nos sermons, de nos discours, ils attendent du dialogue, ce qui est très différent. Et puis, ils aimeraient qu'on les laisse essayer. Et se tromper. Aujourd'hui, on les garde au chaud trop longtemps, on ne leur fait plus confiance et on ne leur donne plus de responsabilités. S'ils sont souvent fragiles face à la douleur, c'est aussi notre faute.

Gioia vient d'une famille difficile. À votre avis, à quel point l'univers dans lequel on grandit influence-t-il l'avenir ?

Beaucoup : cela peut te détruire ou t'endurcir. Ce qui ne nous tue pas nous rend plus forts, dans le sens où si on en sort vivants, on peut tout affronter par la suite. Dans mon travail d'enseignant, je vois beaucoup de jeunes qui s'égarent, et d'autres qui deviennent très tôt des adultes. Souvent ils ont des histoires familiales très difficiles.

L'une des personnes les plus proches de Gioia est son professeur de philosophie. Que contient le livre de votre métier, qui vous met chaque jour devant une classe ?

Beaucoup ! Toutes les scènes du livre qui se passent en classe sont des scènes de la vie réelle, vécues ou racontées par mes élèves. Et les cours du professeur sont un peu ceux que je fais tous les jours. Certes, il a soixante ans et moi trente-neuf, il enseigne la philosophie et moi les lettres, mais beaucoup de ce qu'il raconte vient de… moi.

Le roman est aussi une magnifique histoire d'amour et de cet instant où l'on risque de perdre l'homme ou la femme de sa vie. Pour vous, qu'est-ce que l'amour ?

Simplement la raison pour laquelle nous sommes ici. Pour répondre à cette question, je devrais écrire encore une dizaine de romans comme celui-ci. Mais au final, la substantifique moelle, c'est : la raison pour laquelle nous sommes ici.

Gioia a une autre passion, la photographie. Est-ce un art qui vous fascine, vous aussi ?

Oui, surtout le noir et blanc. Mon photographe préféré est Stanley Kubrick, quand il était encore reporter photo pour la revue *Look*, à New York. Mais je dois admettre que j'aime aussi beaucoup ce que je vois sur

Instagram : certaines pages de photographes professionnels sont fabuleuses. Ce que j'aime dans la photo, c'est qu'elle peut être en mouvement bien qu'immobile, et elle peut être histoire, quand elle raconte quelque chose. En ce sens, les clichés de Kubrick, jeune, sont phénoménaux. Et puis, j'adore les couvertures des albums des Pink Floyd, si chers à Gioia : ces images sont de magnifiques histoires surréalistes et poétiques.

Lo collectionne les cailloux de tous les endroits où il est allé et où il a vécu des moments inoubliables. Vous collectionnez quelque chose, vous ?

Je collectionne les dialogues de films, en version audio. J'en ai des tonnes sur mon PC et je les écoute très souvent. Surtout les films de Woody Allen. Dans cent ans, ils figureront dans les livres de littérature. Et j'ai aussi une bonne sélection extraite des films d'Aldo, Giovanni & Giacomo, dont je suis particulièrement fier.

Quand est née votre passion pour l'écriture ?

À sept ans, en CE1. J'ai commencé comme poète, en écrivant deux vers à ma mère : « Maman, chaque jour qui passe / tu deviens plus grasse. » Inoubliables, surtout à cause des coups de pantoufle que j'ai reçus.

Vous avez déjà en tête un nouveau roman ?

Un seul ? Blague à part, oui, mais je ne veux pas gâcher le suspense : je peux juste vous dire que l'un d'eux sera un véritable road movie sur papier.

Ouvrage composé par
PCA – 44400 Rezé

Imprimé en France par
CPI Brodard & Taupin
en octobre 2021
N° d'impression : 3045535
S30861/02

MIXTE
Papier issu de
sources responsables
FSC® C003309
FSC
www.fsc.org

L'éditeur de cet ouvrage s'engage dans une démarche
de certification FSC® qui contribue à la préservation
des forêts pour les générations futures.

Pour en savoir plus :
www.editis.com/engagement-rse/

PKJ • POCKET JEUNESSE
www.pocketjeunesse.fr

92, avenue de France - 75013 PARIS